KB194469

춘향의 친구

춘향의 친구

정범종 장편소설

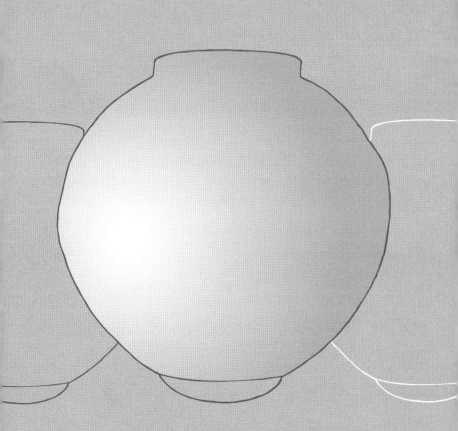

문학들

| 차례 |

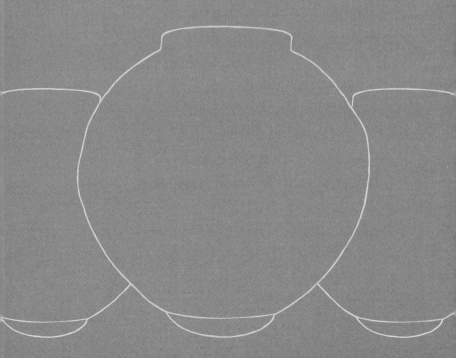

제1장
유명한 사람

1

"이백 년 동안, 누가 가장 유명한 사람일까?"

"무대에서라면……."

민규는 떠오른 이름을 내뱉지 않았다.

"무대에서라면 가장 유명한 사람이 누구야?"

윤도는 대답을 기다리며 카페오레를 마셨다.

"왜 그걸 알려고 해?"

"새 작품을 무대에 올리려고. 한반도에서 지난 이백 년 동안 가장 유명한 사람을 주인공으로 내세워서."

윤도는 파리에 오기 전에는 그런 생각을 하지 않았다. 파리에서 오르세와 루브르를 거치면서 백 년, 이백 년 된 그림을 보았다. 작년에 전주에서 전동성당과 풍남문을 거치면서 백 년, 이백 년 된 건물을 보았던 것처럼. 어떤 사학자는 이천 년도 동시대라고 했지만 그는 이백 년 정도를 동시대로 보았다. 그 동시대에서 가장 유명한 이를 무대에 올리면 외면당하는 일은 없지 않을까?

민규가 알롱제를 마셨다. 한국에서 마셔댄 아메리카노는 친근한데 이건 친근하지 않다. 파리도 마찬가지다. 루브르에서는 창덕궁을, 뤽상부르공원에서는 광한루원을 떠올렸다. 그랬다는 걸 윤도에게 말하지 않았다. 맘이 좁아서라는 말을 들을 테니까. 그런 말을 듣게 되면 맘이 깊어서라고 받아치면 된다는 생각까지 했으나 속에다만 두었다. 그처럼 윤도도 새 작품의 구상을 드러내지 않았다.

"새 작품의 주제와 줄거리는 어떻게 돼?"

"유명한 사람을 주인공으로 내세우면 그가 곧 주제이고 줄거리지."

"유명한 사람이 등장하는 연극이면 관객이 아는 거라고 외면할 거야."

"아니야. 아는 거라서 더 찾아."

"설마?"

"영화를 생각해 봐. 예고편을 보고서 영화를 안다고 여기는 사람이, 그러지 않은 사람보다 더 영화관을 찾아. 연극에서도 마찬가지고."

민규가 바로 수긍하지 않자 윤도가 말을 보탰다.

"파리 여행도 그렇잖아? 파리를 아는 사람이 와. 모르는 사람은 오지 않아."

윤도는 이십 대 초반에 파리에서 몇 달 지냈고 그 후로 몇 번 여행을 왔다. 삼십 대 초반에 이른 지금도 유럽 여행, 하면 파리이다. 이번에는 민규와 함께 왔다. 그가 돈을 댔는데 이건 작년 가을에 그와 민규가 함께 남원을 여행할 때 정해 놓은 거였다. 그가 연극 연출에만 매달려서 외면해 온 가을 풍경을 보고 싶어 하자, 친구가 자기 고향으로 가자고 했다. 그는 친구를 따라서 남원에 갔다. 한정식과 추어탕을 먹고 광한루원과 요천 둔치를 산책하고 판소리를 들었다. 그때 그가 친구에게 약속했다. 다음 여행 때는 내가 널 대접하마. 친구는 괜찮다고 했으나 그는 약속을 지키겠다고 다짐했다. 서울로 돌아가는 길에 들른 전주에서 그는 다음 여행지로 파리를 맘에 두었다. 남원에서 시작해 전주로 이어진, 판소리와 기와집이 어울려 만든 예술적이고 고풍스러운 분위기가 파리를 떠올리게 해서 그랬다.

윤도는 파리로 올 때 미래를 다룬, 디스토피아에서 히어로가 활약하는 그런 작품을 생각했다. 파리의 박물관과 미술관에서 오래된 예술품을 보면서 맘이 바뀌었다.

"유명한 사람을 내세우면 연극이 유명해지기 쉬워. 관객이 오지."

"그렇긴 한데."

민규가 시선을 옆으로 돌렸다. 마로니에 나뭇가지 사이로 앵발리드 돔이 보였다. 이백 년 전에 활동했던 프랑스 소설가는, 앵발리드 돔을 두고 하늘을 겨냥하는 금빛 대포알 같다고 했다. 최근까지 파리에서 살았던 소설가는, 인간이 하늘로 쏘아 올린 황금 대포알을 신이 허공에다 잡아둔 거라고 했고. 그는 알롱제를 마시며 앵발리드 돔을 보다가 앵발리드와 신은 상관이 없다는 걸 생각해 냈다. 신이 허공에다 잡아둔 게 앵발리드 돔이 아닌 성당의 돔이었나? 근데 이백 년 전에 활동했던 소설가는 극작을 했지. 최근까지 파리에서 살았던 소설가는 극작을 했나?

여행객으로 여겨지는 이들이 카페 앞을 지나갔다. 핸드폰으로 사진을 찍어대면서 여기저기를 기웃거린다. 얼굴로 봐서는 한국이나 중국에서 온 듯하다.

민규는 사진을 찍어대는 건 여행이 아니라고 여긴다. 연극을 보러 와서 여기저기 사진이나 찍어대는 이를 관객이 아니라고 여기듯이. 이런 말을 하자 초희가 좀 좁다고 했다. 서른두 살이면 넓어져야 하는 것 아닌가? 넓어져서 어쩌게? 이래도 좋고 저래도 좋다고 하게? 야, 신초희, 대답해 봐.

윤도가 카페오레를 다 마셨다. 커피 냄새보다 우유 냄새가 더 풍겼다. 이건 배가 고프다는 거다. 민규와 얘길 마무리해야 식당으로 간다.

"이백 년 동안, 이건 사실 당대인데, 한반도에서 가장 유명한 이는 누구야?"

윤도는 연극의 등장인물과 역사적 인물을 구분하지 않는다. 연극의 등장인물이 만들어진 것이듯 역사적 인물도 만들어진 것이다. 공연 무대와 역사라는 무대에 등장해서 다수의 시선을 받는 것도 같고.

"새로운 연극의 주인공으로 삼을, 지난 이백 년 동안 무대에서 가장 유명한 이를 찾아내라는 거지?"

"찾아내라는 게 아니야. 네게 바로 떠오르는 이를 말하면 돼."

"극작은 찾아내는 일이야. 네가 연출에서 그러듯이."

"그렇게 찾아내서 우리의 연극을 공연했지. 관객의 연극이 아니었어. 그래서 졌지."

민규는 파리까지 와서 졌다는 말을 하고 싶지 않았다. 눈길을 친구에게서 옆으로 돌렸다. 마로니에 가지 사이로 앵발리드 돔이 들어왔다. 참외를 반으로 잘라서 놓아둔 것 같다. 한국의 범종과 비슷하기도 하고.

눈길을 더 돌리자 에펠탑이 눈에 들어왔다. 앵발리드 돔은 끌어안는데 에펠탑은 찌른다. 앵발리드 돔은 포용을, 에펠탑은 투쟁을 말하는 것 같다.

윤도는 점심을 먹으러 가려고 자리에서 일어나 다시 민규에게 물었다.

"이백 년 동안 누가 가장 유명해?"

"무대에서라면 춘향이지."

"무대로 한정하지 않으면?"

민규는 한반도에서 이백 년이면 조선 시대, 일제강점기,

남북한의 분단 시대가 모두 포함된다는 걸 생각했다. 몇몇 정치가들이 유명하긴 하지만 이백 년 동안 계속 그런 건 아니다. 분단 시대에는 남한에서 유명한 이가 북한에서 그런 것도 아니고.

"역시 춘향이네."

"앞으로는 어떨까?"

"나만 대답하니까 재미없어. 네 대답을 듣고 싶어."

윤도가 바로 대답했다.

"성춘향!"

2

센강은 다른 곳에서는 아름다운지 몰라도 파리를 지날 때는 아니었다. 윤도가 보기에는 흔해 빠진 도시 하천이었다. 가운데로 물이 흐르고 양쪽에 둔치가 있는 도시 하천. 아름답지 않다. 강을 토막 내는 다리들과 강물을 가르는 유람선들도 도시 하천임을 강조한다. 강조된 곳이 많으면 강이든 연극이든 아름답지 않다. 미장센(Mise-en-scène)은 조화로운 배치이지 토막 내는 강조가 아니다.

윤도는 센강 둔치에 난 길을 따라 걸어갔다. 옆에서 민규가 걷는다는 걸 의식하면서. 연극 무대도 그렇다. 배우는 옆에 누가 있다는 걸 의식해야 한다. 혼자 떠드는 게 아니다.

윤도는 연출할 때 배우가 옆 사람을 의식하도록 만든다. 그와 달리 친구는 진행에 더 관심이 많다. 극작가여서 그런 모양이다. 극작이란 스토리 진행을 늘 염두에 두어야 하니까. 강으로 말하자면 친구는 흐르는 강물이다. 친구와 달리 그는 흘러갈 수 없다. 연극은 스토리 못지않게 무대가 중요한데, 그것은 흘러가는 게 아니니까. 강으로 말하자면 그는 사람들이 서 있는 둔치이다.

강물과 둔치가 합쳐져야 강이다. 그걸 잊지 않기에 그는 자주 친구와 함께했다. 이번 파리 여행은 지난해 남원 여행의 답례이지만 밑바탕에는 극작가와 함께해야 한다는 생각이 있었다. 예술대학에서 함께 연극을 할 때부터 그랬다. 그는 연출로, 친구는 극작으로 서로 길이 달랐지만 넓게는 연극이라는 테두리 안이었다.

센강 둔치에는 봄날의 햇볕이 따뜻해서 사람들이 많았다. 윤도는 카페에서 인터넷으로 찾아낸, 미라보 다리 근처의 한국 식당으로 점심을 먹으러 가는 길이었다. 택시를 타려고 했는데 민규가 멀지 않은 곳이니까 걸어가자고 했다. 윤도는 센강을 따라 걷는 것도 좋겠다 싶어서 그러자고 했다.

민규는 앞에서 다가오는 젊은 남녀를 보았다. 남녀는 봄날에 맞춰 꽃무늬 옷을 입었는데 십 대인 듯하다. 판소리 '춘향가'의 주인공인 춘향이도 십 대이다. 열여섯 살이니까 요즘이라면 고등학생이다. 한국의 고등학생은, 대학의 수청 요구에 응하라는 강요를 집과 학교에서 받는다. 강요에 지친 학생들이 많지만 그렇다고 해도 십 대이다. 십 대는 주위를 둘러보고, 세상의 냄새를 맡고, 맘에 든 노래를 하고, 맘에 든 이의 노래를 듣는다.

춘향가(春香歌)의 세 글자는 봄[春]과 향기[香]와 노래[歌]로 돼 있다. 봄은 꽃과 이파리가 피는 때여서 젊은이들은 주위를 본다. 그러다가 짝이 될 만한 젊은이와 눈이 맞는다. 코로 상대방의 향을 맡는다. 멀리 떨어져 있어서는 안 된다. 가까이 있어야 향을 맡는다. 서로 향기를 맡은 젊은이들은 가까워진다. 그들은 노래하고 듣는다. 한 명이 노래하면 다른 한 명이 듣는다. 오래지 않아서 둘이 함께 노래한다. 그러면서 함께 듣는다. 입과 귀가 하나로 됐을 때 연애는 본격적인 스토리로 접어든다.

한국 사람들은 얼굴에서 이목구비(耳目口鼻)를 찾는다. 귀와 눈과 입과 코이다. 춘향가(春香歌)의 세 글자에 눈과 코와 입과 귀가 깃들어서, 춘향가에는 얼굴이 있다. 한국인이 생각하는 얼굴이.

민규가 걸음을 멈추고 센강을 보았다. 강을 보기 위해서가 아니라 윤도에게 할 설명을 가다듬기 위해서.

"춘향가는 한국인 얼굴이야. 왜냐?"

민규가 설명을 이어갔다. 센강의 유람선에서 안내 방송이 나와 그의 설명을 방해했다. 안내 방송에는 프랑스어만이 아니라 한국어도 있었다. 안내 방송은 짧았지만 그의 설명은 길었다.

민규의 설명을 듣고 난 윤도가 말했다.

"말 그대로 춘향가는 노래야."

"물론 노래지. 내가 말했던 건 제목에서 이목구비를 찾아낼 수 있다는 거였어."

"이민규, 너는 글을 쓰는 극작가답게 춘향가라는 제목을 두고 글자를 하나, 하나 뜯어내 의미를 부여했어. 그런 후에 그걸 모아서 얼굴을 만들었어. 하지만 나는, 이 김윤도는 연출가야. 글자가 아닌 내용의 배치를 생각해. 춘향가라는 노래의 배치."

"네가 생각하는 춘향가는 뭐야? 춘향을 노래하는 것? 아니면 춘향의 노래?"

윤도는 춘향가의 여러 이본을 읽었다. 맨 처음 기록된, 신재효의 춘향가에서는 춘향을 노래한다. 이몽룡, 월매, 향단, 방자는 물론 그 누구보다도 변학도가 춘향이를 돋보이게 하는 역할이다. 그들은 결국 춘향을 합창한다. 신재효 이후 춘향가는 판소리, 입체창, 창극, 국극, 영화, 텔레비전 드라마로 담기는 그릇이 달라졌지만 춘향을 합창한다는 건 같았다. 윤도는 이번에 춘향을 무대에 올리면 합창 아닌 독창을 관객들에게 들려주고 싶었다. 춘향의 독창. 춘향의 노래.

"내가 무대에 올리고 싶은 춘향가는 춘향의 노래야."

3

한국 식당의 벽에는 모란꽃 그림이 걸려 있었다. 두 송이가 그려진 수묵화인데 낙관이 없었다. 식당 주인이 그린 거라고 민규는 생각했다.

이곳은 미라보 다리에서 가까운 한국 식당이다. 프랑스 셰프가 한국 음식을 만들어 파는 데가 아닌 한국 사람이 김치찌개만 파는 데이다. 간판이 아예 '김치찌개 식당'이다.

주인이 다가오자 민규가 김치찌개를 시키고 나서 모란꽃 그림을 가리켰다.

"저걸 선생님이 그리셨나요?"

"아니요. 전에 여기에 자주 왔던, 지금은 모란꽃을 볼 수 없게 된 화가가 그렸어요. 식사를 몇 번 그냥 한 값으로."

"중국 사람들처럼 한국 사람도 모란꽃을 좋아하죠."

"그래요. 삼국사기와 삼국유사에도 모란꽃 이야기가 나오죠."

민규는 그 얘길 삼국유사로 읽었다. 당나라 태종이 붉은색, 자주색, 흰색의 모란꽃 그림과 함께 씨앗 석 되를 보내왔다. 선덕여왕이 모란꽃에 나비가 없는 걸 보고 향기가 없는 꽃이라고 예언했는데 그렇게 됐다는 것이다. 민규는 어릴 적 집에 모란이 있어서 꽃에는 향기가, 그것도 진한 향기가 있다는 걸 알았다. 모란꽃처럼 탐스러운 꽃에는 당연히 향기가 있다. 당나라 때 향기 없는 모란꽃을 새로 개발해서 그걸 보낸 건가? 나중에 알아봤더니 이 이야기가 삼국사기에는 선덕여왕이 공주일 때 한 일로 기록돼 있었다. 사학자들은 나중에 왕이 될 공주를 똑똑하게 만들기 위해서 이런 얘기를 했을 거라고 추측했다. 조작인지 아닌지는 알 수 없지만 민규는 최근에야 모란꽃에는 나비가 날아들지 않는다는 걸 알았다. 거기에 꿀벌은 날아들지만 나비는 그러지 않는다. 모란꽃에는 꽃가루가 많다. 꿀벌은 벌집에서 키우는 애벌레에게 단백질이 든 꽃가루를 가져다주려고 모란꽃을 찾는다. 나비는 애벌레를 키우지 않기에 모란꽃을 찾지 않는다. 선덕여왕의 얘기가 조작이든 아니든 모란꽃에는 나비가 날아들지 않는다. 그것은 향기가 없어서가 아니라 나비한테는 모란꽃에 가야 할 이유가 없으므로.

"한국 사람에게 모란꽃은 뭐였을까요?"

민규가 묻자 식당 주인은 왜 내게 그런 질문을? 하는 표정으로 보았다.

"선생님은 식당에다 모란꽃 그림을 붙여 놓고 지내니까 그런 생각도 해 봤을 것 같아서요."

"봄의 향기죠."

민규는 식당에 오기 전까지 춘향을 생각했던 터였다.

"아, 춘향(春香)이네요."

"그렇죠. 춘향이죠."

민규는 판소리 춘향가가 생겨날 당시 '봄의 향기'보다는 '춘향'이란 말이 더 쓰였을 거라고 짐작했다. 백성들이 한자를 잘 알아서가 아니라 그런 한자어가 통용되었을 테니까. 어쩌면 지금 칠십 대인 식당 주인이 어렸을 때까지도 그랬으리라.

"선생님이 어릴 적에는 봄의 향기라는 말보다는 춘향이라는 말을 더 썼나요?"

"둘 다 썼지요. 뜻이 달라요."

식당 주인은 어릴 적 전라도 나주의 시골에서 살았다. 동쪽으로 영산강이 흐르고 북쪽으로는 나주 금성산이, 남쪽으로는 영암 월출산이 보이는 시골 마을이었다. 고향 마을에서 봄의 향기라고 할 때는 두엄 냄새였다. 봄에 논밭에다 거름으로 두엄을 내니까 냄새가 진동했고 사람들은 그걸 두고 봄의 향기라고 했다. 훗날에는 '농촌의 향기'라는 말도 썼다. 춘향은 당시에 한자깨나 한다는 소위 식자층이 썼다.

파리에서 살면서 봄의 향기는 잊었다. 나이 들면서 점점 김치가 먹고 싶었다. 가게에서 사 먹으려니까 돈이 많이 들어갔다. 집이 파리 교외에 있어서 뜰이 넓었다. 뜰에다 밭을 만들어 배추와 고추를 심기로 했다. 늦겨울에 밭을 만들고 씨앗과 두엄을 마련해 두었다. 봄이 되자 배추씨와 고추씨를 뿌리려고 밭을 삽으로 팠다. 이제 곧 김치를 맘껏 먹을 수 있겠구나, 하는 맘에 삽질이 즐거웠다. 파헤친 땅에다 밑거름을 뿌리려고 두엄 포장을 뜯었다. 고향 마을에서 맡았던 냄새가 확 밀려왔다. 반가웠다. 그 어떤 꽃향기보다 더 반가운 봄의 향기였다.

식당 주인이 지난 세기의 육십 년대에 전라도 나주에서 살았다고 했다.

"내 고향 마을에서 춘향은 꽃향기를, 봄의 향기는 두엄 냄새를 말했지요. 이런 식으로요. 울타리 가에서 매화가 핀께 춘향이 코끝에서 살랑거리네. 뒷밭의 두엄더미에서 봄의 향기는 잘 삭은 홍어처럼 콧속까지 쑤셔불고."

민규가 핸드폰 메모 앱에다 주인의 말을 메모해 두었다.

"제가요, 글을 써요. 평소에 메모를 많이 해요. 그게 모여서 글이 되거든요. 손과 머리와 마음으로 메모를 하는데, 글로 가장 적게 되는 게 손의 메모죠. 그렇긴 한데 여기서 비롯한 글이 가장 오래 가요. 교정을 거치는 동안 머리와 마음의 메모에서 비롯한 글은 바뀌거나 사라지는데, 손의 메모에서 비롯한 글은 남아 있어요."

식당 주인이 김치찌개를 만들려고 갔다. 민규가 식당을 둘러보았다. 다른 손님이 없어서 식당 안은 한산하다. 탁자세 개가 놓이고 묵은 된장 냄새며 김치 냄새가 나는 이런 곳에 파리 사람들이 찾아오지 않을 듯하다. 인터넷으로 한국식당을 찾는 한국인 여행객이 찾아오리라.

민규는 춘향가가 막 만들어질 당시 시골에서는 '춘향'이 두엄 냄새이자 꽃향기였을 수도 있다고 여겼다. 시골에서는 두 가지로 쓰였다고 해도, 춘향가에서는 꽃향기 하나만을 의미한다.

월매가 꾼 꿈에서는 복숭아나무와 자두나무를 접붙였다고 돼 있다. 성춘향은 복숭아나무이고 이몽룡은 자두나무이다. 이몽룡의 성씨 이(李)는 자두나무인데 성춘향의 성씨 성(成)은 복숭아나무가 아니다. 그런데도 둘이 접을 붙였다. 한자문화권에서 복숭아는 곧 천도복숭아를 연상시키고 이건 장수와 부귀영화로 이어진다. 신재효를 포함한 당시의 식자층은 자두나무에 접붙일 나무로 복숭아나무를 두고는 달리 없다고 생각했으리라. 이렇게 접붙인 나무에서 꽃이 피고 향기가 난다. 하지만 당시 백성들이 춘향을 두엄 냄새로 여겼다면 어떻게 되는가? 성춘향은 농사를 짓는 데 들어가는 밑거름의 이미지를 지닌다.

식당 주인이 김치찌개를 가져다 놓았다. 밑반찬은 깻잎장아찌와 양배추 조림이었고 밥은 쌀밥이었다. 민규가 숟가락으로 김치찌개를 조금 떠 맛을 보았다. 매콤하고 짜다.

"어떻게 파리에서 살게 됐어요?"

"지난 세기 70년대에 광주에서 대학을 다녔는데 이런 말을 들었어요. '사랑하면 할수록 혁명을 하고 싶어지고, 혁명을 하면 할수록 사랑하고 싶어진다.' 그게 68혁명에서 나왔다고 들었을 때 몸이 감전된 것 같았어요. 68혁명은 지난 일이 됐지만 나는 파리에서 그 흔적이라도 만나고 싶었어요.
대학 졸업 후에 파리를 찾았지요."

"역사가로……?"

"기자요."

"어떤?"

"신문기자요."

그가 맨 처음 신문기자가 되려고 맘먹은 건 68혁명이 아
닌 타고르의 시 때문이었다. 대학 1학년 때 '동방의 불빛'이라
는 제목으로 알려진 시를 만났다. 이것은 1929년 4월 3일 신
문에 실렸는데 원문은 영어이다.

In the golden age of Asia

Korea was one of its lamp-bearers

and that lamp is waiting

to be lighted once again

for the illumination

in the East

일찍이 아시아의 황금 시기에

빛나던 등촉의 하나인 조선

그 등불 다시 한번 켜지는 날에

너는 동방의 밝은 빛이 되리라

그는 시의 번역이 이상하다고 여겼다. 앞쪽의 두 줄은 번역을 그대로 받아들였지만 뒤쪽의 두 줄은 그럴 수 없었다. 시의 원문에서 뒤쪽을 직역했다.

> 등불은 기다린다
> 다시 한번 켜지기 위해서
> 조명을
> 동쪽에서

원문에서 등불이 켜지는 건 수동태이다. 뭔가에 의해 켜져야 한다. 그 뭔가를 시에서 찾아내면 조명이다.

조명을 기다리는 곳은 동쪽(East)이다. 동쪽이 말하는 데는 어디인가?

당시 일본은 자기 나라를 해 뜨는 나라로 여겼다. 그만큼 동쪽을 좋아했고 자주 내세웠다. 그런데 타고르는 일본의 문화에 매료된 자─자포네스크에 물든 자이다. 그가 했던 말이 증거이다. '일본은 시심을 자아내는 나라이다.' '일본은 아시아에 희망을 가져다주었다. 우리는 이 해 뜨는 나라에 감사한다.' 이런 사람이어서 그는 러일전쟁 당시 일본을 떠받드는 시를 썼다. 그 대가로 일본은 그를 대접했고 그는 다섯 번이나 일본을 방문했다. 일본 군국주의자와 친하게 지냈다.

이런 그에게 동쪽(East)은 어디이겠는가?

동쪽이 일본을 상징한다면 메모의 마지막 두 구절(the illumination in the East)은 동쪽에서 온 조명이라는 의미로 해석할 수 있다.

조선의 신문기자는 타고르에게 조선 방문을 요청했다. 일본이 조선을 자기의 식민지라고 함부로 말하던 때였다. 일본 말을 듣고 따르는 타고르가, 일본의 식민지라고 하는 곳에 가려고 했겠는가? 그는 방문을 사양(거절)하고 아주 짧은 메모를 건네주었다. 이걸 조선에서는 시라고 했지만, 행이 나누어졌으니까 시라고 보았겠지만, 짧은 메모에 불과하다.

메모는 조선인으로서는 몹시 기분 나쁜 구절로 시작한다. 조선은 한때 아시아를 밝힌 등불들 가운데 하나였다는 것이다. 그러니까 지금은 아니다. 지금의 조선을 깔아뭉갠 것이다. 이어서 메모는 조선이 기다린다고 했다. 스스로 밝히지 못하고 불이 켜지길 기다리는 것이다. 그렇다면 무엇이 와야 불이 켜지는가? 동쪽에서 온 조명이다. 이것은 조선이 일본에 의해서 조명이 밝혀져야 한다는—식민지가 돼야 한다는 의미가 아니고 무엇인가?

그는 이 메모를 보고 분개했다. 이 메모가 당시 사람들에 의해서 조선을 위한 시로 여겨졌던 것에도 분개했다. 조선을 능멸한 시인을 그 자리에서 질책하는 기자가 있어야 한다고 맘먹었다. 나는 그런 기자가 되겠다고 맹세했다. 광주에서 대학 다니며 언론을 공부했고 졸업 후에 서울로 가서 일간지 기자가 됐다.

지난 세기 칠십 년대에 파리로 취재하러 왔다. 68혁명의 현장에서 시리즈로 르포를 쓸 계획이었다. 첫 번째 기사에는 그가 마음에 둔 구절을 넣었다. '사랑하면 할수록 혁명을 하고 싶어지고, 혁명을 하면 할수록 사랑하고 싶어진다.' 그는 첫 번째 르포를 서울로 보냈고 그게 신문에 실렸다. 두 번째 르포는 혁명의 현장을 좀 더 리얼하게 다루면서 군데군데 한국에서 군사 독재를 깨뜨릴 혁명이 일어나야 한다는 암시를 했다. 이번에는 실리지 않았다. 편집국장에게 따졌더니 파리의 혁명 대신 예술을 취재하라고 했다. 그는 이미 보낸 르포부터 실어달라고 부탁했으나 거절당했다. 그는 사랑과 혁명을 주제로 세 번째 르포를 썼다. 이번에도 외면당했다. 신문사 동료가 그에게 알려온 바에 의하면 귀국하자마자 체포될 거라고 했다. 이유가 뭔데? 국기를 문란하게 한 죄. 당시에는 반공이 국시(國是)였다. 인권은 국시 앞에서 외면해도 되는 거였고 혁명을 말하는 건 국시를 부정하는, 국기를 문란하게 하는 반란이었다.

그는 감옥에서 썩고 싶지 않았다. 망명 같지도 않은 망명을 하고―공식적으로 프랑스 정부에 망명 요청을 한 건 아니니까―파리에서 지냈다. 사랑과 혁명에 관해 글을 썼다. 발표가 된 건 적었고 고료가 나온 건 더 적었다. 세월이 흘러 결혼하게 되자 먹고살려고 식당을 냈다. 식당에서 함께 일했던 아내는 이미 저세상으로 떠났다.

민규가 식당 주인에게 중앙 일간지 어디에서 일했느냐고 물었으나 그는 대답하지 않았다. 타고르의 짧은 메모에 관해서는 말했다. 그게 여전히 한국에서 조선을 칭송한 시로 여겨지는 건 바뀌어야 한다며 말을 맺었다. 민규가 그에게 물었다.

"동쪽을 단순한 시적 비유로 보면 안 될까요?"

"그렇게 보면 동쪽에서 뭐가 오죠?"

"태양이죠. 빛을 가져오는 태양."

"태양은 등을 밝히지 못하죠. 오히려 등을 가치 없는 것으로 만들죠. 그러니까 등은 동쪽의 태양을 기다릴 리가 없어요. 태양이 뜨면 등은 아무런 가치가 없는 게 되니까."

민규는 더 묻지 않고 그 말을 메모했다. 식당 주인이 민규에게 물었다.

"메모해서 글을 쓴다고 했는데 뭘 쓰려고 하나요?"

"희곡이죠."

민규는 말을 한 김에 한 걸음 더 나갔다.

"춘향을 주인공으로 해서 희곡을 쓰고 싶어요."

"영화, 드라마, 창극에서 춘향이 주인공을 자주 했죠. 연극에서 그랬다는 말은 못 들었어요. 기대가 크네요."

윤도가 대화에 끼어들어서 한반도에서 가장 유명한 사람

이 춘향이어서 무대에 올리려고 한다고 말했다. 그가 '한반도에서 가장 유명한 사람'이라고 굳이 말한 것은 식당 주인도 그렇게 여기는지 알고 싶어서였다. 식당 주인은 거기에는 관심을 드러내지 않고 자기에게 춘향은 혁명가라고 했다. 윤도가 바로 물었다.

"어떤 점에서요?"

"거부를 이어갔으니까요."

그가 말을 보탰다.

"혁명은 거부하는 거니까요."

"춘향이 뭘 거부했죠?"

"그거야 보는 사람에 따라 다르죠. 파리가 보는 사람에 따라 다르듯이. 아무튼 파리도 거부했을 때는 아름다웠죠. 예술적으로 거부를 이어갔던 때를 가리켜 '벨 에포크'라고 하고, 그런 거부를 세상에 퍼뜨렸던 때를 가리켜 '에콜 드 파리'라고 하는데, 지금은 그렇게 거부하지 않죠. 그래서 파리의 현재는 별칭이 없나 봐요."

주인은 주방으로 돌아가고 윤도와 민규는 점심밥을 먹기 시작했다.

4

민규는 대학로 카페에 앉아서 초희를 기다렸다. 약속 시각까지 아직 십오 분이나 남았다. 초희는 오지 않고 카페로 헬멧을 쓴 배달원이 드나든다. 파리의 카페와 다른 점이다. 서울의 카페 의자가 더 넓고 안락하다는 점도 다르긴 하다.

민규는 한 달 전에 파리에서 서울로 돌아왔다. 작년에 '고양이와 쥐'의 공연을 앞두고 그만둔 논술학원 강사 일을 다시 시작할지 말지 망설였다. 춘향을 주인공으로 한 희곡에 올인하자는 맘으로 일자리는 찾지 않았다. 당장 쓸 돈은 있었다. 논술학원 강사를 할 때 저금해 둔 거였다.

초희를 기다리다가 윤도에게 국제전화를 걸었다. 그는 지금도 파리에 있다고 했다.

"지금 뭐 해?"

"루브르로 가는 중."

"이미 갔잖아?"

"다시 만나려고, '민중을 이끄는 자유의 여신'을."

"나하고 봤잖아?"

"그때는 그림에 나온 모든 이들을 봤지. 이번에는 자유의 여신만 보려고."

민규는 루브르 박물관에서 '민중을 이끄는 자유의 여신'을 봤을 때 여신이 전위라고 말했다. 맨 앞에 서 있어서만 전위가 아니야. 목숨을 걸어야 전위야. 혁명의 맨 앞은 총과 칼에 노출되는데 바로 거기에 여신은 선 거지. 진정한 전위야. 이어서 민규는 춘향도 전위라고 했다. 고대 소설 '춘향전'을 읽어 보면 등장인물들 가운데서 목숨을 걸고 싸우는 이는 단한 명이야. 성춘향. 그녀 이외에 그 누구도 목숨을 걸지 않아. 미라보 다리 옆의 식당에서 주인은 춘향이 거부했다고 했지. 나는 그 말을 되새기다가 알았어. 춘향은 목숨을 걸고 거부해서 전위가 됐구나.

윤도는 그의 말에 찬반을 드러내지 않고 그림 제목에 쓰인 한 단어를 말했다. 제목에 있는 'guidant'은 프랑스 사전에 의하면 '길을 동행하며 보여주다.'라는 것인데 이는 우리가 쓰는 외래어 가이드에 해당해. 우리도 동행하고 보여주어야 해. 그러려면 먼저 과거를 보아야 해. 과거를 잊지 않아야 하니까. 앞만 보고 떠드는 자는 정치꾼이야. 과거를 보고 거기에서 벗어날 길을 보여주는 자는 안내자야. 안내자가 신이야. 정치꾼이 악마이고.

민규는, 친구가 루브르 박물관을 찾아가 '민중을 이끄는 자유의 여신' 앞에 다시 서서 가이드를 되새기고 싶어 한다고 여겼다. 연출은 가이드이니까.

"가이드가 되려는 맘을 다지며 여신만 보겠다?"

"전에 갔을 때는 자유의 여신이 서 있는 위치에만 주목했어. 그러다 보니까 자유의 여신이 머리에 쓴 프리기아 모자를 보지 못했어. 그 모자는 파리 올림픽 마스코트인 프리주의 원형이잖아? 오늘 루브르에 가서 프리기아 모자를 보면서 예전 작품을 오늘에 되살려내는 자세를 배우려고. 그래야 춘향가를 오늘에 되살려내는 작업을 할 수 있을 듯해서.”

민규 역시 춘향을 오늘에 되살려내는 희곡을 쓰려고 이 것저것 준비하고 있었다. 고대 소설 춘향전을 여러 이본으로 읽고 소리꾼들의 춘향가 완창을 듣고. 그러다 보니 생각난 게 초희였다.

신초희는 대학 때 모의 춘향 선발대회에서 춘향에 뽑혔 다. 고향이 남원인 민규가 그곳에서 열리는 춘향 선발대회를 학내에서 열면 누가 뽑힐 것 같냐고 물었다. 강의실에서 여 남은 남학생들에게 심심풀이로 던진 질문이었다. 누가 뽑히 는지 선발대회를 열어 보자는 말이 나왔다. 다들 좋다고 호 응했다. 모의 춘향 선발대회가 열렸다. 거기에 있는 여남은 남학생들이 모두 심사위원이었다. 연기가 전공인 초희가 네 표를 얻어서 춘향에 뽑혔다. 그렇게 된 데에는 민규와 윤도 가 그녀에게 표를 던진 게 컸다. 당시 둘은 그녀와 자주 어울 렸고 당연히 그녀를 춘향으로 밀었던 것이다.

카페로 초희가 들어왔다. 민규가 자리에서 일어나 웃음을 지었다. 초희는 그에게로 가면서 카페를 일별했다. 탁자는 여섯 개인데 손님이 다 차지하고 앉아 있다. 손님들은 떠든 다. 카페는 간단하게 두 가지로 나누어진다. 커피 냄새-향기 는 아니고 냄새-가 나는 곳과 사람 소리가 나는 곳으로. 이 곳은 사람 소리가 나는 곳이다. 극작가에게 어울리는 곳 같 다. 희곡은 뭐라고 해도 대화가 중요하니까.

"이민규, 오랜만이다. 석 달 만인가?"

"반갑다는 인사를 기대했는데."

"오랜만이라는 말에 그런 인사가 들어 있지 않나?"

"그런가?"

민규와 초희가 각각 키오스크에서 아메리카노를 주문했다. 그는 만나자고 한 사람이 자기여서 커피값을 치르려고 했지만 그녀가 거절했다.

민규가 준비해 둔 질문을 꺼냈다.

"요즘 뭐 해?"

"촬영."

"연극 그만두고 영화로 진출했어?"

"병모가 작품을 찍어. 주인공을 해달라기에. 독립영화라 촬영 시간이 짧아."

"출연료는 더 짧겠지?"

"주면 받고 안 주면 그냥 넘어가고 그래야지."

"너는 참 맘이 넓어."

"독립영화 사정을 빤히 아는데……. 너도 희곡으로 작품료를 받을 만큼 받았던 건 아니잖아?"

민규가 화제를 돌리려고 얼른 물었다.

"영화 제목이?"

"수로부인이 주인공이어서 '수로부인 바람났네'야. 바로 귀에 들어오지?"

"그렇기도 하지만 좀 웃긴다."

초희도 병모에게 좀 웃긴다고 했는데, 그는 이 제목을 살살이가 지었다고 했다. 내가 수로부인을 주인공으로 시나리오를 완성했는데 제목을 정하지 못했어. 사람들의 관심을 끌만한 제목이 있어야겠기에 여기저기 도움을 청했지. 살살이가 이러는 거야. '수로부인 바람났네'로 해. 그 말을 듣자마자 결정했지. 살살이가 판소리 사이사이에 재담을 넣잖아? 그래서 그런지 재밌는 제목에 감각이 있더라.

살살이는 예명이다. 그녀는 옛날 놀이판에서는 판소리만 쭉 이어지는 게 아니라 판소리 사이사이에 재담이 끼어 있었다면서 그런 식으로 공연을 했다. 미국의 스탠드업과 한국의 판소리를 접목한 예능이라고 말하는 이도 있었으나, 그녀는 예전에 광대가 놀이판에서 하던 방식을 오늘에 맞춰 되살린 거라고 했다. 판소리와 재담을 함께하면서 예명을 살살이라고 지었다. 서울의 소극장에서 몇 번 공연했다. 초희는 매번 관람하러 갔는데 관객의 반응은 밍밍했다.

민규는 '수로부인 바람났네'라는 제목이 장난 같다고 여겼다. 독립영화는 장난치기보다는 진지해야 한다. 하긴 이런 생각을 병모는 받아들이지 않았기에 그런 제목을 지었겠지만.

"제목이 좀 그렇다. 어쨌든 옛날에 만들어졌던 에로 영화 '젓소부인 바람났네'와는 상관이 없겠지?"

"그런 이미지도 좀 있어. 수로부인이 용 같은 신성한 동물들과 만나서 바람을 피우는 거니까."

초희는 병모에게서 출연 제의를 받았을 때 무대 공연이 없었으므로 '무조건 좋아.'라고 외치고 싶었다. 그런 맘을 누르고 제목을 물었다. 병모가 제목을 말하자 그녀가 웃었다. 그가 그랬다. 웃기지? 웃길 거야. 이건 제목이 좋다는 뜻이지. 그런데 그가 건넨 시나리오를 봤더니 웃긴 것은 거의 없었다. 십 대인 수로부인이, 신라 경덕왕 때의 수로부인이 남편에게서 벗어나 그녀의 아름다움에 혹한 신성한 동물들과 주저 없이 만나는 거였다. 이런 만남을 '바람났네'라는 말로 드러냈다.

민규는 삼국유사의 수로부인을 머릿속에서 검색했다. 연관 검색어에 '헌화가'가 떴다.

"수로부인은, 소를 몰고 가는 노인한테 벼랑 위의 철쭉꽃을 꺾어달라고 했지. 노인이 '헌화가'를 부르고."

"노인한테 꺾어달라고 한 게 아니야. 철쭉꽃을 원하자 노인이 꺾어다 준 거지."

민규는 학교 때 배운 내용을 일부 기억해 냈다.

"그 노인이 노승 아닌가? 그게 불교적인 교훈을 얘기한 거고?"

"병모는 아니래. 그 노인은 수로부인이 바람 난 것에 박자를 맞춰준 거래."

"아무튼 병모 걔는 학생 때나 지금이나 뚱딴지야. 그래, 독립영화 체질이야. 관객이 어떻게 생각하든 제 영화를 찍어."

"독립영화도 관객을 의식해. 병모도 그렇고. 그러니까 제목을 '수로부인 바람났네'로 했지."

"관객을 의식한다면서 신라 때의 여자를 내세워?"

"신라 때의 여자이기 전에 십 대 여자야. 춘향이처럼 수로부인도 십 대였대. 기록에 나이가 나온 건 아니지만 병모는 십 대로 여기고 있어."

"부인인데 십 대라고?"

"춘향이도 십 대야. 십 대에 연애하고 결혼까지 했어. 수로부인이 같은 나이에 그러면 안 돼?"

"말은 된다마는."

"너는 십 대 때 뭐 했어?"

"범생이였지. 너는?"

"나는 범생이가 아니었지."

초희가 중학생 때 부모는 자주 싸웠다. 그녀는 공부방 책상에 앉아서 이어폰을 꽂고 핸드폰으로 영화를 봤다. 이어폰 볼륨을 올려서 부모의 싸움 소리가 들리지 않게 했다. 나중에는 핸드폰으로 연극도 봤다. 연기자가 되고 싶었다. 고등학생이 되자 학교에 책 대신 공연을 다룬 잡지를 가져갔다. 이런 그녀에게 입시를 준비하는 같은 반 애들이 '미리 까진

년'이라고 별명을 지어주었다. 그녀가 별명에 된소리가 들어가는 건 좋지 않다고 여겨서 그걸 조금 바꾸었다. '미리 가진년.' 같은 반 애들은 그녀의 수정을 받아들이지 않았다. 그녀가 중얼거렸다. 내가 스타가 돼 이년들의 코를 납작하게 만들어버려야지.

아메리카노 두 잔이 나왔다. 민규는 그냥 놓아두었고 초희는 한 모금을 마셨다.

"왜 날 만나자고 한 거야?"

"춘향이 때문에."

"춘향이 주연인 연극의 주인공으로 캐스팅하려고?"

민규는 그런 연극을 구상했는데 아직 희곡을 시작하지 않았다고 했다.

"네게 솔직하게 말할게. 춘향을 주인공으로 희곡을 쓰면 어떤 캐릭터가 좋을지 찾고 있어. 네가 생각한 대로 말해줘."

"왜 나한테?"

"너는 오래도록 춘향을 의식하고 살았잖아?"

"오래도록 의식하면서 캐릭터가 바뀌고 또 바뀌었어."

"지금은?"

"수로부인과 닮은 점이 있어."

"뭐가?"

초희가 핸드폰에서 '수로부인의 철쭉꽃'이라는 시를 찾아내 민규에게 보내주었다.

수로부인이 벼랑 위의 철쭉꽃을

오래도록 쳐다보네

다른 이들은 지나친 꽃을

오래도록 쳐다보네

아름다움이 또 다른 아름다움을 만나서라네

벼랑처럼 막힌 세상에서

수로부인이 벼랑 위의 철쭉꽃을

눈앞에다 두길 바라네

사람들은 그러지 않는데

수로부인이 홀로 바라네

아름다움이 또 다른 아름다움을 만나서라네

벼랑처럼 볼품없는 세상에서

5

윤도는 마리엔 다리에 서 있었다. 위쪽으로 한국 사람들이 '백조의 성'이라고 부르는 노이슈반슈타인(Neuschwanstein)이 보였다.

민규가 서울로 돌아간 후로도 윤도는 파리에 머물렀다. 춘향을 주인공으로 한 연극을 생각했다. 사람들은 애써 구분하지 않지만 춘향이 주인공인 작품은 크게 둘로 나누어진다. 춘향가와 춘향전. 춘향가는 판소리와 창극이고, 춘향전은 소설과 영화이다. 춘향가든 춘향전이든 줄거리는 같다. 천민인 기생을 어머니로 둔 성춘향이 남원 부사의 아들인 이몽룡과 사랑하게 되고, 그와 떨어져 지낼 때 신관 사또에게 수청을 요구받지만 끝내 정절을 지켜내고, 암행어사가 돼 돌아온 이몽룡과 사랑을 이룬다. 사랑 이야기인 동시에 한국판 신데렐라 이야기여서 한국 사람들이 좋아한다. 계속 좋아하게 만들려면 당대의 사랑꾼인 신데렐라가 나와야 한다. 어떻게 해서? 이런 질문을 하며 파리의 거리를 거닐었다. 발길은 화재로 관광객 출입이 금지된 노트르담 성당 앞에도 닿았다. 이 성당은 한때 파리 시민들에게 외면당했다. 빅토르 위고가 장편소설 '노트르담 드 파리'를 썼고 그걸 파리 시민들이 읽으면서 관심을 받았다. 나폴레옹 1세의 대관식이 여기에서 열리게 됐다. 하나의 작품이 성당을 살린 것이다. 춘향가와 춘향전이 남원 광한루를 살려놓았듯이. 만약에 춘향가와 춘향전이 사람들에게 호응을 받지 못했다면 광한루원이 지금처럼 넓게 남아 있을까? 광한루는 남았을지 몰라도 오작교며 못은 어쩌면 사라졌으리라.

민규는 노트르담 성당을 보다가 '백조의 성'을 떠올렸다. 노트르담 성당은 작품이 리모델링을 이뤄낸 거지만 '백조의 성'은 작품이 만들어 낸 거다. 바그너의 오페라 '로엔그린'이루트비히 2세를 통해 독일 퓌센의 산골에다가.

그는 파리를 떠나 '백조의 성'으로 왔다. 성안에 그려져 있다는 백조를 보고 싶어서는 아니었다. 하나의 공연 작품이 만든, 공연 작품보다 더 아름답다고 여겨지고 더 유명한 성을 마주하고 싶었다. 이곳 마리엔 다리야말로 성을 마주하기에 딱 좋은 곳이었다.

다리 너머가 다른 세상이라는 점에서 이 다리는 절 입구에서 만나는 다리와 닮았다. 절 입구의 다리는 속세를 벗어나 진리의 세상으로 들어가는 비유이고, 마리엔 다리는 세상에서 벗어나 이야기 속으로 들어가는 비유이다.

다리 하나를 건넌다고 해서 속세에서 진리의 세상으로 들어가는가? 비유라고 하지만 너무 과장된 것 아닌가? 그는 이런 질문을 순천 선암사 승선교에서도, 불국사 백운교와 청운교 앞에서도 했다. 질문에 답하려고 다리를 계속 보다가 알았다. 승선교도, 청운교와 백운교도 다리 위에서는 무지개다리가 보이지 않는다는 것. 옆에서 보아야 비로소 보인다는 것.

승선교도, 백운교와 청운교도 무지개다리가 있어서 아름답다. 로마인들이 만든 이후 유럽 전체에서 애용한 아치는 정면에서 보인다. 아치는 정면에다 아름다움을 과시한다. 한국에서 아치와 똑같은 무지개다리는 옆에다 아름다움을 내보인다.

승려는 속세에다 다리를 놓아서 진리의 세상으로-불국(佛國)으로 들어가는 걸 비유하려고 했다. 다리를 만든 석공은 속세에다 아름다움을 남기고 싶었고. 불국사 다리에는 불국의 진리와 속세의 아름다움이 다 있다. 불국의 진리는 청운(靑雲-푸른 구름)이고 속세의 아름다움은 백운(白雲-흰 구름)이다. 푸른 구름은 마음으로 보는 것이고 흰 구름은 눈으로 보는 것이다.

마리엔 다리는 루트비히 2세가 '백조의 성'이 잘 보이는 데에다 지었다. 그는 이 다리를 지나면 바이에른의 현실에서 벗어나 백조의 기사 로엔그린처럼 될 수 있다고 믿었으리라. 하지만 마리엔 다리는 백운교와 청운교처럼 아름답지 않다. 협곡 사이에 높이 놓여서 아래를 보면 두렵다. 위쪽의 성을 쳐다보면 두려움은 사라진다. 이 다리는 현실의 두려움을 잊으려면 이야기 속으로 들어가야 한다고 말한다.

윤도는 자문했다. 춘향을 무대에 세우면 사람들은 현실의 두려움을 잊고 이야기 속으로 들어갈까? 알 수 없다. 민규는 어떻게 생각할까? 그는 춘향을 주인공으로 해서 희곡을 쓰기로 했으니까 뭔가 생각이 있을 터였다.

윤도가 민규에게 전화하려고 핸드폰을 꺼냈다. 민규가 보낸 메시지와 사진이 있었다. 메시지는 짧아서 '친구를 만나서 한 컷'이 전부이다. 사진에서는 민규와 초희가 카페에서 웃고 있다. 웃음이 자연스럽다. 윤도는 계속 두 사람을 보았다. 여전히 웃음이 자연스럽다.

둘은 사진을 찍을 당시 웃을 만한 일이 따로 있어서 웃은 게 아니다. 그렇다고 억지로 꾸며서 웃은 것도 아니다. 웃어야 할 때이니까 얼굴이 그런 표정을 지었다. 보호색을 지닌 동물이 보호색이 필요한 곳에 이르면 색을 바꾸듯이 그렇게 자연스럽게. 말하자면 웃는 표정은 머리가 만들어 낸 게 아니라 얼굴의 피부가 스스로 알아서 지은 것이다.

윤도는 민규에게 전화하지 않고 핸드폰을 넣었다. 천천히 마리엔 다리를 건너 '백조의 성'으로 향했다.

성은 보기보다 멀리 있었다.

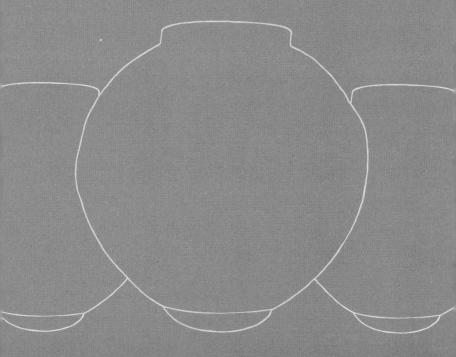

제2장
단오풍정

1

　민규가 아욱국을 한소끔 끓이고 난 뒤 국자로 떠서 맛을 보았다. 아욱 냄새는 흐릿하고 된장 냄새는 강하다. 아욱국을 끓였는데 된장국이 되고 말았다.

　아욱국을 끓일 때는 먼저 육수에다 된장을 푼다. 이걸 팔팔 끓이고 나서 아욱 대를 넣고 이파리는 남겨둔다. 아욱 대가 부드러워지면 이파리를 넣어 한소끔 끓이고 바로 불을 끈다. 된장과 아욱 이파리가 서로 친해질 그런 시간을 주지 않아야 한다. 된장 국물과 아욱 건더기가 따로따로 있어야 각각의 맛이 나온다. 입안에서 둘이 합쳐진다. 연인의 진한 키스처럼.

　아욱국의 레시피는 잘 알아서 그대로 실행한다. 그래도 맘에 드는 아욱국은 쉬 만들어지지 않는다. 아욱 대가 덜 부드러워졌거나 아욱잎이 너무 익어서 풀어져 버린다. 염분 섭취량을 줄이려는 생각에 된장을 줄이면 국물이 심심하다. 된장을 늘리면 아욱이 묻힌다.

그는 식탁에다 아침을 차리고 자리에 앉았다. 숟가락으로 아욱국을 떠먹었다. 된장 맛이 강하지만 이 따뜻함은 맘에 들었다.

음식은 온기다. 예전에는 음식에 관해 그렇게 생각하지 않았다. 칼칼한 맛이라느니, 감칠맛이라느니 하는 걸로 음식을 말했다. 어느 순간부터 음식은 온기였다. 차가운 것보다 따뜻한 게 맘에 들었다. 이런 여름에도 밥과 국은 따뜻한 걸 먹었다.

연애도 온기다. 예전에는 달랐다. 뜨거워야 한다고 믿었다. 그는 뜨거웠고 여자도 뜨거웠다. 그러면 몸을 섞었다. 몸의 뜨거움은 식어갔는데 그게 사라진다고 여기지 않았다. 마음으로 옮겨가서 쌓인다고 믿었다. 그 믿음이 유지될 때까지가 연애 기간이었다. 몸의 뜨거움이 마음의 뜨거움으로 옮겨가지 않는다는 생각이 들면 연애는 끝나가는 거였다. 마음보다 먼저 몸이 식었다. 마음은 늦게 식었지만 몸보다 더 차가워졌다.

민규는 아침을 먹고 설거지를 하고 나서 책상에 앉았다. 햇빛을 보기 힘든 이런 반지하에서 살다 보면 2층 원룸에서 사는 초희가 부러울 때도 있다. 그녀가 햇빛보다 더 많이 들어오는 건 소음이라고 했다. 소음에 잠을 설치기도 해. 반지하는 조용하지 않나? 아니야. 아무리 그래도 내 원룸처럼 시끄럽지는 않겠지.

　그는 컴퓨터를 켜서 희곡 '고양이와 쥐'를 쓸 때 작성해 놓은 시놉시스를 찾았다. 춘향을 주인공으로 한 희곡을 쓰기 전에 참고하기 위해서이다. 그가 새 작품을 시작할 때 이전 작품을 참고하는 걸 두고 시를 쓰는 대학 동기는 그런 건 하지 말라고 했다. 왜? 하고 그가 묻자 대학 동기는 유명한 시인의 시론 한 대목을 알려주었다. '다음 시를 쓰기 위해서는 여태까지의 시에 대한 사변(思辨)을 모조리 파산시켜야 한다.' 그러면서 이전 것에 매여 있지 말고 온몸으로 밀고 나가야 한다고 했다. 대학 동기의 말은 검객에게 필요한 것이라고 민규는 생각했다. 검객은 상대방과 칼로 싸울 때 이전에 자기에게 온 칼날을 생각하면 안 된다. 이전에 칼날이 오른쪽에서 왔으니까 이번에는 왼쪽에서 오겠지, 하고 따지다가는 상대방 칼을 맞는다. 검객은 여태까지의 칼날에 대한 생각을 모조리 없애야 한다. 순간, 순간 상대방의 칼을 막아내고 또한 자기 칼을 내밀어야 한다. 그러면서 온몸으로 밀고 나가야 한다. 이런 검객의 자세가 시인에게 필요한 듯했다. 그걸 대학 동기는 말한 거고. 하지만 스토리가 있는 산문은 다르다. 산문은 궁수가 활을 쏘아서 과녁을 맞히는 것과 같다. 한 발, 한 발 쏘면서 어디에 맞았는지 살펴야 한다. 그걸 참고해서 겨냥을 수정해 나가야 명중에 다가간다. 궁수의 자세가 작가에게는 필요하다.

민규는 다음 작품을 위해서 이전 작품인 '고양이와 쥐'의 시놉시스를 펼쳤다. 기획 의도는 의견이 다른 두 집단의 싸움을 화해로 이끌고 싶다는 것이다. 줄거리는 당연히 고양이와 쥐의 의견 대립과 화해이다. '고양이와 쥐'는 두 개의 장으로 구성된 희곡이어서 줄거리도 1장의 싸움과 2장의 화해로 나누어져 있다.

춘향전을 두 개 장의 희곡으로 만든다면 어떤 사건의 이전과 이후로 나누어야 할까? 민규는 자문하고 나서 곧바로 대답했다. 그건 변학도의 부임이지.

2

"왜 촬영이 연기돼? 혹시 돈 문제로……?"

민규가 조심스럽게 물었으나 초희는 대답하지 않았다.

"역시 제작비 문제구나?"

"이민규, 너는 극작가야. 제작자가 아니야."

"극작가라고 해서 제작비를 외면할 수는 없어. 그게 연극판인데 어쩌겠어?"

"이해는 한다마는……."

"영화도 제작비가 큰 문제지. 특히 독립영화는. 그렇잖아?"

"그거야 다들 아는 거고."

"병모가 스스로 촬영을 그만두지는 않았을 테고, 스태프들이 그만두었나? 그랬구나? 밀린 임금 달라고 촬영장에서 떠났겠지."

"아니야."

"그럼, 뭐지?"

초희가 씩 웃었다.

"강릉에 비 온대."

"뭐야?"

"독립영화는 말이야, 날씨에 크게 좌우돼. 그래서 병모는 이런 영화를 찍고 싶은 적도 있었대. '내가 날씨 따라 변할 사람 같소?'라는 제목의 영화."

"오늘 연극과 영화의 차이점을 또 하나 알았네. 연극은 날씨 때문에 공연이 취소되지 않으니까."

"소극장 연극과 독립영화는 둘 다 날씨에 영향을 받아. 소극장 연극은 공연할 때이고 독립영화는 촬영할 때이지만. 아닌가?"

"그러네. 차이점이 아니라 닮은 점이네."

초희는 강릉에서의 촬영이 취소되자 서울에 머물기로 하고 민규에게 전화했다. 전에 그와 대학로에서 만났을 때 한 시간 정도 얘기하고 헤어졌다. 촬영팀에서 연락이 와 급히 촬영장으로 가야 했다. 그날 이야기하다 말고 떠나면서 다음에 커피를 사겠다고 약속했다. 촬영장으로 가면서 한 약속을 촬영장으로 가지 않을 때 지키게 됐다.

민규는 녹차라테를 마시며 밖을 내다보았다. 모처럼 온, 한때는 희곡을 쓰려고 자주 왔던 홍대 입구의 카페는 한산했지만 거리는 사람들로 붐볐다. 서울의 젊은이들만이 아니라 중국이며 일본에서 관광 온 젊은이들도 많다고 들었다. 거리에는 늦봄의 햇볕이 쨍쨍했다.

"비 올 때 바닷가가 아름답지."

"도시에서 살면 바닷가야 늘 아름답지."

"싫어하는 사람도 많아. 특히 비 내리는 바닷가는 더 싫어해. 축축하고 질척거린다고. 그들은 비의 아름다움을 몰라. 특히 바닷가에서 비가 만드는 아름다움을."

"나도 잘 모르겠다. 하나만 말해줘."

"도시에 비가 오면 길거리가 젖어. 바다에 비가 오면 수면에 파문이 생겨. 일렁임 위의 파문."

"그런 파문을 자주 보았나 보다?"

"그랬지."

"언제 보았어? 네 고향은 바닷가가 아니잖아?"

"해군으로 군 생활을 할 때."

민규는 해군 병사가 군함을 타고 바다에 나가면 핸드폰 사용이 금지된다는 걸 알았다. 핸드폰이 없으면 상상력이 활기차질 듯했다. 해군을 자원해서 군함에서 근무했다. 상상력이 더 줄어들었다. 매일 좁은 데서 같은 얼굴을 보고 살았으니까. 이따금 여유가 생기면 바다를 보았다. 바다에 비가 오면 파문이 생겨난다. 빗방울이 사라지면서 남긴 파문이다. 빗방울이 배우의 대사라면 파문은 관객의 호응이다. 대사는 사라지면서 관객의 호응을 남겨야 한다.

민규가 강릉 바닷가에 비가 내릴 때 촬영하면 장면이 관객의 마음에 들 거라고 말했다. 초희는 오늘 촬영 예정이었던 게 헌화가 대목이어서 비 내리는 장면은 나올 수 없다고 했다.

"삼국유사에는 수로부인이 점심을 먹고 나서 철쭉꽃을 원해. 비가 내리는 날 밖에서 점심을 먹지는 않지."

"스토리가 그러면 어쩔 수 없고."

"역시 극작가는 스토리에 약하구나. 윤도라면 어떻게든 비 내리는 바닷가 풍경을 살리면서 점심 먹는 신을 찍어야 한다고 말할 텐데."

민규는, 윤도가 춘향을 주인공으로 한 희곡을 재촉하고 있다는 걸 떠올렸다. 오늘 초희를 만나러 오면서도 희곡을 생각했다.

"초희야, 비 올 때마다 네가 한가하겠네?"

"아마도."

"그때마다 오늘처럼 나한테 전화해. 커피는 내가 살게."

"작업을 거는, 상당히 고전적인 멘트 같다?"

"희곡 작업을 하려는 상당히 다급한 멘트야."

"내게서 춘향의 캐릭터를 찾아내겠다? 그거라면 전에 만났을 때 보여 주었잖아?"

그날 민규는 시를 받았다. 수로부인이 벼랑 위의 철쭉꽃을 바란 건 '아름다움이 또 다른 아름다움을 만나서'라고 나와 있었다. 수로부인과 춘향이 닮았다는 초희의 말을 그대로 받아들인다면 춘향의 캐릭터는 '아름다움이 아름다움을 만나는 것'이다.

"그 시에는 수로부인만 있었어. 근데 '헌화가'의 주인공은 노인이야. 헌화하는 사람이 바로 노인이니까."

"춘향과 닮은 수로부인을 알아야지 노인을 알아서 뭐 하게?"

"노인이 수로부인을 어떻게 여겼는지 궁금해. 그걸 알면 수로부인을 아는 거지. 네 말에 의하면 춘향과 닮은 수로부인을."

초희는 병모에게서 헌화하는 노인을 노래한 시가 있다는 걸 들었다. 제목이 「헌화가-2020」이라는 시였다. 「수로부인의 철쭉꽃」을 쓴 시인이 2020년에 쓴 거였다. 초희가 그 시를 검색했다.

> 붉은 바위 벼랑 위
> 사람은 가지 못하는 곳
> 새와 신선은 가는 곳

눈길을 사로잡는
마음을 앗아가는
꽃이 피었네
붉은 꽃 피었네

꽃을 원하는 당신이
암소 잡은 내 손을 놓게 하네
조금도 망설임 없이 바로
소중한 암소를 놓게 하네
손에서 놓아야 하리
단번에 놓아야 하리
당신을 위하여 그 어떤 것이라도

나는 무엇이 부끄러우리
꽃을 사랑하는 마음으로
꽃을 사랑하는 당신 앞에 나서는 일
내가 내게 그러하듯이
당신 또한 나를 부끄러워하지 않으시기를
산골에서 소와 함께 살며
꽃을 사랑하는 나를 받아들이시길

벼랑 위의 꽃을 꺾어서

한 아름 철쭉꽃을 꺾어서
바치오리다 오직 당신에게
꽃다운 당신에게 꽃을 보태리라

꽃이 꽃으로 가는 길
꽃의 길에 나선 이여
아름다워라
꽃처럼 아름다워라

민규가 초희에게서 카톡으로 온 「헌화가─2020」을 읽었다. 이곳에서 수로부인은 '꽃의 길에 나선 이'였다. 춘향도 꽃의 길에 나선 여인인가?

"신초희, 너는 요즘 시만 읽어?"

"헌화가는 시야. 그러니까 헌화가 대목을 연기할 때는 시를 읽어야지. 일종의 메소드 연기지."

"춘향으로 무대에 선다면 메소드 연기를 위해서 뭘 할 거야?"

"고전적인 춘향을 연기한다면 한복부터 입어야겠지."

"요즘 한복은 예전 것과 달라. 작년에 윤도와 전주 한옥마을에 놀러 가서 한복을 빌려 입어봤지. 예전보다 더 화려해졌다고 할까? 세련됐다고 할까?"

"옷은 바뀌는 거니까. 요즘 한복과 춘향이 입었던 한복도 물론 다르고."

"당시 춘향이 입었던 한복을 알 수 있나?"

"조선 후기의 한복이 어땠는지는 알 수 있지."

십여 년 전, 초희는 성북동 간송미술관에서 신윤복의 그림을 볼 때 조선 후기에는 한복이 이랬구나, 하고 생각했다. 그림이 예술작품으로 만들어져도 기록화의 성격을 지닌다는 걸 새삼스레 알았다.

당시 초희는 간송미술관에 전시된 작품들, 특히 상감청자를 대학생답게 공부하는 마음가짐으로 보고 밖으로 나왔다. 정원의 전형필 흉상으로 가서 그의 약력을 읽었다. 일제강점기 때 문화재를 지키려고 노력한 게 나와 있었다. 그에 의해서 국보인 훈민정음해례본과 청자상감운학문매병이 지켜졌다.

"Museum, another one?"

또래로 보이는 서양 남자가 초희에게 물어왔다. 남자는 묻고 난 후에도 간송미술관을 힐끔힐끔 보았다. '미술관, 다른 게 있는 것 아닌가?'라고 그녀가 해석한 질문의 속뜻을 대충 짐작할 만했다. '설마 이렇게 작은 건물이 그 유명하다는 간송미술관은 아닐 테고 다른 건물이 있는 것 아니냐?'

초희가 간송미술관을 가리키며 힘주어 말했다.

"This only."

서양 남자가 그녀와 간송미술관을 번갈아 보다가 중얼거

렸다.

"Oh, small. Without doubt, this is an ancillary buil
ding."

그의 말에서 초희는 작다는 것까지는 알아들었다. 뒤에
이어지는 말은 알아듣지 못했다. 그녀가 무슨 말을 한 거냐
고 영어로 묻자 남자가 미술관을 가리켰다.

"Accessory."

남자가 왜 액세서리라고 했는지 초희는 알 만했다. 그가
조금 전에 했던 말을 보건대 규모가 작다는 것이리라. 그렇
다고 엄연히 따로 있는 건물을 두고 큰 건물에 붙는 액세서
리 구조물 정도로 말하면 되는가? 그리고 이 건물은 간송미
술관이다. 그 의미가 어마어마하게 큰 미술관이다. 그녀는
남자에게 생각한 걸 말하고 싶었지만 영어가 그럴 정도는 되
지 않았다. 그녀는 침묵했고 남자는 그녀 옆을 떠나갔다.

카페 밖이 어두워졌다. 강릉처럼 서울도 비가 내릴 모양
이었다.

"조선 후기의 한복을 어디서 만날 수 있어?"

민규가 묻자 초희가 바로 대답했다.

"신윤복의 그림에서."

그녀는 한복 디자이너인 이모한테 들었던 말을 덧붙였다.

"신윤복은 화가인데 패션디자이너이기도 했어. 자기가
디자인한 한복을 그림 속의 기생에게 입혔지."

민규가 핸드폰으로 신윤복의 풍속화를 검색했다. 그림이 나오고 당시의 풍속을 재현했다는 글이 이어졌다.

"풍속화는 재현이니까 신윤복은 기생의 옷을 그대로 옮겼을 것 같은데?"

"너는 춘향이 주인공인 희곡을 쓰면 고대 소설 춘향전을 그대로 옮길래?"

"나야 그러지 않지. 하지만 신윤복은 풍속 화가여서……."

"그를 풍속 화가라고 한 건 조선 시대가 아니라 대한민국 시대야. 그는 조선 시대에는 그냥 화가였어. 화가는 재현만 하지는 않지."

3

"파리에서 캉캉 춤을 봤지. 그네를 타는 여자의 휘날리는 치맛자락과 캉캉 춤에서 흔들리는 치맛자락이 비슷해."

윤도의 말을 민규는 받아들이지 않았다. 단오의 그네 타기와 무랑루주의 캉캉 춤은 다르다.

"캉캉 춤에서 여자들은 엉덩이를 보여주지 않나?"

"남자들이 흥분하라고."

"단오에 여자들이 그네 탈 때 엉덩이를 보여주지는 않잖아?"

"속옷이 보이지. 춘향전의 이본 중 내용이 풍성하다고 알려진 '열녀춘향수절가(烈女春香守節歌)'에서는 흰 속옷의 갈래가 동남풍에 펄렁펄렁한다고 나와 있어. 그것만으로도 예전에는 남자들이 흥분했어. 총각이 처녀의 속옷을 보았다면 더 말할 것도 없고. 아냐?"

민규는 흥분이라는 말이 조금은 느닷없어서 대꾸하지 않았다.

"춘향전의 시작은 이몽룡이 성춘향을 처음 만나는 건데, 이때는 단오여서 춘향은 그네를 타고 있어. 치맛자락이 휘날리고 속옷이 보여. 이몽룡은 흥분했지. 그렇다면 춘향이는? 여기저기서 남자들의 시선이 꽂히고 있다는 것만 느꼈을까? 흥분하지는 않았을까? 무대에 오른 배우는 관객의 시선에 흥분하고, 그네에 오른 여자는 남자들의 시선에 흥분해. 춘향전은 흥분으로 시작해."

윤도는 파리에서 캉캉 춤을 보았을 때 떠오른 생각을 귀국하는 비행기에서 다듬었고 오늘 내놓았다. 민규가 희곡을 시작하는 데 도움을 주려고.

"흥분으로 시작하면 장르처럼 돼."

"장르보다는 춘향이 나오니까 칙릿이지."

윤도는 대학 때 칙릿을 몇 권 읽었다. 젊은 여자들의 유행을 알아보기 위해서였는데 읽다 보면 이야기에 빠져들었다. 마음이, 가끔은 몸이 흥분했고.

"고려해 볼게."

"제목은 아직도 그대로이고?"

그제 민규는 희곡의 가제를 '춘향의 무대'로 정했다. 이걸 윤도에게 알려주었다. 춘향을 주인공으로 한 연극이니까 그게 드러나는 제목으로 일단 지어 봤어. 무대는 그녀의 세상을 말하고. 윤도가 잠시 후에 물었다. 임팩트가 없는 거 아냐? 가제니까 나중에 고칠 수 있어. 윤도는 더 묻지 않았다. 그런데 오늘 다시 제목이 맘에 들지 않는다는 투로 말했다. 민규는 분명히 해두어야 한다는 생각에 힘주어 말했다.

"당장 고치면 좋은 제목이 나오기 힘들어. 시간을 두고 찾아야지."

"내가 너무 설쳤다. 미안하다."

민규가 미안해할 것까지는 없다고 할 때 교수가 왔다. 그가 예술대학 다닐 때 연극 강의를 했던 교수이다. 오늘 이곳 대학로 소극장에서 교수가 연출하는 연극의 배우들을 뽑는 오디션이 열린다. 교수는 삼십 대 초반의 제자들 다섯 명에게 심사를 부탁했다. 젊은이들이 나오는 연극이니까 젊은 그대들이 젊은 배우를 뽑는 데 도와달라면서. 윤도와 민규도 심사위원이었다.

윤도는 대학 시절 오디션에 갔다. 영화배우가, 그것도 주연이 되고 싶었다. 주연 배우 오디션에서 계속 떨어졌다. 주위에서 단역부터 시작하라고 했다. 단역으로 수십 년을 지내다가 주연이 된 이들의 얘길 들려주었다. 윤도는 수십 년이

란 말에 절망했다. 배우 아닌 감독이 되면 어떨까, 하는 생각
이 들었다. 영화감독이 되려면 대형 영화사의 연출부에서 일
하거나 독립영화를 만들면서 수십 년을 보내야 했다. 그는
연극으로 눈을 돌렸다. 학내 연극에 참여했고 부족한 경비를
댔다. 연극에서 늘 부족한 건 제작비라는 걸 알았다. 그걸 마
련하면 연출을 맡을 수 있다는 것도. 그는 예술대학 졸업 후
에 민규의 희곡을 연출했다. '사랑하고 또 사랑하고 또 사랑
하면 미워하고 또 미워하는 세상을 살아갈 수 있다.' 이게 로
그라인이었다. 로그라인에서 사랑 사이의 '또'는 둘이고 미
움 사이의 '또'는 하나였다. 이걸 가지고 '또또는 또를 이긴다'
라는 제목을 새로 만들어서 원래의 제목 대신으로 내세웠다.
드라마투르기로 참여한 선배는 제목을 보면 학생 연극의 제
목 같다고 했다. 프로는 프로여야 하지 않을까? 선배는 그렇
게 충고했으나 그는 받아들이지 않았다. 관객은 들어오지 않
았다. 기대를 접지 않고 공연을 해 나갔다. 관객은 더 줄어들
었다. '또또는 또를 이긴다'는 참패했다. 성공을 기대하며 '고
양이와 쥐'를 다시 연출했다. 이번에도 민규의 희곡이었고
그가 돈을 댔다. 관객은 첫 작품보다 많았으나 성공이라고
말할 수는 없었다.

　　교수가 제자들에게 오디션장으로 들어가 심사위원석에
앉으라고 했다. 제자들이 소극장으로 들어갔다. 심사위원석
은 관객석에 마련돼 있었다. 민규와 윤도는 나란히 앉았다.

"오디션 참가자들이 자유 주제로 연기를 해. 그러면 우리도 자유롭게 심사해야지. 열 개의 항목을 정해놓고 거기에다 일일이 숫자를 써넣으려니, 이건 뭐 신상품 품평회도 아니고."

민규의 불평에 윤도가 웃었다.

"역시, 작가는 불평이 많아."

"연출가는 어떤데?"

"불평을 줄여나가지. 작가, 배우, 관객의 모든 불평을 줄여나가."

"그러면 네 연출은 어디에 있어?"

"작가와 배우와 관객에게 있지."

오디션을 시작한다는 안내 방송이 나왔다. 삼십 대 후반인 첫 참가자가 무대로 나왔다. 이름을 비롯한 자기소개는 금지돼 있었다. 첫 참가자는 상대방에게 뭔가를 호소하는 듯한 무언극을 했다. 잠시 후에는 K팝을 노래했다. 가사는 너와 다시 사랑하고 싶다는 거였다. 첫 참가자는 다시 뭔가를 호소하는 무언극을 해서 주어진 5분을 채웠다.

심사위원의 질문 시간이 되자 민규가 물었다.

"노래를 많이 하셨나요?"

"네."

"한때는 가수 지망? 아니면 뮤지컬 배우?"

"가수요."

"그쪽이 어려워서 그만두었나요?"

"연기가 더 맞아서 이쪽으로 왔죠."

"왔더니 어때요?"

"연기가 노래보다 더 어렵다고 생각합니다."

"가수를 지망했다니까 하나 물어볼게요. 이 나라의 가요는 처음에 3절이었어요. 윤심덕이 부른 '사의 찬미'와 이난영이 부른 '목포의 눈물'이 3절이었죠. 그러다가 2절로 바뀌었어요. 이미자의 '동백 아가씨'며 남진의 '미워도 다시 한번'은 2절이죠. 지금은 1절이죠. 아니, 1절은 2절이 있어야 성립하는 말이니까 지금은 절이 없어요. 처음부터 끝까지 구분이 없이 끝나요. 왜 이렇게 됐을까요?"

"예전에는 3절인데 지금은 절이 없어졌다는 건 정확하지 않은 말입니다. 지금도 트로트에는 절이 있어요. 하지만 현재 이 나라에서 K팝이 대세인 걸 생각하면 절이 없다는 말이 틀린 건 아니라고 여겨집니다. 그렇다면 왜 이렇게 됐을까요? 예전에는 우리가 있어야 했죠. 우리는 셋은 되어야 하고요. 그러다가 둘이 됐죠. 너와 나. 이제는 하나죠. 지금은 혼자 살아요. 여기에 맞춰서 가요도 변했다고 생각합니다."

"말씀 감사합니다."

민규가 채점표에다 숫자를 써넣을 때 윤도가 작은 목소리로 물었다.

"저 친구 말에 동의해?"

"아니."

"나도."

윤도가 채점표에다 점수를 적어넣으면서 또 물었다.

"가요가 예전에는 3절이 대세였고 지금은 아니야. 너는 왜 그런다고 생각해?"

"예전에는 노랫말이고 지금은 댄스야. 예전에는 한 명이 노래하고 지금은 열 명이 춤춰. 한 명의 이야기는 기승전결로 나눌 수 있지. 여러 명의 춤은 그럴 수 없어. 세상도 마찬가지야. 이건 여러 명이 추는 일종의 댄스잖아. 기승전결로 나눌 수 없지."

민규는 희곡을 쓸 때 한 명의 이야기와 여러 명의 춤을 번갈아 가면서 내세우면 어떨까 하고 생각했다. 이러면 인도 영화같이 되는 건가? 거기는 이야기가 이어지다가 춤이 튀어나오다가 하는데.

오디션장에 두 번째 참가자가 나왔다. 민규가 윤도에게 몇 명을 심사해야 하는 거냐고 물었다. 윤도가 모르겠다는 뜻으로 오른손에 든 볼펜을 흔들었다.

4

민규가 자기 표절을 처음 알았던 건 삼 년 전이었다. 고향에 갔다가 지리산을 중심으로 활동하는 환경단체를 모처럼 찾아갔을 때였다. 그는 가입은 했지만 서울에서 지내기에 거의 활동하지 않았다. 그래도 고향 선후배들이 활동하는 단체여서 회원들 면면은 대부분 알았다. 환경단체 사무장이 그에게 격문을 써달라고 했다. 무슨 격문을요? 우리 단체가 봄이면 야유회를 가서 올해도 지리산의 생명을 위협하는 이들에 맞서 싸우자는 다짐의 시간을 가지잖아요? 그걸 시작할 때 사무장이 읽는 게 격문이고. 왜 그런 말을 써요? 뭐가요? 격문요. 그런 건 임진왜란 때 의병 모집하면서 쓴 거 아닌가요? 삼십 년 전에도 썼대요. 우리 단체를 처음 만들었을 때도 많이 썼나 봐요. 아무튼 우리 단체의 격문이 예전에 작성된 것이거든요. 매년 같은 걸 읽으니까 맛이 없어요. 그러면 약간씩 고쳐서 읽지 그랬어요? 당연히 그랬지요. 시의적절한 구절을 넣기도 했는데 그래 봐야 거기서 거기잖아요. 새 격문, 부탁합시다. 그는 부탁을 거절할 수 없어서 그 자리에서 격문을 썼다. 사무장이 고마워했다.

예전의 격문이 적힌 종이를 사무장이 찢으려고 할 때 민규가 달라고 했다. 그 격문의 내용이 궁금했던 것이다. 종이를 받아서 읽어나갔다. 예전의 격문은 예상했던 것보다 더 힘에 넘쳤다. 새로 쓴 격문과 비슷한 문장도 여럿 있었다.

이거 누가 쓴 거예요? 그가 묻자 사무장이 웃기만 했다. 문장력이 좋은데 소설가가 쓴 건가? 진짜 몰라서 물어요? 몰라요. 농담하는 거죠? 진담이에요. 사무장이 고개를 갸웃했다. 누구예요? 본인이 써놓고 자꾸 그렇게 물으면……. 이걸 내가 썼다고요? 그래요. 한 오 년 전쯤에. 그때 술김에 썼는 데 그래서 기억 못 하시나 보다.

민규는 예전 격문과 새 격문을 찬찬히 비교해 보았다. 처음보다 비슷한 대목이 많아졌다. 자기 표절을 심하게 했다는 걸 알았다. 그리고 또 알았다. 새 격문이 예전 격문보다 더 나은 게 없다는 것을.

그는 극작하는 후배들에게 표절하지 말라고 했다. 자기 표절은 변화가 없어. 자기가 쳐놓은 울타리 안에서 뱅뱅 돌아. 단순한 소모일 뿐. 나중에는 표절을 더 넓게 해석해서 말했다. 젊은이가 내일에 이르러 오늘을 표절하지 않고 살아가도록 돕는 게 교육이야. 어른들이 오늘을 살면서 어제를 표절하지 않도록 하는 게 언론이고. 예술 특히 우리 연극에는 교육과 언론이 깃들어 있어. 자기 것만이 아니라 남의 것도 표절하지 말아야지.

연극에 교육이 깃들어 있다니까 낡아빠진 계몽주의라고 여기지 마. 내가 말하는 교육은 이데올로기 아닌 아름다움을 가르치는 거니까. 가르친다기보다는 무대에서 보여준다고 해야겠지만.

연극에 언론이 깃들어 있다는 건 굳이 설명할 필요도 없지. 언론은 오늘을 다루는 것이고 연극도 마찬가지야. 연극은 때가 과거든 미래든 오늘에 유효한 주제를 무대에서 펼쳐야지.

민규는 이제까지 써 온 '춘향의 무대'를 살펴보다가 알았다. 이번 희곡은 이제껏 나온 춘향전의 표절에 불과하다는 것을. 그것은 구조에서 그랬다. 춘향전의 여러 이본은 내용에서 조금씩 달라도 구조는 비슷하다. 기생의 딸인 성춘향과 남원 부사의 아들인 이몽룡의 만남, 둘의 거침없는 육체적 사랑, 아버지를 따라 남원에서 한양으로 떠나게 된 이몽룡, 오리정의 이별, 신관 사또의 부임과 성춘향에게 수청 요구, 성춘향의 거절과 투옥, 성춘향의 고난과 기다림, 암행어사가 된 이몽룡의 등장, 변학도 생일잔치에서 벌어지는 일들, 어사 출두와 도망치는 이들, 성춘향과 이몽룡의 재회. 이런 구조를 그의 희곡도 반복했다.

춘향전은 이본이 백 개가 넘는다고 알려져 있다. 한국에서 이보다 더 많이 쓰인 소설은 없다. 판소리 다섯 바탕 가운데서도 춘향가가 으뜸이다. 이러다 보니 한국 사람은 춘향의 스토리를 안다. 당연히 춘향은 유명하다. 나와 윤도가 파리에서 말했던 대로 춘향은 지난 이백 년간 가장 유명한 사람이다. 앞으로도 여전히 유명할 거고. 이건 앞으로도 춘향의 스토리를 다들 알 거라는 말과 같다. 이런데도 이제까지의 스토리를 반복할 필요가 있는가?

춘향의 캐릭터에서 가장 중요한 건 정조다. 그는 이걸 이번에 쓰는 희곡에서 받아들이지 않았다. 춘향의 캐릭터를 사랑에서 열렬하고 권력의 압박을 거부하는 데서도 열렬한 걸로 잡았다. 캐릭터가 전통적인 춘향전과 다르다고 여겼다. 다시 생각해 보니까 다른 게 아니다. 춘향이 이몽룡과 뜨겁게 사랑하고 변학도의 압박에 목숨을 걸고 맞서는 건, 정조만큼 강하지 않다고 해도, 춘향의 캐릭터에서 빠지지 않는다.

민규는 '춘향의 무대'가 구조는 물론 캐릭터에서도 예전 춘향전을 표절했다고 여겼다. 망설이지 않고 이제까지 써온 걸 내버렸다. 이전과는 다르게 쓰기로 맘먹었다. 어떻게 쓸 것인지 구체적으로 정한 건 없었다. 일단 춘향전의 시작인 단오부터 알아보기로 하고 강릉단오제를 찾아왔다. 서울서 강릉으로 올 때 예상한 거지만 병모는 강릉에 있었다. 초희도 있을 거라고 짐작했는데 이건 맞지 않았다. 친구들은 없고 너만 있어? 하고 묻자 병모가 살살이도 있다고 알려주었다.

그녀는 예술대학 국악과 졸업 후에 예명을 살살이로 지으면서 그랬다. 판소리 사이사이에 재담을 넣어서 사람들의 가려운 데를 살살 긁어주려고 해. 그러면 사람들이 웃을 거야. 입이 아닌 마음으로.

당시 민규가 물었다. 살살이의 뜻이 아부하는 사람인데 예명으로는 좀 그렇지 않아? 내가 관객에게 아부하면 어때? 나는 말이야, 이 나라의 무대에 관객에게 아부하는 배우가 늘어나야 한다고 생각해. 그런 극작가와 연출가도 늘어나야 하고.

　민규는 강릉에 온 김에 커피거리를 찾았다. 줄을 서서 커피를 샀고 2층에서 서성이다가 빈자리를 잡았다. 병모한테 전화해서 만나고 싶다고 하자 그가 곧 가겠다고 했다.

　"바로 움직일 수 있는 걸 보니 촬영하려고 온 건 아니구나?"

　"강원도에서 계획한 촬영은 거의 다 마쳤어. 오늘은 구경."

　"단오제에서 뭘 구경해?"

　"사람."

　"사람?"

　"영화감독이 뭐냐? 사람 구경한 걸 모아서 다른 사람들한테 구경거리로 내놓는 거지."

　민규가 병모를 기다리면서 바다를 보았다. 여름 바다에 뭉게구름 빛깔과 닮은 괭이갈매기들이 떠 있다. 괭이갈매기들은 고양이 소리를 낸다는데 그가 들어본 거로는 깔깔대는 소리였다. 그는 살살이에게 전화했다. 그녀는 공연이 있어서 갈 수 없다고 했다.

　"이번 단오제의 공연에서 한 파트를 맡았어. 모처럼 제대로 출연료 받는 거지."

　"축하한다."

　"너는 왜 왔어?"

"단오제 구경."

"내 무대도 구경해 줘."

"재밌어?"

"어제는 소리를 하고 나서 그네를 탔던 재담을 했어. 반응이 괜찮았어."

"재담에서 뭔 얘길 했는지 짐작이 간다. 그네를 타니까 주위에 남자들이 몰려왔다. 신이 났다. 그네를 계속 타다 보니 치마 속이 허전했다. 남자들이 치마 속만 보고 있다는 걸 알았다. 그때야 깨달았다. 그네 타러 올 때 팬티를 입지 않았구나."

"그게 네 수준이구나?"

"네 재담이 그런 것 아닌가? 그래야 사람들이 웃을 것 같은데?"

"너는 재담이 사람들을 웃기는, 수준 낮은 거라고 여기지? 배우들이 등장해 인상 팍팍 쓰면서 아리송한 대사를 날리는 연극을 수준 높은 거로 여기고?"

"아니야. 나는 다만 재담이라면 사람을 먼저 웃겨야 한다고 생각해서……."

"너야말로 웃긴 놈이야. 전화 끊어."

민규가 창 너머로 밖을 보았다. 코발트블루의 바다가 누워 있다. 이렇게 누워 있는 바다만 보는 게 지겨워서 강릉 사람들은 그네를 탔나?

병모가 와서 자리에 앉았다. 민규가 놓아둔 커피잔을 들어서 한 모금 마셨다. 병모가 말했다.

"이곳의 커피는 신맛이 나서 좋아."

"커피는 써야지."

"그건 베이스고 그다음이 중요하지. 예술은 베이스 너머를 보는 거잖아?"

"너한테까지 예술론 강의 듣고 싶지 않다."

"그러자. 오늘은 빨자. 커피도 빨고 소주도 빨고."

"사람 구경하러 왔다며?"

"사람도 빨고."

"주둥이 좀."

"알았어, 자식아."

민규가 커피를 조금 마시고 병모에게 턱짓했다.

"사람을 구경하려면 여기보다 서울이 더 낫지 않아?"

"내가 '수로부인 바람났네'를 찍잖아? 수로부인의 남편 공식 직함이 강릉 부사야. 강릉 사람들을 구경해야지."

"그 영화가 나온 김에 하나 물어볼게. 수로부인은 어떤 여자야?"

"삼국유사에 따르면 수로부인은 임해정에서 점심을 먹다가 용에게 납치돼. 그런 후에도 납치는 이어져. 삼국유사에는 깊은 산이나 큰 못을 지날 때마다 여러 번 신물(神物)에게 붙들려 갔다고 돼 있어. 내 해석은 이래. 수로부인은 한 영역에서 머물지 않고 다른 영역으로 스스로 떠나간 여자다."

"그 해석을 받아들이기 힘든데?"

"수로부인은 아름다움을 드러냈어. 그건 유혹이지. 바다의 용도, 다른 신령스러운 동물들도 거기에 넘어가 그녀를 데려간 거고. 그녀가 유혹했으니까 다른 영역으로 스스로 떠나간 여자라고 해도 무방해."

"신령스러운 동물들을 유혹한 아름다움이 삼국유사에서는 외모여도 네 영화에서는 아니겠지?"

"외모야."

"미인 지상주의를 군이 주장해야 할까? 성형에 목매는 이들이 넘치는 이 나라에서?"

"네가 전에 그랬지. 봄꽃은 아름답다. 봄의 이파리도 봄꽃처럼 아름답다. 나는 지금 이렇게 말하겠어. 이 나라 십 대는 봄꽃이고 신록의 이파리다. 근데 말이야, 봄꽃이며 신록의 이파리가 아니라고 여기는 이들이 있어. 아이돌이나 여배우 낯짝과 닮아야 예쁜 거라고 떠드는, 성형외과 외판사원 같은 소리를 해대는 이들. 거기에 넘어간 십 대가 많지. 그게 이 나라 현실이지. 나는 십 대에게 말하고 싶어. 그런 헛소리에 넘어가지 말고 그대들이 봄꽃이고 신록의 이파리라는 걸 알라고. 그런 후에 수로부인처럼 한 영역에서 머물지 말고 다른 영역으로 떠나가라고."

"십 대 예찬론자네."

"십 대가 중요하잖아? 그때 인생의 길이 결정되니까."

병모는 십 대 때 영화를 많이 봤다. 당시 같은 영화를 반복해서 보기도 했는데 '반지의 제왕'은 두 번째로 볼 때 제목이 내용과 맞지 않다고 여겼다. 호빗들이 구성한 반지원정대가 절대 반지를 없애는 이야기여서 제왕과는 거리가 있었다. 원래의 제목을 찾아봤더니 'The Lord of the Rings'여서 직역하면 '반지의 주인'이었다. 이게 영화의 주제와도 어울렸다. 영화는 절대 반지−강력한 권력−의 주인이 누구인지 묻는다? 그걸 이용하려는 군주 사우론인가, 그걸 없애려고 나선 프로도인가? 영화는 물론 프로도라고 한다. 절대 반지를 없앤 프로도가 '반지의 주인'인 것이다. 강력한 권력을 이용하려는 자가 아니라 없애는 자가 바로 세상의 주인이기도 하다.

당시 병모는 이 땅의 주인이 누구인지를 생각했다. 십 대라는 대답이 나왔다. 예술대학에 진학한 후에는 십 대가 주인공인 시나리오를 썼다. 시나리오는 대형 영화사에서 계속 외면당했지만, 그는 아직도 십 대를 외면하지 않았다.

민규와 병모가 카페에서 나왔다. 병모가 살살이가 하는 공연을 보러 가자고 했다. 민규는 뻔할 거라는 생각이 들었지만 그걸 드러낼 수는 없었다. 그들은 공연장−실은 행사장에 왔다. 사람들이 북적이는 데를 헤치고 나가자 공연 무대가 보였다. 무대는 둘이었다. 조명이 설치된 대형과 판매 부스로 오인하기 좋은 소형. 살살이는 소형 무대 옆에 서 있었다. 병모가 손을 흔들었다.

"살살아, 우리가 왔다."

"잘 왔어. 내가 곧 공연해. 손뼉을 쳐줘. 제대로 치면 내가 커피 쏜다."

"커피 가지고 되겠어?"

"야, 박병모, 관람료를 안 받고 커피까지 쏘겠다는데 뭘 더 바라냐?"

"알았어. 손바닥에 불나도록 손뼉을 칠게."

"좋아."

살살이와 병모가 하이 파이브를 했다. 민규가 무대를 보았다. 멀리서 볼 때보다 더 초라했다. 바로 앞에는 의자도 없었고. 사람들이 이런 데서 판소리와 재담을 들으면 추임새를 넣고 웃음을 터뜨리기보다는 여름 햇볕에 짜증을 낼 것 같았다.

살살이가 무대로 올라갔다. 마이크를 쥐고 공연을 시작했다.

"저는 전라도 고창 사람인데 요즘 이곳 강원도에서 지내고 있습니다."

병모는 군대 생활을 할 때 강원도에서 지냈다. 가을에는 싸리를 베서 빗자루를 만든다. 겨울에는 싸리비로 눈을 치운다. 봄에는 싸리비를 태워 없앤다. 그게 그가 기억하는 군대 생활의 일부이다. 아, 여름도 있다. 그때는 싸리꽃을 보고 지낸다. 싸리꽃은 콩꽃과 모양이 비슷하다. 나뭇가지를 뒤덮으며 자주색으로 핀다. 이렇게 많은 꽃이 이토록 가는 나뭇가지에서 피어나는가 싶다. 바람이 흐드러진 싸리꽃을 그냥 지나갈 수 없다며 다가온다. 바람이 나뭇가지를 흔들지만 싸리꽃은 소리가 없다. 그래도 바람은 오고 또 온다. 가을이 지나고 겨울이 되면 나뭇가지는 빗자루가 된다. 눈을 쓸면 쌓인 눈과 나뭇가지가 만들어 내는 소리가 싸리, 싸리, 하고 난다. 나뭇가지가 바람을 오래 품고 있다가 조금씩 내어놓은 것 같다. 병모는 이 소리를 들으며 강원도의 추위를 견뎌냈다.

살살이가 강원도에서 지내며 감자와 옥수수를 자주 먹는다고 했다.

"저는 원래 감자와 옥수수를 좋아해요. 서울연극제에서는 감자튀김을 먹고, 전주대사습놀이에서는 옥수수 튀밥을 들고 다녔지요. 이렇게 여기저기서 감자와 옥수수를 먹고서 알게 된 게 있습니다. 여러분, 무엇일까요?"

살살이가 대답을 유도해 놓고 기다렸다. 사람들 몇이 앞에 서 있었지만 대답하는 이는 없었다.

"제가 알게 된 건 바로 이겁니다. 감자와 옥수수는 강원도게 맛있다는 것."

병모가 환호성을 지르자 민규가 손뼉을 쳤다. 사람들 서너 명이 손뼉을 쳤다.

"옥수수는 그냥 먹어도 맛있지만 튀밥을 튀어도 맛있지요. 제 친구의 어머니는요, 튀밥을 무척이나 좋아하시죠. 친구에게 강원도 옥수수를 사라고 한대요. 친구가 인터넷으로 강원도 옥수수를 주문하죠. 그걸 친구의 어머니는 옥상에다 널어요. 짧게는 사흘에서 길게는 일주일까지. 이렇게 옥수수가 말라가는 걸 두고 친구의 어머니는 한 번 더 익는다고 한대요. 강원도 밭에서 익은 게 서울 옥상에서 한 번 더 익는다고."

민규는 어머니를 떠올렸다. 어머니는 등황색 감을 두고 익었다고 하고 초겨울에 홍시를 두고 한 번 더 익었다고 했다. 곶감에도 같은 말을 썼다. 한 번 더 익은 것들은 맛이 좋았다.

"친구의 어머니는 두 번 익은 옥수수로 튀밥을 튀어요. 펑, 하는 소리를 옥수수들이 일시에 내죠. 사람 귀를 먹먹하게 만들기까지 하는 소리. 친구의 어머니는 옥수수 튀밥에 그 소리가 남아 있다고 해요. 우습게 들릴지 몰라도 정말이에요. 옥수수 튀밥을 입에 넣고 깨물 때 펑, 소리가 나잖아요. 그래서 저는 이렇게 말해요. '옥수수 튀밥은 소리이다. 나는 그 소리를 먹는다.' 저는 강원도 옥수수 튀밥을 많이 먹어서, 그러니까 소리를 먹어대서 이렇게 소리꾼이 됐나 봐요."

병모가 소리꾼 겸 재담가, 하고 외쳐댔다. 살살이가 거기에 손짓으로 호응했다. 소리할 때는 추임새에 호응하지 못하지만 재담을 할 때는 관객의 말에 그럴 수 있다.

그녀는 소리를 할 때마다 관객의 추임새를 기대했다. 스승 진동재(辰東齋)는 '청중이 무심결에 낸 소리가 바로 추임새'라고 가르쳤다. 소리가 뭐냐? 소리꾼이 내는 소리지. 자기가 낸다는 걸 알고 내는 소리. 그건 금방 마무리될 수 없어. 길 때는 한나절을 넘겨. 이때 청중은 어떠냐? 그도 소리를 내지. 바로 추임새야. 그건 무심결에 나와야 해. 깨달은 순간 무심결에 내지르는 선사의 고함처럼. 그 짧은 고함에 십 년 수도의 세월이 담기듯, 추임새에도 한 대목의 소리가 담겨. 소리꾼이 한 대목의 소리를 풀어내면 청중이 그걸 받아들여서 추임새로 만드는 거라고. 한 대목의 소리가 추임새를 끌어내지 못하면 소리꾼은 소리의 이면(裏面)을 그려내지 못한 것이야. 그 말을 들은 직후에 선 무대에서 그녀는 스승이 말한 추임새를 기다렸다. 지인의 과장된 추임새는 흔했으나 귀명창에게서 무심결에 터져 나오는 추임새는 없었다. 그녀는 무대 뒤에서 조그맣게 내뱉었다. 얼씨구. 이어서 무대를 날려버릴 듯이 고함을 내질렀다. 절씨구.

스승은 고창 사람으로 어려서부터 여러 소리꾼에게서 소리를 배웠다. 동향인 만정 김소희 명창에게도 배우고 싶었다. 만정을 찾아갈 때 여장을 하고 갔다고 한다. 여제자를 여럿 가르치고 있어서 남자 제자를 받아들이기 어려울 거라는 생각에서였다. 만정은 그의 여장을 단번에 알아보고 이렇게 말했다고 한다. 당신은 남자이기에 앞서 소리꾼이다. 나도 여자이기에 앞서 소리꾼이다. 소리꾼들이 만났으니 소리 몇 대목은 함께해도 좋겠다. 그렇게 해서 그는 만정에게 소리 몇 대목을 배웠다.

스승님은 만정의 제자들인 신영희, 박윤초, 안숙선, 유수정, 오정해와 같은 유명한 소리꾼들 사이에 끼어 있어야 하는 것 아닌가요? 지금이라도 제자라는 걸 인터넷에다 올리는 게 좋겠어요. 살살이가 그렇게 제안하자 스승이 손을 내저었다. 왜 그러세요? 나는 이름 없는 별이니까. 그녀가 무슨 말인지 몰라서 입을 다물고 있자 스승이 말을 이었다. 만정의 유명한 제자들은 이름 있는 별이지. 나는 이름 없는 별이고. 하지만 밤하늘을 아름답게 만드는 데서는 둘이 같아. 그걸로 됐다.

스승은 팔십 대에 접어들면서 가끔 아팠다. 그녀가 병문안하러 가면 스승은 웃었다. 걱정하지 마. 네 소리를 더 들어야 하니까 아직은 안 가.

민규와 병모가 계속 소리를 지르자 살살이가 그들을 향해 손을 들어 흔들었다.

"네, 네, 저를 연호해 주시는 팬들께 감사드립니다."

살살이가 여남은 관객에게 고개를 돌렸다.

"솔직히 말씀드리면 소리 지르는 두 사람은 팬이 아니라 제 친구들입니다. 나중에 커피 사준다고 했더니 열심히 손뼉을 치고 소리를 지르네요."

여남은 사람이 웃었고 민규와 병모는 소리를 지르지 않았다.

"여러분, 강원도 강릉에서, 풍광이 뛰어나지만 그것보다 인물이 더 뛰어난 강릉에서 여러분을 뵙게 됐으니 대접을 하렵니다. 제 친구들한테는 커피를 사겠지만 여러분께는 명태 요리를 대접하겠습니다."

살살이가 중모리장단으로 소리를 시작했다.

> 명태는 참으로 명랑한 생선.
> 거기에 걸맞게 이름이 많아.
> 많아, 많아, 진짜 많아.
> 막 잡힌 것은 생생해서
> 그 이름도 생생한 생태.
> 연애로 생생해진 젊은이
> 연애로 명랑해진 젊은이 같아.
> 물 밖에 나와서 변하지 않으려고
> 곧바로 얼음이 된 딱딱한 동태.
> 어려움에도 꿈을 바꾸지 않으려고
> 스스로 엄격해진 젊은이 같아.
> 생태처럼 물렁물렁하지 않고
> 동태처럼 딱딱하지 않은

반쯤 말라 꾸들꾸들한 코다리.

코를 꿰인 코다리.

때로 탓하면서 때로 배려하면서

미운 정 고운 정이 든 부부,

서로 코를 꿰어놓고 사는 부부 같아.

말린 것은 북어라고 해서

두들겨 패면 더 맛있는 생선.

북어가 두들겨 맞는 것은

마누라한테 잘못을 추궁당하는 남편 꼴.

그래도 마누라 북엇국을 먹을 때는

그 어느 때보다 더 명랑해지는 남편.

덕장에서 얼었다 녹았다 하며

노르스름하게 변한 황태.

이런 일 저런 일 겪고 난 후에

인생의 맛을 알려주는 노인처럼

이 바람 저 바람 다 맞은 후에

명태의 맛을 알려주는 황태.

요리해 먹으면 그 누구든지

바로바로 명랑해지는 황태.

여기서 끝이 아니라네.

부부가 낳은 자식이 있듯

명태 새끼 노가리도 있다네.

새끼가 되기 전에는 알이라네.

이름부터 명랑한 명란이라네.

명란젓으로 유명한 명란.

알부터 황태까지 이름이 많은

알부터 황태까지 우릴 즐겁게 하는

명태는 참으로 명랑한 생선.

5

초희가 뜰에 서서 기와집을 보았다. 대청마루에는 해바라기가 꽂힌 화병이 놓여 있다. 화병이 놓인 곳은 기와집 한가운데이다. 사람으로 말하자면 배꼽에 해당하는 곳. 배보다 배꼽이 크지는 않아도, 배보다 배꼽이 더 섹시하다. 그리고 배꼽은 남자 물건을 받아들이는 깊이는 없어도 남자 눈길을 받아들이는 깊이는 있다.

그녀는 촬영이 없어서 한가했다. 모처럼 경복궁을 거쳐 북촌에 왔다가 기와집인 전통찻집에 들렀다. 화병은 탁자에만 놓는 줄 알았는데 여기는 대청마루에 놓아두었다.

해바라기를 보고 있었더니 황차를 마시고 싶었다. 황차 빛깔은 누렇다. 그녀는 어릴 적 어머니가 프라이팬에다 굽던 은갈치를 떠올렸다. 은갈치는 구워지면서 누렇게 변한다. 은이 금으로 변한 것처럼. 서양 연금술사들은 은을 금으로 바꾸지 못했지만 어머니는 바꿨다. 나중에는 함께 사는 남자도 바꿨다.

초희가 황차를 주문하고 자리에 앉았다. 수로부인 역할이 마무리로 접어들어서인지 머리 한쪽에는 춘향이가 들어와 있었다. 춘향전의 시작이 단오라는 게 새삼스레 생각났다. 당시의 단오가 어땠는지를 알아보려고 핸드폰으로 신윤복의 「단오풍정(端午風情)」을 검색했다. 이 그림의 해설 가운데서 맘에 든 게 있었다.

더위가 시작된 단오. 아낙네들이 시원한 계곡으로 가네. 이날은 창포로 머리를 감는 날. 아낙네들은 냇물에 들어가 저고리를 벗고 젖가슴을 드러낸 채 머리를 감네. 왜 머리를 감나? 단오는 일 년 중에서 양기가 가장 센 날. 석 달 열흘 죽어지낸 남자 물건도 발딱 일어서는 날. 그러니까 남자를 받아들이려면 머리를 감아야지. 어떤 여자는 뒷물만 하면 된다고 하네. 그건 남자하고 섹스만 하는 여자의 말. 이 땅의 예전 아낙네들은 남자와 정사를 했다네. 같은 베개를 베고 말을 섞어서 마음을 섞었다네. 이렇게 하자면 머리카락에서 창포 향이 나야지. 요즘 사람들이 알려나? 창포가 필 때 석류꽃이 핀다는 것을. 그 석류꽃의 향을 머금은 물로 여자는 아랫도리를 적셔두었다네.

이날은 또한 그네를 타는 날. 임을 찾는 여자는 그네를 타고 올라서 남자를 부르는 날. 꽃잎이 저 높이 나부끼니 벌 나비 찾아드는구나. 춘향가에서 성춘향과 이몽룡이 만난 것도 이날이라네.

단오에 노랑 저고리와 다홍치마를 입은 여자가 그네를 타네. 몸이 뜨거운 여자는 계류에다 머리를 감지만, 마음이 뜨거운 여자는 다홍치마를 휘날리며 하늘로 날아오른다네. 이제 저 하늘을 향해 그네에 올라섰으니 남자의 눈길을 받기 전에는 내려가지 않으리.

임과 헤어진 여인네들은 머리를 매만지네. 빗으로 곱게 빗어도 임은 오지 않지만 이렇게라도 하지 않으면 이 긴긴날을 어떻게 보내리? 빗어낸 머리카락 길기도 하구나. 아픔만큼이나 길어서 목을 지나 어깨를 지나 가슴에 이르렀구나. 애고, 애고.

한탄하는 여인에게 행상이 술을 팔러 오네. 행상의 머리에 인 보따리에서 술병 주둥이가 보이는구나. 사내의 제대로 선 물건처럼 꼿꼿하구나. 여보시오, 아낙네, 임과 헤어졌다고 한탄만 하지 마시오. 세월 지나도 오지 않을 사람인데 마음에 담아둔들 무슨 소용이오? 우선 술로 목을 축이시오. 술을 술술 넘기고 나면 사람 몸의 구멍이란 구멍이 다 열리지요. 귓구멍은 커져서 노래를 듣고 입은 벌어져서 노래를 부르고. 콧구멍이 벌름벌름 꽃향기 찾으면 눈구멍이 아롱아롱 나비에 머물고.

　　꽃이 피어 있으니 나비가 온다네. 가까이서도 오고
멀리서도 오고. 임자 없는 꽃에 임자 없는 나비가 온다
네.

　초희는 신윤복의 「단오풍정」을 단오에 그네 뛰고 창포로
머리 감는 풍속을 잘 그려낸 작품이라고 학생 때 배웠지만,
오늘은 이 그림에서 질펀한 에로티시즘을 느꼈다. 그네에 오
르는 여자는 가랑이를 쩍 벌린다. 들이대는 게 있으면 지금
당장이라도 받아들일 듯하다. 그 뒤의 여자도 머리채를 두
가닥으로 쩍 벌려서 늘어뜨리고 있다. 이런 여자들을 남자들
은 보고 싶어 한다. 수도하는 중이라고 해도 마찬가지. 그래
서 그림에는 바위 뒤에 숨어서 여자들을 훔쳐보는 젊은 중들
이 있다. 파계하고 나선 그들이 그냥 돌아갈까? 그러지는 않
으리라. 그들은 여자들에게 수작을 걸 테지. 그렇게 해서 또
하나의 이야기가 만들어지는 것이고. 「단오풍정」은 풍속을
그린 듯하지만 거기에는 남자와 여자가 앞으로 만들어 갈 이
야기, 그 달착지근하고 뜨거운 이야기가 질펀하다.
　초희는, 여자들이 목욕하는 계곡에 춘향이는 가지 못했을
거라고 생각했다. 댕기를 드리운 처녀이기에. 처녀는 가슴을
드러내고 목욕할 수는 없다. 그네를 탈 수는 있어도.
　황차가 나오자 초희는 마시지 않고 빛깔을 즐겼다. 해바

라기 빛깔보다 옅어서 은은한 느낌이 있었다.

초희는 요즘 살살이가 강릉단오제에서 일한다는 걸 생각해 냈다. 나는 춘향이를 의식하며 살면서도 그네를 탄 적이 없어. 그네를 한번 타봐야 하는 거 아냐? 그녀는 살살이에게 전화했다.

"한가한가 보다, 전화를 바로 받는 걸 보니?"

"쉬는 시간이야. 모처럼 이런 시간을 갖는 게 좋아."

"무대에 서는 시간이 좋은 게 아니고?"

"그때도 좋지."

"어느 게 더 좋은데?"

"둘 중 하나를 말하기는 힘들어. 둘이 함께하는 거니까. 무대에서 만족한다. 쉴 때도 만족하지. 무대에서 만족하지 못하면 쉴 때도 그러고."

"그러면 말이야, 만족스럽게 쉬면 무대에서 만족하게 될까?"

"그러지."

초희는 만족스럽게 쉬고 싶었다. 강릉단오제에 가면 그럴 수 있으리라.

"나도 거기로 가서 그네를 타 보고 싶어."

"와. 여기 병모와 민규도 있어."

"지금 걔들은 어딨어?"

"나도 몰라. 강문해변으로 간다고는 하더라만, 헤어진 후로는 연락이 없으니까. 아마도 커피를 마시거나 두부를 먹겠지. 두부에 배부르면 허난설헌 생가를 찾거나 허균과 허난설헌을 기념하는 공원에 들를 테고."

초희는 살살이와 통화를 마치자마자 민규에게 전화했다. 그가 뭐라고 하기도 전에 바로 물었다.

"너, 공원에서 허균과 허난설헌을 만나고 있지?"

"영화를 보면 길거리의 모든 CCTV 영상을 모아서 사람을 찾아내지. 그런 시스템을 가동해도 여기서는 힘들 거야. 사람이 워낙 많아서. 그런데도 너는 우릴 찾아냈네?"

"CCTV보다 더 빠르고 정확한 게 있거든."

"여자의 육감?"

"친구가 친구를 두고 하는 행동 예측."

"그 예측이 어떻게 됐는데?"

"너는 글을 써. 이게 기본 데이터야. 네가 강릉에 갔다는 것, 강릉에는 허난설헌의 생가가 있고 허균과 허난설헌을 기념하는 공원이 있다는 것, 이것들은 추가 데이터이지. 이 둘을 이용해 네 행동을 예측하면 이렇게 돼. 작가가 강릉에서 허균과 허난설헌을 만나고 있다."

민규는 강릉에 와서 허균의 '홍길동전'이 한때 이 나라 최초의 소설로 알려졌던 때가 있었음을 떠올렸다고 말했다. 지금은 '홍길동전'이 두 번째 소설이라고 했다. 조선 중종 때 채수가 지은 한문 소설 '설공찬전'의 한글본이 발견됐다는 것이다.

"허균을 기념하는 공원에서 이런 말 하기는 뭐하지만, 나는 춘향전을 이 나라 최초의 한글 소설로 여겨."

"조선 중기에 나온 소설들을 무시하고 조선 후기의 소설을 내세운다? 최초로?"

"한글에다 방점을 찍어 봐. 춘향전 이전의 소설은 한문을 익힌, 한글보다 한문에 익숙한 이들이 썼어. 그들은 요즘 말로 하면 바이링구얼인데 내면은 한문이지. 소설을 쓸 때 먼저 한문으로 썼어. 요즘 최초의 한글 소설로 말해지는 '설공찬전'이 좋은 예이지. 그런 소설들과 달리 춘향전은 한문이 바탕이 아니야. 한글에서 시작한 거라고. 그러니까 최초의 한글 소설이지."

"가장 오래된 기록인 신재효의 춘향가를 보면 한글 소설이라고 하기 힘들어."

"그것 역시 신재효가 한문에 젖어서 그래. 내가 말하는 건 기록되지 않은 춘향전이야. 신재효가 기록하기 훨씬 이전부터 존재해 온 춘향전."

"기록되지 않았는데도 소설이라고 한다?"

"너도 알다시피 춘향전은 여러 사람이 만들었어. 처음에는 글로 기록하지는 않고 머리로 기억했지. 기억이어도 그건 문학이야."

민규는 한글 소설이 춘향전으로 시작했지만 곧바로 꽃

피지는 못했다고 했다. 한글 소설이 꽃피려면 이 나라 사람의 과반이 한글을 읽어야 한다. 그런 때가 언제 이 땅에 왔는가? 정확한 연도를 말할 수 없지만 1970년대 아니면 1980년대 이르러서야 이 나라 사람 과반이 한글을 읽게 된다. '중국과 달랐던 나랏말씀'이 '사람마다 편히 쓰게' 되기까지는 오백 년이 넘게 걸렸던 것이다. 한글이 온전하게 이 나라의 글자가 된 지 이제 고작 오십 년이 조금 넘었다. 한글 소설이 꽃핀 게 오십 년 조금 넘었다는 얘기다. 아무튼 한글이 만들어져서 한글 소설이 나왔다. 춘향전은 최초의 한글 소설인 동시에 최고의 한글 소설이다. 춘향전이 최초의 한글 소설이라는 데는 의견이 다른 사람이 많아도, 최고의 한글 소설이라는 데는 의견이 같은 사람이 많으리라.

"최초이자 최고의 한글 소설인 춘향전의 주인공을, 나는 꼭 무대에 세우겠어."

"응원해."

"네가 춘향으로 무대에 섰으면 해."

"친구 찬스를 주는 건가?"

"아니야. 너는 대학 때부터 춘향과 함께했어. 이건 춘향 찬스야."

초희는 춘향으로 무대에 서는 걸 떠올렸다. 맘에 쏙 들었다.

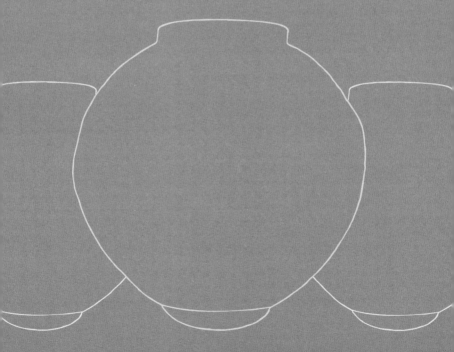

제3장
미인

1

　윤도는 시내버스에 앉아서 창 너머로 한강을 보았다. 강물이 고여 있는 것 같다. 둔치에는 걷거나 자전거를 타는 사람들이 있다. 도로에서는 차들이 내달린다. 차창 하나에 정지, 움직임, 내달림이 다 담겨 있다.

　윤도는 유럽에서 시내 관광을 하며 전철과 시내버스를 탔던 걸 되살려 지난여름부터는 가끔 자가용 대신 전철과 시내버스를 탔다. 서울의 전철과 시내버스는 승객이 많아서 때로 시달렸지만 타고 다닐 만했다. 전철에서는 눈길을 줄 데가 없어서 핸드폰을 켰는데 시내버스에서는 그러지 않아도 된다. 전철에서는 핸드폰을 보며 생각을 다른 세상으로 보낸다. 시내버스에서는 창밖을 보며 다른 세상으로 갔던 생각을 여기로 데려온다. 사람들과 함께 살아가야 하는 길거리로.

　한강 둔치에 선 나무들은 초록색이 옅어졌다. 가을이 되면 이파리는 자기 자신만의 색을 내보인다. 나무는 봄에 꽃으로, 가을에 단풍으로 자기 자신이 누군지 뚜렷하게 알린다. 이걸 멀리 있는 사람도 알게 된다. 윤도 역시 이 가을에 멀리 있는 사람도 자기를 알아줄 프로젝트를 추진 중이다. 춘향을 무대에 올리는 것이다. 문제는 제작비이다.

시내버스가 압구정에 이르자 윤도는 하차했다. 부모가 사는 아파트로 천천히 걸어갔다. 부모는 서울 강남에—아파트 값이 아주 비싼 곳이라고 주민 스스로가 늘 의식하고 사는 곳에 두 채의 아파트가 있다. 아파트 한 채에서는 윤도가 산다. 그의 소유 아닌 아버지 소유이다. 아버지는 화성에 6층 건물도 소유하고 있어서 월세를 받아들인다. 동탄이 개발되기 전에 땅을 사두어서 투기에 성공했고 그 덕분에 건물주가 됐다. 개발 정보를 돈 주고 샀는지, 아버지가 스스로 예측했는지 윤도로서는 알지 못한다. 그런 건 아버지가 말해준 적이 없으므로.

아버지는 남해 득량만과 가까운 시골에서 가난한 어린 시절을 보냈다. 서울에서 고향을 말하지 않는다. 가난했던 옛날이 드러날까 두려워서. 불가피하게 말해야 할 때 그러니까 사투리가 무심결에 튀어나와서 상대방에게 고향이 전라도 어디냐는 질문을 받는 그럴 때는 광주광역시라고 한다. 상대가 자기도 광주 출신이라며 반가워하면 아버지는 어릴 적 광주를 떠나서 기억이 별로 없다고 얼버무린다. 아버지가 서울에서 숨기는 그 고향에는 지금도 할아버지와 할머니가 농사를 지으며 살고 있다. 윤도가 할아버지와 할머니에게 연극을 연출한다고 했더니, 할아버지가 '이수일과 심순애'를 해 보라고 했다. 그게 재미있으셨나요? 연극을 못 봤거든. 이 말은 알제. '순애야, 김중배의 다이아 반지가 그렇게도 좋더냐?' 할머니는 '사랑에 속고 돈에 울고'를 권했다. 할머니는 그 연극을 보셨고요? 나는 못 봤제. 근디 거기 나오는 노래는 알아. '홍도야, 우지 마라.'

윤도가 좌우로 아파트가 늘어선 길로 들어섰다. 앞쪽에는 길을 고치고 있다. 한때 그는 서울을 두고 '아파트 옆의 아파트 공사장'이라고 규정했다. 길을 고치는 걸 보니 '아파트 옆의 도로 공사장'이라는 말이 만들어졌다.

부모는 물을 것이다. 뭘 하려고 하느냐가 아니라 뭘 먹고 살려고 하느냐고. 그는 먹고살 일을 찾는 데 시간이 필요하다는 핑계를 대고 지난봄에 유럽 여행을 떠났다. 민규와 함께 쓴 여행비는 부모한테서 받은 거였다. 그가 연출했던 두 편의 연극에 들어갔던 제작비도 부모 돈이었다.

그는 이십 대를 얻은 것 없이 보내고 삼십 대를 맞았을 때 연극 연출에 올인하기로 맘먹었다. 주위에다 연출가라고 했지만 극단의 대표들은 그를 연출가로 여겨주지 않았다. 남의 극단이 아닌 내 극단의 연극을 연출할 수밖에 없었다. 극단을 만들고 ―실은 이름만 그럴듯하게 짓고― 연극 제작비를 마련하려고 나섰다. 우선 자가용부터 팔자고 맘먹었다가 생각을 바꾸었다. 부모에게 연극 투자를, 투기만 알아 온 부모에게 투자를 권했다. 부모는 연극에 투자해서 돈을 벌 거라고 믿지 않았지만 아들이 원하는 거라서 돈을 내주었다. 윤도는 극단 대표이자 연출가였지만 명함에는 연출가로 적었다. 첫 번째 작품의 연출에 성공해 연극판에서 존재를 입증하길 바랐다. 민규의 작품을 무대에 올렸다. 관객에게 외면당했고 부모에게서 받은 돈은 모두 날아갔다. 그가 두 번째 작품을 얘기하자 아버지는 들어보려고도 하지 않았다. 그는 연출을 그만둘 수는 없었다. 더 높이 오르거나 더 넓은 데로 나아가려면 연출 이외의 길은 없었으니까. 어머니를 설득했다. 어머니가 아버지 몰래 제작비를 대주었다. 두 번째 연극 역시 외면당했고 그는 유럽으로 여행을 떠났다. 혼자 갔다면 연극을 잊었을 수도 있었는데 민규와 함께 갔더니 연극이 옆에서 따라다녔다. 그러다가 춘향이를 만났다. 지난여름에도 서울에서 셋이—민규와 춘향이와 그가 한자리에서 가끔 만났다.

　윤도가 미장원 앞에 이르렀다. 창에다 머리를 비추어 보았다. 머리가 단정하지 않다. 아버지는 머리가 단정하지 않은 걸 싫어했다. 전직이 이발사여서 그랬는데 아버지는 고향이 남도인 걸 숨기듯이 이발사였다는 것도 숨겼다. 아버지가 허름한 이발소에서 '깎사'로 불릴 때 어머니는 면도사였다. 어머니 역시 머리가 단정하지 않은 걸 싫어했다.

윤도는 이발하고 나서 부모를 만나기로 했다. 미장원 안으로 들어섰다. 이십 대로 보이는 미용사가 그를 맞아 자리를 권했다. 손님이 오면 자리를 잡아주는 일을 하는 미용사인 듯했다. 저쪽에서 다른 손님의 머리를 매만지던 미용사가 왔다.

"안녕하세요. 제가 원장입니다."

"단정하게 보이도록 해주세요."

"상당히 오래된 단어를 쓰시네요?"

"어릴 적에 들었거든요."

윤도가 어릴 적에 아버지는 단정을 강조했다. 특히나 머리에 관해서는.

그의 아버지는 국민학교에 다닐 적 선생님께 불독 이야기를 들었다. 세상에는 똥개와 불독이 있단다. 똥개는 두들겨 패도 물지 않고 꼬리를 흔든단다. 불독은 누가 건드리기만 해도 물어버려. 너희는 똥개 아닌 불독이 돼야 해. 그의 아버지는 스스로 별명을 지었다. 불독. 그걸 주위에다 알렸다.

불독은 이발소에 가서 머리를 잘랐다. 하루에도 몇 번씩 월남전에 다녀온 걸 자랑으로 늘어놓는 이발사는, 머리를 짧게 잘라야 한다고 강조했다. 그래야 군인처럼 보인다면서. 불독은 머리를 짧게 잘랐다. 그는 머리가 긴 급우에게 으스댔다. 머리를 짧게 잘라야 군인처럼 보여. 이어서 군인의 머리를 가지고 한참 떠들었다.

불독은 아예 군인처럼 보이려고 이발소에 갔을 때 머리를 아주 짧게 잘라달라고 했다. 이발사가 바리캉으로 머리를 밀어주었다. 아주 짧게 잘린 불독의 머리를 보고 아버지가 그랬다. 그렇게 자를 거라면 돈 아끼게 내가 잘라주마. 아버지는 바리캉을 사 왔다. 그는 머리를 이발소에서 자르는 급우에게 그렇게 말했다. 우리 아버지는 군대에서 이발병이었대.

입대를 앞둔, 마을의 형들이 노래를 불렀다. '자유 통일 위해서 조국을 지키시다 조국의 이름으로 님들은 뽑혔으니…….' 불독도 형들을 따라 불렀다. 월말고사에서 1등 한 아이라도 되는 듯이 한껏 목소리를 높였다.

불독은 중학교로 진학했으나 공부보다는 돈을 벌고 싶었다. 중2 때 서울로 도망쳤다. 독산동으로 가서 노끈 공장의 시다바리로 일했으나 월급이 적었다. 기술을 배워야 돈을 번다는 걸 알았다. 이발소로 옮겨 월급은 받지 않고 일을 도우면서 이발 기술을 배웠다. 이발사가 돼 제법 돈을 모았다. 입대할 나이가 되자 군대에서 이발병으로 근무하고 싶었다. 중학교 중퇴인 그는 그럴 수 없었다. 고향으로 가서 방위병—공식적으로는 '국토방위'로 근무했다. 득량만 바닷가 초소에서 전투경찰과 함께 밤에 경계를 섰다.

불독은 참호에서 득량만 바다를 향해 서 있었다. 옆에서 방위병 고참이 물었다. 야, 신삥, 세상에서 가장 어려운 일이 뭔지 아냐? 모릅니다. 그건 말이여, 방위가 여자 꼬시는 거여. 알겠습니다. 그라면 말이다, 이 세상에서 가장 쉬운 일은 뭔지 알까? 모릅니다. 이 새끼는 아는 게 좆도 없네. 잘 들어, 씨발놈아. 네. 그건 말이여, 여자가 방위 꼬시는 거여.

불독은 방위병에서 해제되자 -'국토방위'는 제대가 아니라 소집 해제였다- 서울로 갔다. 거기에서 이발사로 일하면서 면도사와 사귀었다. 주인이 퇴근한 이발소에서 둘이 손장난을 하다가 뜨거워졌다. 바닥에다 신문지를 깔아놓고 몸을 섞었다. 얼마 후에 동거했다. 이발사와 면도사로 일하면서 돈을 모았다. 서울 변두리에다 이발소를 사고 그 뒤의 밭도 샀다. 채소를 길러서 반찬값을 아끼려고 그랬던 것인데 그게 나중에 그를 부자로 만들어 주었다.

윤도는 잘려 나가는 머리카락을 보았다. 내 머리를 보고 부모는 내가 오늘 미용실에 다녀왔다는 걸 바로 알아낼 거다. 다른 건 몰라도 투기와 이발은 잘 아니까. 그렇지만 이발에는 관심을 끊은 지 오래고 지금은 투기에만 관심이 있지. 투기라……. 지금 준비 중인 희곡을 무대에 올리는 데 돈을 대는 건 투자가 아닌 투기라고 설득해 봐? 춘향이 주인공이어서 대박이 날 수 있다고 강조하면서?

2

초희는 이번 달부터 새로 시작한 베이비시터 알바에 다녀

왔다. 오늘은 다섯 살 먹은 아이와 여섯 시간 동안 함께 놀아
주는 거였다. 아이는 혼자 놀았고 두 시간이나 잠을 잤다. 그
녀는 아이를 지켜보며 시간을 보냈고. 그런데도 원룸에 들어
오자 피곤했다. 저녁을 먹기에는 이른 때여서 침대에 누웠
다. 머리맡에 요즘 읽는 '신윤복과 여인들'이 있었다.

지난여름 단오 무렵에 「단오풍정」을 보다가 연관 검색어
로 뜬 '미인도'를 클릭했다. 전에 봤던 인물화인데 이번에는
뭔가 느낌이 달랐다. 춘향이 이런 모습이 아니었을까, 하는
생각이 들었다. 그 순간 미인도의 미인에 꽂혔다. 신윤복을
다룬 책 세 권을 인터넷으로 주문했는데 그 가운데 한 권이
『신윤복과 여인들』이었다. 그녀가 책을 펼쳤다.

혜원 신윤복(申潤福)은 고령 신씨인데 족보에서 이
름이 발견되지 않는다. 적서 구별이 엄격했던 조선 시대
에 서얼 출신이어서 족보에 오르지 못했던 듯하다. 미인
도에 날인된 걸 보면 신가권(申可權)이라는 이름이 나오
는데 그의 본명으로 추측된다. 명확하게 알려진 것이라
고는 조선 시대 후기 영조와 정조 시대를 살았고 아버지
신한평처럼 그 역시 도화서 화원이었으며 첨절제사라는
벼슬을 받았다는 사실 정도. 전해진 작품은 국보 135호
로 지정된 혜원전신첩(蕙園傳神帖)의 30여 점에 이르는
풍속화와 미인도를 비롯한 몇 점의 그림들.

신윤복의 그림들은 이백여 년이 지난 지금 지배 계급의 타락과 위선을 까발렸다, 남녀의 은밀한 정을 잘 그려냈다, 예술로 승화시킨 에로티시즘이다, 기생을 주로 등장시켜서 자유연애 사상의 일단을 드러냈다, 등등으로 호평받지만 당시에는 그러지 않았다.

신윤복이 홀대를 받은 게 그의 아버지 신한평이 귀양 간 일과 관계가 있을까? 귀양이란 뭔가 잘못했다기보다는 절대 권력자인 왕에게 버림받았다는 뜻이다. 귀양 당한 자의 아들인 그를, 왕의 눈치를 봐야 하는 벼슬아치들은 멀리했으리라.

신한평의 귀양은 정조가 보냈다. 도화서에서 제대로 그림을 그리지 못했다는 이유로. 정조는 그림에 나름의 감식안을 지녀서 여러 화가에게 도움을 주었지만, 때로는 맘에 들지 않은 화가를 가차 없이 내쳤다. 그걸 알고도 신한평은 자기 그림을 고집해서 끝내는 귀양까지 가게 된 것 아닐까? 만약 그랬다면 신한평은 예술가 기질이 넘쳐나는 사람이었으리라.

신윤복 또한 자기 그림을 고집했다. 당시 그 어떤 화가도 다루지 않은 양반들의 타락과 위선을 그렸다. 비웃음거리가 된 양반들은 신윤복을 외면했다. 당연히 신윤복은 당시 양반들의 기록에 등장하지 않는다. 기록이라고 남아 있는 것은 그의 사후 백여 년이 지난 뒤 편찬된

'근역서화징(槿域書畫徵)'에서 찾아지는, 문일평의 짧은 언급이다. 그 언급이라는 것도 '도화서 화원으로서 신윤복은 너무나 비속한 것을 묘사했다고 해서 필경 도화서로부터 쫓겨났다고 하거니와'라는 간략하고 흐릿한 추측에 불과하다.

신윤복을 다룬 글이야 없지만 그가 남긴 글은 있다. 그림의 화제(畫題). '처네 쓴 여인'에서는 붓을 잡은 때를 현학적으로 말했고 '월하정인도(月下情人圖)'에서는 조금 익살을 부렸다. '깊은 달밤 삼경에 만난 두 사람. 그들의 속셈이야 그들만이 알리라(月沈沈夜三更 兩人心事兩人知).' 가장 널리 알려진 미인도에도 화제가 있다.

초희가 책을 덮었다. 이모가 전에 그랬다. 나는 신윤복의 여인들 옷을 패션쇼로 불러내려고 한다. 그녀는 이모에게 전화했다.

"다른 화가의 그림과 달리 신윤복의 그림에는 이야기가 있어요. 풍속화는 이야기가 곁들여져야 재미있어진다는 걸 그는 알았나 봐요. 정말이지 다시없는 풍속 화가예요."

"전에도 말했지만 내게는 풍속 화가 이전에 패션디자이너야. 신윤복은 기생을 그대로 그린 게 아니야. 자기가 디자인한 옷을 기생들에게 입혔어. 그의 기생 옷 패션쇼는 무대 아닌 화선지에서 이루어졌지."

초희는 어설프게 대꾸했다가 이모의 핀잔을 받을까 봐 입을 다물고 있었다.

"내가 이번에 열 패션쇼는 기생 옷을 보여주겠지만, 신윤복 패션의 재현은 아니지. 신윤복이 디자인했던 옷을 본으로 삼아 내 걸 보여줘야지. 문제는 내 감각을 어디까지, 어떻게 밀어 넣느냐, 하는 점이지."

"과감하게 밀어 넣어야 표절 패션이라는 말을 듣지 않겠지요."

"단순 무식한 놈들이 과감하게 밀어 넣지. 단순 무식한 년들이 거기에 헬렐레하고."

이모의 말투는 오십 대 때나 환갑을 맞은 지금이나 같았다. 사이다 발언이 나오는 이모의 말투가 맘에 들어서 초희는 대학생 때 이모를 가끔 찾았다. 대학 졸업 후에도 마찬가지였다. 그녀는 연극 무대에서 연기를 열심히 한다고 했지만 단역이어서 누가 알아주지 않았다. 방구석에다 처박아 둔 스타니슬랍스키의 '배우 수업'을 꺼내 읽고 연극을 보러 다녔다. 대학로에는 연극 포스터가 요란했다. 극장 객석은 요란하지 않았다. 영화사들의 고향이라는 충무로에 가 보았다. 영화 포스터는 거의 보이지 않았다. 영화관 관람석은 요란했다. 당장 '여배우가 되는 길'을 샀다. 오드리 헵번이 표지 모델이었다. 초희는 표지를 보다 말고 거울을 들여다보았다. 코는 끝이 두루뭉술하고 눈은 옆으로 찢어졌다. 얼굴이 여배우들에게 뒤처졌다. 여배우가 되겠다는 또래 여자들에게도 뒤처지는 것 같았다. 개성 있는 얼굴이라고 자기 최면을 걸면서 오디션에 나갔다. 개성이 심한 만큼 외면이 심했다. 외면이 수십 번 이어졌다. 오디션을 보지 않기로 했다.

초희는 여기저기 놀러 다니다가 이모의 신사동 숍에 들렀다. 이모는 숍에서 한복 웨딩드레스를 팔면서 가끔 패션쇼를 열었다. 처음에는 궁중 의상을 변형시키는 작업을 했는데 당시에는 여느 사람의 한복을 디자인했다. 너, 남한테 눈길을 받고 싶어 하잖아? 현실은 무대로 올라가지 못해서 헤매는 거고. 이런 너한테 방법이 없는 게 아니야. 뭔데요? 내가 길게 말했는데 네가 그렇게 짧게 물으면 돼? 예의가 아니지. 어떻게 길게 말해요? 초희야, 아주 긴 말은 바로 침묵이야. 침묵하면서 날 봐야지. 간절한 눈빛을 하고. 사흘 굶은 개가 먹이 주려는 사람을 쳐다보는 그런 간절한 눈빛을 하고. 알았어요. 그녀가 간절한 눈빛을 만들어서 이모를 보았다. 패션모델로 나가라. 거긴 얼굴을 별로 따지지 않으니까 네 얼굴이어도 괜찮아. 내가 뒷심이 돼줄 테니까 런웨이에 설 수 있어. 워킹을 해야 하잖아요? 너 매일 걷잖아? 걷기야 하지만……. 돈이 없어서 바삐 걸었겠지. 앞으로는 돈이 있는 척하며 천천히 걸어 봐. 그게 워킹이야. 설마요? 진짜야. 있는 척하며 걷는 게 워킹이야. 런웨이에서 구두 굽깨나 닳아졌다고 떠드는 년들이 워킹을 두고 뭐라고 시부렁거리더라만, 다

개소리에 헛소리고, 워킹은 있어 보이는 척하는 걸음걸이야. 초희는 워킹 학원에 다녔다. 이모의 주선으로 몇 군데 패션쇼에 출연했다.

이모가 밀라노에서 패션쇼를 열게 돼 초희는 모델로 따라갔다. 이모는 안면 있는 에이전시 직원과 커피를 마셨다. 모델들이 인사를 하자 직원이 누가 메인이냐고 이모한테 물었다. 이모가 초희를 가리켰다. 한 모델이 콧방귀를 뀌었다. 초희는 워킹도 제대로 못 하는 애인데, 메인요? 친척을 심하게 편애하시네요. 이모가 모델에게 천천히 말했다. 너와 커피를 자주 마셨지. 두어 번 너한테 이런 말을 했어. 나처럼 나이 든 사람한테는 커피보다 피가 더 진하다.

밀라노에서 패션쇼를 하는 동안 초희는 틈을 내 시내 관광을 다녔다. 노천카페에서 에스프레소를 마시다가 아시아에서 온 듯한 남자를 보았다. 레이어링 스타일로 점퍼와 셔츠를 입었다. 패션에서 '닛폰 필'이 느껴졌다. 니혼진데스까(일본인입니까), 하고 말을 걸었더니 한국 사람인데요, 하고 대꾸했다. 남자는 서울에서 온, 방송광고 회사 카피라이터였다. CF가 20초라는 말을 들었을 때 초희가 손뼉을 탁 쳤다. 우린 닮았네. 20초로 닮았어. 그게 무슨 말이냐고 남자가 물었다. 모델이 런웨이를 걸어 나가 턴해서 돌아오는 데 1, 2분이 걸리지만 화면에 나오는 시간은 20초가량이야. 다시 말해서 케이블 티브이에서 패션쇼를 보여줄 때 한 모델에게 배분하는 시간이 그 정도 되는 거지. 남자가 고개를 끄덕였다. 정말로 우린 20초로 닮았네.

그녀는 남자와 술을 마시면서 핸드폰 번호를 알아두었다. 서울로 돌아와서 그와 정식으로 데이트를 했다. 그는 방송광고 회사에서 매달 고액—쥐꼬리는 아니고 고양이 꼬리라고 그는 자기 월급을 말했지만 초희가 보기에는 호랑이 꼬리인 고액—을 받는 정규직 직원이었다. 아파트를 전세로 얻어준 부모도 있었다. 그녀는 그를 폴 댄스의 폴로 삼고 싶었다. 춤출 때 지지대가 돼주는 폴. 잡고 올라가는 폴.

모델 겸 연극배우가 됐으나 달라진 건 없었다. 알바를 하면서 극단 오디션장을 기웃거렸다. 이렇게 사니 영화로 옮겨 가자는 맘이 다시 생겼다. 영화판에서는 스타로 뜰 수도 있었다. 배우로 나서려면 먼저 얼굴 성형을 해야 하는데 초희에게는 돈이 없었다. 남자친구에게는 있었다.

그녀는 카페에서 커피를 마실 때 기회를 봐서 그에게 성형을 꺼냈다. 눈꺼풀을 얇게 하고 코끝을 날렵하게 만들어야겠어. 왜? 지금 내 얼굴은 한국 여자의 옛 얼굴이야. 두꺼운 눈꺼풀이 신비함을, 두루뭉술한 코끝이 정감을 지니고 있으니까. 하지만 요즘 세상에서는 한국 여자의 옛 얼굴이 먹히기 힘들어. 그런 느낌을 좀 완화하려고 해. 초희야, 그러지마. 네 얼굴을 그대로 밀고 나가. 전통적인 K-페이스라고 하면서. 야, K팝을 부르는 가수들을 봐. 얼굴은 전통적인 K-

페이스가 아니야. 그가 그녀의 얼굴을 들여다보았다. 맘에 안 드는 물건을 보는 듯한 표정이었다. 어쨌든 네가 성형을 하겠다면 해야지. 모아둔 돈이 있나 보다? 없어. 그런데 왜 하려고 해? 혹시 나한테 돈으로 도움을 받으려고 해? 그래. 잘못 생각했다. 내게는 돈이 없어. 있잖아? 없다니까. 현금이 당장 없으면 대출을 받아서 빌려줘. 무슨 대출? 나와 달리 너는 회사에 다니잖아. 대출이 가능하겠지. 대출받아 주면 내가 갚을게.

그가 콧방귀를 뀌었다. 너하고 사귀기 시작할 적에 머리보다 허리가 더 잘 돌아가는 여자인 줄 알았어. 네가 모델이니까 내가 그렇게 생각한 건 당연하지. 사귀어 봤더니 허리보다 머리가 더 잘 돌아가는 것 같더라. 하이힐 신고 턴하는 모델보다는 대사 외워서 무대에 서는 연극배우가 어울린다고 여겼지. 오늘 그런 생각이 박살이 났어. 야, 착각 좀 작작해라. 뭐 두꺼운 눈꺼풀이 지닌 신비감? 신비감 좋아하네. 거기에서 느껴지는 건 이 여자가 한 성질 하겠구나, 하는 거북함이야. 그리고 또 코끝의 두루뭉술한 정감? 네 코끝에는 똥파리가 앉기 좋은 데야. 그걸 조금 고쳐 봐야 뭐 하냐? 그녀는 커피를 그의 얼굴에 끼얹었다. 영화에서는 주로 글라스의 물을 끼얹거든. 나는 연극배우라서 커피야.

초희는 이모와의 통화를 끝내고 카톡으로 온 민규의 메시지를 보았다. 오후 여섯 시에 만나자는 거였다. 윤도와 셋이

서. 그녀는 나가겠다고 답했다. 셋이 모이면 술을 마실 게 분명한데 요즘 술자리가 없어서 술이 고팠으니까.

다시 '신윤복과 여인들'을 읽어 나갔다. '신윤복이 여자의 마음을 잘 알았던 걸 보면 마음의 젠더가 남성보다는 여성에 가깝다.'라는 구절이 있었다. 그녀는 신윤복을 여자로 상정했던 드라마에는 동의하지 않았지만 마음의 젠더가 여성이라는 말에는 동의했다. '마음의 젠더'에다 밑줄을 그어 놓았다.

초희는 용산역 인근의 한정식 식당으로 갔다. 윤도는 아직 오지 않았고 민규만 있었다. 식당 내부는 별실이 이어져 있었다.

"왜 이런 식당이야? 용산역 인근은 또 뭐고?"

초희와 민규는 대학로 인근에서 살아서 주로 그쪽에서 만나 왔다. 카페든 식당이든 대학로를 벗어나는 경우는 좀체 없었다.

"남원으로 조용히 내려가려다가 너희를 만나고 싶어서 불렀어. 고향에서 먹었던 한정식이 생각나서 여기다 자리를 잡은 거고."

"귀향? 더는 객지에서 견디기 힘들어서?"

"아니. 희곡 때문에."

왜 남원인지 초희는 알 만했다. 춘향이 주인공인 희곡을 쓸 때 서울보다는 남원이 더 많은 느낌을 그에게 줄 테니까.

"부모님과 함께 지내기가 불편하지 않을까?"

민규 아버지는 초등학교 교사로 지내다가 퇴임했다. 시골에서 농사를 짓는 게 버킷리스트 가운데 하나였다. 동료이자 친구였던 이가 지리산이 보이는 운봉에서 살았는데 창원으로 떠났다. 손자가 태어나자 맞벌이하는 아들 내외를 옆에서 살며 도와주려고. 친구는 일 년 기한으로 떠나면서 빈집을 아버지에게 맡겼다. 아버지는 어머니와 함께 운봉으로 갔고 남원의 아파트가 비었다.

"부모님은 운봉으로 가셨어."

민규는 어릴 적 부모와 학교 인근 관사에서 살았다. 학교에 가서 아버지가 학생들과 학예회에서 공연할 연극을 준비하는 걸 보았다. 아버지는 학생들에게 몸짓보다 대사의 정확한 전달을 강조했다. 민규는 훗날 희곡을 쓰게 됐고 단막극으로 신춘문예에 당선됐다. 심사위원은 정확한 대사로 이 시대의 아픔을 담아냈다고 했다. 그가 극작가가 된 걸 누구보다 더 반긴 건 아버지였다. 아버지는 서울에서 지내다 힘들면 언제든 남원으로 오라고 했다. 그는 논술학원 강사로 일하며 반지하 셋방에서 희곡을 썼다. 윤도가 연출했던 장막극 두 편을. '고양이와 쥐'를 무대에 올릴 때 논술학원 강사를 그만두었다. 그 뒤로 지금까지 저금해 둔 돈을 아껴 쓰며 버텼다. 이제 그것도 거의 다 바닥났다. 그가 남원으로 가는 데는 바닥난 저금액도 한몫했다.

"춘향의 기를 받아서 희곡을 잘 써라."

"처음에 썼던 건 제목만 남기고 버렸지. 다시 쓴 것도 맘에 안 들어서 버렸고. 지금은 이전과 많이 다른 희곡을 구상 중이야. 집필은 시작하지 않았어."

"그러면 남원에 가서 어떻게 하려고?"

"수련해야지."

"야, 네가 무슨 수도자야? 수련은 무슨 수련?"

"글을 쓰기 위해 몸과 마음을 닦아야지. 실은 이미 시작했어. 남원으로 가면 서울에서보다 수련의 강도를 높여야지."

"어떻게 수련하는 거냐고 내가 물어도 될까?"

"정해진 시간에 독서를 해. 산책하면서 사색하고. 운동 또한 빠뜨리지 않지. 이렇게 몸과 마음을 닦아 나가."

초희는 그의 수련을 알 것 같았다. 그건 말하자면 글 쓰는 모드로 진입하는 과정, 드라마와 음악으로 말하자면 인트로였다.

윤도가 오지 못한다고, 갑자기 일이 생겼다고 두 사람에게 메시지를 보내왔다. 민규는 알았다고 답하려다가 희곡을 쓰려고 남원으로 내려간다고 알렸다. 윤도에게서 답은 오지 않았다.

민규와 초희는 한정식에서 저녁을 먹고 술집으로 옮겼다. 그들은 소맥을 계속 마셔서 취기가 올랐다. 초희가 민규를 보았다. 그의 눈은 동그랬다. 옛날 순정 만화 주인공의 눈 모양으로 엉뚱하게 크거나 초식동물 눈처럼 겁먹은 듯 튀어나온 것은 아니다. 지난 세기에 미남 말을 들은 한국 남자 배우들에게서 흔히 발견되는, 물방울무늬를 닮은 눈이다.

물방울무늬 눈은 이슬방울처럼 맑았다. 수련하는 자의 눈빛이 이런 거구나 싶었다. 그녀는 수련하는 자를 파계시키고 싶었다. 황진이가 지족선사를 그랬듯이.

그녀는 탁자를 두고 민규와 앉아 있었는데 그 옆으로 자리를 옮겼다. 그에게 키스할 듯이 얼굴을 들이댔다. 그녀가 눈웃음을 쳤는데 그의 눈빛은 흔들리지 않았다. 몸을 붙여도 그는 움직이지 않았다.

"야, 이민규, 예전에 젊은이가 절로 수도하러 찾아가면 노승이 십 년 넘게 일만 시켰다는 그런 얘기를 들었을 거야. 왜 도에 관해서는 말하지 않고 일만 시켰느냐? 젊은이의 피를 식히려고. 피가 끓으면 욕정이 들끓거든. 도가 보이지 않아. 설혹 도를 봤다고 해도 곧바로 욕정에 가려지고. 노승은 젊은이한테 일을 시켜놓고 그의 피가 식기를 기다리지. 다 식으면 그때 도를 말해줘. 너였다면 십 년 넘게 일을 시킬 필요가 없었겠다. 너는 지족선사 아닌 서화담이니까."

사람들은 지족선사를 두고 욕정이 들끓어서 파계한 자라고 했다. 민규는 그렇게 생각하지 않았다.

황진이는 지족선사에게 갔다. 지족선사는 그녀를 받아들였다. 이번에는 서화담에게 갔다. 서화담은 그녀를 받아들이지 않았다. 이걸 두고 민규는 이렇게 결론을 내렸다. 지족선사는 젊고 서화담은 늙었다.

젊은 사람은 흔들리고 받아들인다. 늙은 사람은 흔들리지 않고 받아들이지 않는다. 이때의 젊고 늙은 구분은 나이에 의한 것이 아니다. 그리고 지족선사가 옳고 서화담이 틀렸다는 얘기도 아니다. 지족선사는 평소 모습에서 벗어나지 않았다. 젊은이 모습에서. 서화담도 마찬가지였다. 그 역시 평소 모습을 지켰다. 늙은이 모습을.

셋 중에서 누가 가장 젊은가? 그건 당연히 황진이다. 황진이는 도발했다. 자기의 젊음으로 다른 젊음에게. 자기의 젊음으로 늙음에게.

황진이는 서화담을 스승으로 받들었다고 한다. 그녀는 서화담에게서 늙음이 뭔지 배웠으리라. 지족선사를 스승으로 받들 필요는 없다. 누구보다 젊은 그녀가 굳이 젊음이 뭔지 배울 필요는 없으니까.

민규가 초희에게 얼굴을 들이밀었다.

"왜 내가 서화담이야?"

"늙었어. 여자를 보고도 가만있을 정도로."

"아니야. 난 젊어. 고작 서른두 살이야."

"나하고 동갑인데 왜 너만 늙어버렸지?"

"젊다니까."

민규는 양팔을 내밀어 좌우로 쫙 펼쳤다.

3

할아버지가 방으로 들어가 작업복을 입기 시작했다. 오늘은 손자 윤도와 함께 알밤을 주우러 간다.

윤도는 뜰에서 할아버지와 할머니가 나오길 기다렸다. 그제 할아버지네에 왔는데 어제는 인근 득량만 율포에 다녀왔다. 그가 승용차를 운전해서. 할아버지는 율포 바다를 보고 덤덤했으나 할머니는 소녀처럼 소리쳤다. 곰솔밭에서 득량도에다 손을 흔들었다. 할머니가 바다를 좋아하시는지 첨 알았어요. 바다가 좋은 게 아니라 처녀 적에 친구들과 여기 온 게 생각나서 그때처럼 해 본 거여.

할머니가 옷을 갈아입으려고 장롱을 열었다가 한복을 보았다. 회장저고리와 분홍 치마인데 칠순 잔치 때 맞춘 거였다. 자식들은 더 화려한 것을 권했지만 할머니는 시집올 때의 신부 한복을 그대로 다시 만들기를 원했다. 그렇게 해서 장만한 한복이었다.

신부 한복은 혼례 안날에 친정집에서 처음 입어 보았다. 윗도리는 소매가 넓고 치마는 길어서 거추장스러웠는데 밖에서 떡메 치는 소리는 북소리처럼 경쾌했다. 거기에 총각들의 너털웃음이 섞였다. 그녀를 좋아한 총각도, 그녀가 좋아한 총각도 있었다.

"떡메 소리가 온 집안을 들쑤시고 울타리를 넘어가 골목

에서까지 활개 치던 시절이 영판 그립네. 낮에 떡메 잘 치는
총각이 밤에 힘을 제대로 쓴다고 그랬제. 어느 총각 떡메 소
리가 실한지 처녀 적에는 들어 봤어. 밤에 만나면 떡메 잘 치
는 총각보다 옆에서 놀다가 떡 많이 얻어먹는 총각이 더 재
밌어. 얻어먹는 데 눈치 빠른 총각이 처녀하고 놀 때도 눈치
가 빠르거든. 눈치가 엄청 빨라 한 처녀에서 그치지 않고 서
너 처녀의 마음까지 읽어버려서 탈이제만. 아무튼 총각들이
떡메 치던 때가 좋았제. 쌀독 뚜껑에다 콩가루를 깔아놓고
그 위에서 김 숭숭 내뿜는 인절미를 식칼로 잘라내던 때가
어제만 같은디 반백 년이 훌쩍 지나가 버렸다니. 황차 한 잔
마시고 난께 평생이 지나갔다는 말을 이제야 알 것 같네."

할아버지가 작업복 단추를 채우며 물었다.

"떡메는 못 쳐도 눈치 빠른 그놈이 누구였어?"

"옷 다 입었으면 방에서 나가."

"밤에 만난, 처녀 맘을 잘 읽은 그놈이 누구였냐고?"

"옛날얘기여. 흘려부러."

"글쎄, 누구였냐니까?"

"누군지 알면 만나러 가려고?"

"내가 못 갈 것 같아?"

"그 부실한 다리로 가긴 어딜 가?"

"어허, 내가 이래도 다리 하나 믿고 팔십 년 가까이 살아
온 사람이여. 오늘 뒷산에서도 밤나무 숲까지 거뜬하게 올라

갈 거고."

"말은 청산유수여."

"몸놀림은 청산의 다람쥐여."

"말로만 떠들지 말고 오늘 뒷산에서 다람쥐가 돼 봐."

"그전에 하고 싶은 게 있단께. 처녀 맘을 잘 읽은 그놈이 누구였는지 낯짝을 보는 것."

"지금 당장 만나러 간다면 말해줄게."

"말해. 당장 갈 거여."

"뒷산 너머 언덕바지의 무덤에 누워 있어. 어서 가 봐."

할머니가 혀를 차고 나서 입고 갈 셔츠를 골랐다. 조금 전에 처녀 적 얘기를 했던 터라 꽃무늬 셔츠가 눈에 들었다.

할아버지가 마루로 나가서 플라스틱 통 셋을 챙겼다. 통 하나를 윤도에게 건넸다.

"여기에다 전에는 야생차밭의 차 싹을 따 담지 않았나요?"

"그랬제."

윤도는 매년 봄에 여기 왔다. 증조할아버지 기제사를 모시러 아버지와 함께. 가끔은 기제사 때와 차 싹 따는 때가 겹쳤다. 할아버지와 할머니는 야생차밭에서 딴 차 싹으로 차를 만들면 좋다면서 기제사 후에 뒷산 야생차밭으로 갔다. 윤도는 할아버지와 할머니를 따라갔다. 차 싹을 따면서 이런저런 새 노래를 들었다. 맘에 드는 노래는 꾀꼬리 노래였다. 거기에는 다른 새의 노래보다 더 매끈한 장단이 있다. 그 장단은 사랑에 빠진 꾀꼬리가 만드는 게 아니라 사랑에 빠지려고 하는 꾀꼬리가 만드는 것이다.

야생차밭에 서면 싹은 바로 눈에 들어오는데 근처 나무에서 노래하는 꾀꼬리는 한참을 찾아도 보이지 않는다. 꾀꼬리를 몇 번 찾다가 그만두고 차나무로 간다. 지난해의 찻잎과 달리 올봄에 피어난 싹에는 연두색이 깃들어 있다. 연두색은 초록 바탕에 노란색이 옅게 떠 있는 느낌을 준다. 이 옅은 노란색은, 뭔가의 위에 떠 있는 것들이 그렇듯이 곧 사라질 것 같다. 그렇지만 곧 사라지지는 않는다.

야생차밭이 연두색일 때 주위 숲도 그렇다. 숲의 색은 올려다봐야 한다. 상수리나무 새잎에서 떠도는 연두색은 꾀꼬리처럼 저 위에 있다. 그곳은 손이 닿지 않고 눈길이 닿는다.

봄날의 연두색은 마음에 깃든다. 계절이 지나도 남아 있다. 이런 가을에도 야생차밭에 가면 마음속에서 연두색이 살아난다.

할머니가 방에서 나왔다. 꽃무늬 셔츠를 입고 분홍빛 벙거지를 썼다.

"할머니 패션이 멋지네요."

"내가 젊어서는 멋쟁이였제. 네 할아버지 만나서 옷맵시 못 챙기고 살았어."

"아니, 왜요?"

"내가 미인인께 남정네들이 힐끗거려. 옷맵시까지 나면 어쩌겠냐? 네 할아버지가 걱정이 많이 되었제. 내가 옷맵시 못 챙겼다. 그래도 미인이 어디 가냐? 미인은 미인이제."

"그래, 미인이제. 쌀농사 짓고 살아왔은께 미인(米人)이 맞어."

할아버지가 앞서고 윤도와 할머니가 나란히 서서 마을 길을 걸어갔다. 윤도로서는 익숙한 길이었다.

뒷산 초입에 야생차밭이 있었다. 여길 지나야 밤나무들이 나온다. 산길이 좁아지자 할아버지가 앞장서고 윤도가 가운데 서고 할머니가 뒤따랐다.

"올해는 녹차 축제에 안 가셨어요?"

할아버지가 대답했다.

"갔제. 미인을 모시고 말이여."

윤도는 몇 년 전에 할머니를 모시고 보성의 녹차 축제에 구경을 갔다. 할머니는 녹차 축제도 좋지만 보성소리 축제도 좋다고 하면서 보성소리에 관해 그에게 길게 얘기했다. 박유전에서 시작해 정응민, 정권진을 거쳐 조상현을 지나 성우향과 성창순에 이르는 보성소리 명창의 계보도 알려주었다. 그때 그는 할머니가 젊어서 소리꾼이 되고 싶었을 거라고 짐작했다. 그런 맘이 있었기에 보성소리와 명창들을 마음에 두었을 터였다.

윤도가 할머니에게 물었다.

"할머니는 젊었을 때 소리꾼이 되려고 하셨죠? 그렇죠?"

"고향의 소리여서 보성소리는 영판 좋아한디 소리꾼이 되려고는 안 했다."

"뭐가 되고 싶으셨어요?"

"판소리를 들을 줄 알고 차를 마시는 사람."

"좋네요."

"좋네요, 라고 하면 안 되제. 판소리가 나왔은께 추임새를 넣어야제."

윤도가 지화자, 하고 소리치자 할머니가 얼씨구, 하고 화답했다.

"할머니는 성공하셨네요. 보성소리를 듣고 차를 마시며 사시잖아요?"

"너도 성공해."

"쉽지 않네요."

"너는 뭐가 되고 싶은디?"

"전에 말씀드렸잖아요, 연출가라고."

"그 일을 한께 이제 된 것 아니여?"

"그냥 연출가 아닌 성공한 연출가가 되고 싶어요."

그는 부모에게 연출가로 성공하게끔 계속 도와달라고 하지 않았다. 연극에다 과감하게 투기를 하라고 했다. 부모는 투기하려고 들지 않았다. 그가 다시 권하자 아버지가 그랬다. 그놈의 연극, 한 번만 더 들먹이면 네게 용돈 주는 것도 그만두겠다. 그는 입을 다물어야 했다. 다른 방법으로 돈이 필요하다는 걸 알리기로 했다. 그런 방법들 가운데 하나는, 예전에도 써먹었던 것인데, 할아버지네로 가는 거였다. 그가 가끔 괴로운 표정을 지으면 할아버지와 할머니는 가만있지 않았다. 우리 손자의 걱정이 뭐냐고 물었다. 그가 돈이 없다고 말하면 할아버지와 할머니가 서울로 전화했다. 부모는 그의 요구를 일부 들어주었다. 겉으로는 할아버지와 할머니의 말을 따른 거지만 실은 하나 있는 자식과 계속 불편하게 지내고 싶지 않은 맘에서 그랬다. 이걸 윤도는 훤히 꿰고 있었다.

윤도는 연출가에 관해 좀 더 얘기해놓고 나서 돈이 필요하다는 걸 알리려고 했다. 그런데 할머니와 할아버지가 반응을 보이지 않았다. 그는 말을 꺼내지 못했다.

산길은 야생차밭 가운데 있는 부도에 이르렀다. 고려 때 선승의 부도라고 알려졌는데 선승의 이름은 이미 풍화돼 알 수 없었다.

할아버지가 부도를 가리켰다.

"윤도야, 이걸 남긴 선승은 뭐 하고 살았을까?"

"그거야 깨달음을 얻으려고 살았지요."

"그런 뒤에는?"

윤도는 대답하지 못했다. 할아버지는 절에 이판(理判)과 사판(事判)이 있다고 했다. 여기서 '이판 아니면 사판이다.'라는 말이 나왔다. 이판은 진리를 깨닫기 위해서 수련한다. 명상하고 토굴에 스스로 들어가고. 이렇게 해서 깨달음을 얻는다. 깨달음을 얻은 후에는 어떻게 사는가? 그걸 실천하면서 산다. 사판은 절의 일을 하면서 산다. 절에서도 먹고살아야 하니까 온갖 일이 있다. 그런 일들을 사판이 해 나간다. 나중에는 절의 모든 일을 잘하게 된다.

"깨달음을 실천하는 이판과 절의 잡다한 일을 잘 처리하게 된 사판은 다른 것일까?"

윤도는 다르다는 게 정답이 아니라고 눈치로 때려잡았다.

"같지요."

"맞어. 둘은 같어. 어떻게 같으냐? 쓸데없이 걱정하지 않은 데서 같어. 이판은 깨달음을 실천하지 쓸데없이 걱정하지 않어. 사판 역시 맡은 일을 더 잘하려고 하지 쓸데없이 걱정하지 않고."

"이판이든 사판이든 결국 같은 경지에 이르는 거네요?"

"그라제."

할아버지가 윤도를 응시했다. 윤도는 할아버지가 뭔가를 말하고 있다는 걸 알아차렸다. 지금껏 해온 이야기에 의하면 쓸데없이 걱정하지 말고 실천하라는 거였다. 말이 좋아 실천이지, 돈이 없는데 어떻게 연극을 준비한단 말인가?

"할아버지, 저는 돈이 필요해요."

"네 부모한테는 돈이 많잖아?"

"제게 주지 않네요."

"주게끔 네가 만들어야제."

이번에는 할머니가 앞서 산길을 걸어갔다. 야생차밭을 지나자 밤나무들이 서 있었다. 바닥에는 밤송이와 알밤이 군데군데 떨어져 있었다.

할머니가 알밤을 한참 줍고 나서 허리를 폈다.

"아이고, 허리야. 내가 늙었다. 윤도, 너처럼 젊었을 때가 어제 같은디."

할머니가 웃었다.

"왜 웃으세요?"

"젊었을 때를 생각하면 웃음이 나와. 좋은 일이 많이 있었은께."

"가장 좋은 일은 뭐였어요?"

"당연히 혼인이제. 나는 혼인했을 때를 생각하면 웃어. 나와 달리 네 엄마는 울어."

"첨 듣네요."

"네 엄마가 자식한테는 그 말을 못했겠제."

할머니는 며느리한테서 첫날밤 얘길 들었다. 이발소에서 면도사로 일할 때 이발사와 눈이 맞았다. 이발소 주인이 먼저 퇴근하면 둘은 불을 꺼놓고 껴안았다. 그러다가 어느 날에는 옷을 벗어야 할 정도로 몸이 뜨거워졌다. 면도사는 몸을 열기 전에 결혼해 줄 거냐고 물었다. 이발사가 결혼을 약속하고 오늘이 우리 첫날밤이라고 했다. 이발소 바닥에다 신문지를 깔아놓고 첫날밤을 치렀다.

그때를 말하고 나서 며느리가 그랬다. 그때는 그래도 좋았어요. 스물한 살이어서 앞날을, 세상을 밝게 봤을 때니까요. 나이가 드니까 신문지가 깔린 이발소 바닥을 생각하면 눈물이 나와요. 첫날밤이었으니까 여인숙에라도 가야 했는데, 하고 한탄하게 되고. 어머니, 저는요, 윤도가 장가간다고 말만 꺼내도 바로 아파트를 이전해 주려고요. 침대는 이탈리아에서 수입해 오고요. 그러면 이발소 바닥에서 첫날밤 치른 게 조금은 덜 서운할지도 모르니까요.

할머니는 윤도에게 며느리의 첫날밤 얘길 해주었다. 며느리가 아들이 결혼하려고만 해도 아파트를 이전해 주려고 한다는 것도.

4

"인간은 몸을 위해 옷을 만들었다. 나중에는 옷을 위해 몸을 만들었지. 이게 인간의 역사 전부야."

이모가 한복의 디자인 스케치를 하면서 말했다. 초희는 이모 말을 건성으로 들으며 스케치북을 건너다보았다. 스케치북의 한복은 치마와 저고리인데 치마는 펑퍼짐하고 저고리는 턱없이 작다. 둘을 합쳐 놓으면 한라봉이다.

"역사는 딱 한 번 바뀐 거지. 몸의 시대에서 옷의 시대로."

이모가 치마에다 분홍색을 넣기 시작했다. 선을 마무리하기 전에 이모는 색을 넣지 않았다. 환갑이 지나자 정신이 깜박해서 차례를 잊어버린 것일까? 아니면 작업 방식이 많이 달라진 것일까?

모처럼 들른 이모의 신사동 숍에는 여전히 한복 웨딩드레스가 걸려 있었다. 십 년 전의 웨딩드레스와 별로 달라지지 않았다. 초희가 모델 활동을 제법 했을 때 알게 돼 지금도 가끔 연락하는 디자이너는 변화가 뚜렷했다. 처음에는 밀라노의 프레타 포르테 냄새를 조금 흘렸지만 지금은 일본 애니메이션 느낌을 물씬 풍겼다. 그는 미래 전사가 나오는 일본 애니메이션을 좋아했다. 디자인 아이디어를 얻기 위한 거라고 초희는 여겼는데 그는 일본 애니메이션 자체를 좋아한다고 했다. 일본 애니메이션에는 현실과 상상을 넘나드는 줄거리에 아름다운 엔딩이 많아. 내 패션도 현실과 상상을 넘나들고 아름답지.

이모가 치마에다 색을 다 넣고 나서 고개를 들었다.

"한반도에서 옷의 시대가 온 게 언제일까?"

"삼국시대 때 관료의 복식이 정해졌어요. 관료에게 있어서 몸보다 옷이 더 중요하다는 선언이지요. 이걸 보면 한반도에서는 삼국시대 때 옷의 시대가 왔어요."

"초희야, 내가 유니폼을 패션에다 넣었어, 넣지 않았어?"

관복을 옷에다 넣지 않는다면 백성의 옷으로 따져야 한다. 백성이 몸보다 옷을 더 중하게 여긴 때가 언제일까. 배가 고프지 않은 때, 식욕보다 색욕에 더 신경 쓴 때이리라.

"한반도에서 옷의 시대는 1990년대에나 왔겠네요."

"너무 늦게 잡았다."

초희는 침묵했고 이모는 스케치북을 넘겼다.

"한반도의 백성 패션은 기록이 별로 없어. 고구려 고분벽화에 몇 점 있기는 하지. 그것이 옷의 시대를 선언한 패션으로 보이진 않아. 화공이 무덤 주인의 옷차림이 더 화려하게 보이도록 선택한 수수한 옷을 백성들은 입고 있거든. 고려로 오면 그런 수수한 옷마저 남아 있질 않아. 조선 초기에도 마찬가지야. 후기에야 비로소 백성의 패션이 나오지."

이모는 스케치를 시작했다. 초희는 스케치북을 보았다. 이모가 지금 스케치하는 게 뭔지 알 수 없었다. 동그란 걸로 봐서는 애호박 같았다. 이모가 연필을 들고 세로로 줄을 몇 번 그었다. 애호박이 참외로 변했다.

"옷의 시대를 연 건 기생들이야. 그들은 옷을 위해 몸을 만들었어. 전에도 말했듯이 나는 마지막 패션쇼에 조선 후기의 기생을 부를 거야."

초희는 궁금했던 걸 물었다.

"한복 이외의 패션 그러니까 미래 의상 같은 걸로 패션쇼를 할 생각은 해 보신 적이 없나요?"

"없어."

"그런 패션쇼를 하면 한국의 미래 패션에 영감을 줄 수 있을 것 같은데요?"

"미래에 우리는 어떤 옷을 입을지 알 수 없어. 옷은 예상이 아니라 당대의 미적 감각과 필요로 만들어지거든. 어떤 이들은 미래 의상을 안다고 하지. 그들이 아는 거라곤 애니메이션이나 SF 영화에서 본 전사의 의상이야. 그런 게 미래 의상일 수 없지만 설혹 미래 의상이 된다고 해도 그건 몸을 위해 존재하지. 미래 전사의 옷은 몸의 안전을 염두에 둔 거니까. 다시 말해서 미래 전사는 옷의 시대 아닌 몸의 시대를 살아. 미래라는 치장이 돼 있지만, 전사의 시대라는 것은 실은 몸의 시대에 불과해. 나는 그런 시대의 옷을 디자인하고 싶지 않아. 한복으로 옷의 시대를 말했고 끝까지 그러고 싶어."

이모가 조선 후기 기생 옷이야말로 이 나라에 옷의 시대를 연 귀중한 사료라고 했다. 초희는 신윤복의 그림에 기생 옷이 많이 나온다는 걸 떠올렸다.

"이모의 마지막 패션쇼에 모델로 서려면 신윤복의 그림을 미리 보아야겠네요?"

"너는 모델보다는 연극배우야. 엉덩이 아닌 머리에 율동이 더 있어."

"앞으로 머리의 율동이 더 늘어날 듯해요. 이 세상에서 살아남고 싶으니까요."

"정 힘들면 네 아빠에게 도움을 청해봐. 네 아빠는 제법 살잖아?"

"스물세 살에 독립한 이후 그런 적이 없어요."

"연락은 하지?"

"아빠는 재혼한 뒤 딸을 찾은 적이 없어요. 엄마도 작년에 두 번째 이혼을 한 뒤로 연락을 끊었고요."

이모가 연필을 스케치북에다 놓았다.

"초희야."

"엄마 대신 변명할 필요는 없어요."

"그게 아니야. 독하게 살라고 말하려고 했어."

초희는 이모다운 말이라고 생각했다.

"그렇게 살고 있어요. 알바하고 무대에 서면서."

"자주 웃을 때가 오겠지."

초희는 대꾸하지 않았고 이모는 스케치북에다 동그라미를 그렸다. 동그라미가 모여서 뭉게구름을 이루었다. 이게 한복 디자인인지 뭉게구름 스케치인지 초희는 구분할 수 없었다.

그녀가 스케치북을 들여다보고 있자 이모가 책상에 놓인 책을 가리켰다.

"내가 작업하는 중이니까 너도 놀아서는 안 되지. 내 마지막 패션쇼에 모델로 서려면 우선 저걸 봐라."

책 제목은 '조선 후기의 풍속화'였다. 초희가 책상으로 가서 책을 펼쳤다. 이모는 스케치를 다시 하고 그녀는 책장을 넘겼다. 신윤복 챕터에서 풍속화와 미인도가 나왔다.

"미인이 맘에 들어요. 그런데 기생이더라고요."

"기생이니까 더 좋지."

"천민이고 몸을 내주고……."

"기생은 예술가야. 춤추고 거문고를 탔어. 시조를 짓고 그걸 노래했고. 춘향전에서 춘향이 기생의 피를 받았다고 한 건 그녀에게 예술가의 피가 흐른다는 뜻이야. 황진이, 홍랑 같은 예술가의 피가. 그리고 기생들은 패셔니스타였어. 그들이 이 나라에 옷의 시대를 오게 했지. 그걸 그림으로 남긴 이는 신윤복이고."

초희는 미인도를 보며 생각했던 걸 말했다.

"신윤복이 활동할 때 판소리가 생겨났어요. 판소리, 하면 춘향가이지요. 신윤복은 광대가 소리하는 춘향가를 들었을 거예요. 그걸 듣고 춘향을 그리고 싶었겠지요."

"야, 상상 좋다."

"신윤복의 미인도를 보다가 이렇게 생각했죠. 신윤복이 성춘향을 미인으로 그렸다."

"역시 너는 엉덩이보다 머리에 율동이 있어. 좋은 생각이다."

"좋은 생각이 곧 사실은 아니죠."

"좋은 생각이면 그걸로 됐어. 왜 너는 그걸 사실이니 뭐니 하는 걸로 좋지 않게 만들려고 해? 초희야, 좋은 것 앞에서 사실 따위는 하찮은 거야. 야, 좋다. 나는 신윤복의 풍속화에서 옷을 봤는데 너는 춘향이를 만났구나. 신윤복이라는 화가와 춘향이라는 예술가가 만난 걸 알아봤구나. 와, 신초희, 이 년이 많이 컸네. 많이 컸어. 쓸 만한 년이 됐어."

초희는 이모의 말이 자주 혼란스러웠다. 이모의 말은 조명이 비추고 모델이 콘티대로 움직이는 런웨이가 아니었다. 디자이너와 모델과 스태프가 뒤섞인 백스테이지였다. 그곳에서는 말이 짧았고 은어가 날뛰었으며 때로 욕설이 튀어나왔다.

"나중에 이모 패션쇼에서 제가 미인으로 나설게요."

"이게 제 몫 챙길 줄도 아네. 춘향이도 그랬는데."

"춘향이 몫이 뭐예요?"

"그것도 몰라?"

"이몽룡인가요?"

"아니. 춘향이 몫은 불멸이야. 춘향이는 거기에 도전했어. 유럽의 어떤 소설에 나온 말에 의하면 불멸은 작은 것과 큰 게 있어. 작은 불멸은 당대의 주위 사람들이 날 기억하는 것이고, 큰 불멸은 당대는 물론 후세까지도 많은 이들이 나를 기억하는 거야. 춘향이는 두 개를 다 해냈어."

5

한복 차림인 여자가 고창읍성 둘레길을 걷는다. 빨간 치마는 햇빛을 받아서 색깔이 뚜렷하다. 저고리는 황차 빛깔이다. 어깨까지 내려온 긴 머리카락이 바람에 하늘거린다.

민규는 신재효 고택 앞 느티나무 아래서 여자를 보고 있었다. 여자는 고창읍성 북문에서 서쪽으로 뻗은, 성벽 위로 난 둘레길을 걸어 나간다. 치마저고리를 입어서 바탕을 소리하러 나선 여자 소리꾼이 아닌가? 하는 생각이 들게 한다.

그는 남원에서 지내며 새롭게 구상 중인 희곡에 필요한 자료를 모으고 있었다. 오늘은 남원을 떠나 고창에 왔다. 여기는 신재효가 최초로 춘향가를 기록했고 김세종이 춘향가로 소리꾼을 길러낸 곳이다. 그는 고창판소리박물관과 신재효 고택을 찾았다. 춘향보다는 전라북도 소리꾼들을 알 수 있는 데였다.

그는 여기 온 김에 고창읍성 둘레길을 한 바퀴 돌자고 맘먹었다. 그러자 살살이도 고향인 이곳에서 지낼 때는 고창읍성의 둘레길깨나 걸었을 거라는 생각이 들었다. 살살이에게 전화했다.

"나는 고창 성마을에 있어."

"성에 마을이 없는데?"

"성문 앞쪽, 성벽이 보이는 곳이 성마을 아냐?"

"성벽이 보인다고 해서 성마을은 아니지. 고창천 너머 아파트에서도 성벽은 보이니까. 성의 숲에서 나는 바람 소리가, 거기에 깃든 새의 노래가 들려야 성마을이라고 할 수 있지."

"소리 안에 있어야 한다? 범위를 너무 좁게 잡은 거 아닌가?"

"눈길에 들기만 하면 된다? 범위를 너무 넓게 잡은 거 아닌가?"

"넓게 잡는 게 좋지."

"그러면 읍성에서만 놀지 말고 넓게 놀아라."

살살이가 고창의 구경거리며 먹거리를 알려주었다. 민규가 여기에 온 건 희곡의 자료 때문이라고 했다.

그는 고창읍성 북문 앞 광장으로 걸어갔다. 고창읍성의 성문 셋 가운데서 읍내로 향한 북문이 정문이고 규모가 가장 크다. 여기서 양쪽으로 뻗어나간 둘레길은, 들머리만 놓고 보면 동쪽이 가파르고 서쪽이 완만하다. 고창 읍내가 동쪽은 방장산으로 가파르고 서쪽은 들판으로 완만한 것처럼. 그가 보기에 둘레길 들머리의 동쪽이 휘모리장단이라면 서쪽은 중모리장단이다.

열 명 남짓한 관광객들이 북문 앞 광장으로 와서 사진을 찍었다. 민규는 이들을 고창판소리박물관과 신재효 고택에서도 만났다. 고창판소리박물관에 들어갈 때는 관광객 열 명이 사진을 찍어도 나올 때는 한 명이 찍었다. 이 한 명은, 고창판소리박물관에서 만난 신재효든 김세종이든 박만순이든 또 다른 누구이든 고창의 소리꾼을 기억하려고 드는 사람이다. 말하자면 소리판에서 소리 한 대목을 듣고 나서 추임새를 넣는 사람이다.

관광객들이 민규 앞을 지나 성문으로 향했다. 고창읍성을 모양성으로도 부른다고 하면서. 그런 이름의 기원은 마한에서 비롯한다, 아니다, 백제다, 하는 말이 이어졌다.

민규는 모양성(牟陽城)을 한자로 썼을 때 '모(牟)'의 훈이 '소 우는 소리'라는 걸 알고서 소리의 고장에 어울리는 성이라고 여겼다. 소리꾼의 소리를 동물의 소리에 비유한다면 소 우는 소리가 가장 적합하기에.

그는 성문으로 천천히 다가갔다. 성벽이 높아지고 거기에 박힌 돌이 각각의 모습을 드러냈다. 돌에는 밤낮으로 빛이 머문다. 햇빛은 돌 하나하나가 지닌 색을 꼼꼼하게 풀어내고 달빛은 그것의 생김새를 대충 추스른다.

어머니가 팔을 내밀어 자식을 끌어안듯이, 북문도 옹성을 내밀어 성안으로 오는 이들을 끌어안는다. 원래 옹성은 적의 침입으로부터 성문을 지키기 위한 것이지만, 끌어안는 게 아니라 내치기 위한 것이지만, 그는 옹성 안에서 편안했다. 누군가의 품에 안긴 듯한 느낌이 들었다.

민규가 공북루(拱北樓)를 머리에 인 성문으로 들어섰다.

한국의 성문은 아래쪽이 통로이고 위쪽이 누각이다. 움직임과 머무름이 공존한다. 강물과 바위가 한 폭의 그림에 있는 것처럼.

성문을 지나자 성안에서 사진을 찍는 관광객이 보였다. 성벽으로 가서 밖을 내다보았다. 멀리 고창 읍내가 보이고 가까이 신재효 고택과 고창판소리박물관이 들어왔다. 옆에서 어떤 이가 영화 '도리화가(桃李花歌)'를 얘기했다. 어떤 대목이 좋고 어떤 대목이 그렇지 않았다고 했다. 민규는 영화 아닌 '도리화가'라는 단가를 생각했다.

'도리화가'는 동리 신재효가 애제자 진채선을 그리워하며 지은 단가이다. 사설에 복사꽃과 자두꽃이 나오는데 이 꽃들은 진채선을 말하지 않는다. 진채선은 해어화(解語花-말을 알아듣는 꽃)이다. 해어화는, 당나라 현종이 양귀비를 비유했던 말로 미인의 상징이다. 단가 제목을 '도리화가' 아닌 '해어화가'라고 해야 한다. 왜 그러하지 않은 걸까?

'도리'는 '동리'와 발음이 비슷하다. '도리화가'는 애초에 '동리화가'이지 않았을까?

신재효는 이 단가를 고창 동리정사에서 지었다. 한양 운현궁에서 지내는 진채선에게 알려지길 바라면서. 단가에다 자기의 호, 동리를 넣고 싶지만 그럴 수 없다. 진채선을 예뻐하는 대원군의 노여움을 사서 목숨을 잃게 될 수도 있으니까. 이걸 피하려고 그는 동리 대신 발음이 비슷한 도리를 제목에다 넣은 것 아닐까? 사람들은 도리에서 복사꽃과 자두 꽃을 떠올렸겠지만, 진채선은 그러하지 않았으리라. 동리를 잊지 않았다면 도리라는 말을 듣는 순간 바로 동리를 떠올렸으리라.

신재효는 도리라는 말에서 바로 동리를 떠올릴 단 한 사람을 위해서 '도리화가'를 지었다. 판소리는 만인을 위한 사랑가이고, 또한 한 사람을 위한 사랑가이다.

'도리화가'가 한양에까지 알려졌다. 이 단가를 듣고 사람들은 여러 추임새를 했다. 신재효가 바란 건 대원군의 추임새였다. 진채선을 한양 운현궁에서 고창 동리정사로 돌려보내는 추임새. 하지만 대원군은 그러지 않았다.

민규는 진채선을 생각하다가 초희에게 전화했다.

"너, '도리화가'라고 알아?"

"그런 제목의 영화를 봤어. 대충은 알아."

"영화를 보면서 뭘 생각했어?"

"야, 나는 연기자야. 내가 이 영화에서 어떤 역할을 하면 잘할까? 어울릴까? 하고 생각했지."

"그랬더니?"

"당연히 진채선 역할이지. 주연이니까."

"이번에 윤도와 내가 만드는 연극에서도 주연을 맡고 싶겠네?"

"역시나 당연하지."

민규는 초희가 춘향을 맡는다는 걸 염두에 두고 앞으로 희곡을 써야겠다고 생각했다.

"나는 춘향을 주인공으로 희곡을 쓰다 보니까 늘 질문해. 춘향은 누구인가? 대답이 자꾸 바뀌지. 너는 어때?"

"나도 그래."

"요즘엔 춘향을 누구라고 여기고 있어?"

"불멸을 이룬 여자."

초희는 이모에게서 들은 걸 그에게 말했다. 주위 사람들이 기억하는 작은 불멸과 당대와 후세의 많은 이들이 기억하는 큰 불멸이 있는데 춘향은 둘 다 이루었다.

"큰 불멸을 이루면 작은 불멸은 덤으로 따라오는 것 아닌가?"

"아니지. 큰 불멸을 이루기 위해 주위 사람들을 희생시키는 이들이 많아. 그가 죽으면 주위 사람들은 그를 기억하는 게 아니라 욕해."

"어쨌든 큰 불멸을 이루었으니까 역사에 남지. 광장에 동상으로 서 있고."

"물론 그는 광장의 동상이 될 수 있겠지. 하지만 그건 비둘기 똥으로 덮인 동상이지."

민규는 작은 불멸과 큰 불멸이 별개라는 걸 알았다. 때로는 큰 불멸보다 작은 불멸이 더 이루기 어렵다는 것도.

"춘향은 작은 불멸과 큰 불멸을 다 이뤘다?"

"그랬지. 그래서 춘향은 조선 후기에는 물론 지금도 우리 옆에 살아 있고."

"역시 너는 춘향이야. 춘향이답게 춘향이 누군지 아네."

민규는 콧노래를 부르며 고창읍성 성벽 위로 난 둘레길로 접어들었다. 성벽은 앞에서 흘러와 눈앞에 잠시 머물렀다가 뒤로 사라진다. 시작도, 끝도 보이지 않는다. 어떤 이들은 성벽의 시작과 끝은 성문이라고 한다. 성문은 성 안팎을 연결하는 데지 성벽의 시작과 끝이 아니다.

성벽은 이어지고 둘레길은 성벽을 따라 굽이쳤다.

6

초희는 신윤복이 그린 미인도 영인본을 벽에다 걸어두었다. 서울풍물시장에서 사 온 거였다. 오후에는 베이비시터로 일을 나가고 오전에는 집에 있는데 주로 이 그림을 보며 지낸다. 보면 볼수록 춘향의 모습이 이랬을 거라는 생각이 든다.

초희는 미인도를 보며 생각난 걸 노트에다 정리해 왔다. 이모의 마지막 패션쇼에 미인으로 런웨이에 서기 위해서. 그리고 민규의 희곡이 연극으로 공연될 때 춘향으로 무대에 서기 위해서.

미인이 있다.

한참 동안 쳐다보아도 나와 눈을 맞추지는 않는다. 미인은 앞쪽을 보고 있다. 봄꽃이 핀 뜰에서 누군가에게 눈길을 건네는 듯한 표정으로.

미인은 미인도의 주인공이다. 미인도는 신윤복이 비단에 담채로 그린 것으로 114.2 × 45.7cm이고 간송미술관 소장이다.

미인도 속의 미인. 스무 살이 될까 말까 하는 조선 여인. 풍성한 트레머리. 동백기름을 발랐는지 윤기가 잘잘 흐르는 머리카락. 색감이 눈에 뜨이는 자주색 댕기. 바람이 불면 바로 휘날릴 듯한 그것. 쪽진 가르마 아래의 넓은 이마. 날렵하게 떠 있는 초승달 눈썹. 여인의 단아함을 보여주는 코. 같은 느낌을 주는 눈동자. 진달래꽃 빛깔이 응고된 입술. 동그란 얼굴형에 잘 어울리는 작은 턱. 가는 목 아래에는 연한 황색 바탕의 저고리. 진한 자주색이라서 눈에 선뜻 드러나 보이는 저고리 깃. 같은 색인 옷고름과 곁바대. 노리개와 옷고름을 만지는 손. 하얀 허리띠와 연지 색깔의 속고름. 부풀어 오른 치마. 그 밑자락에 살짝 드러난 외짝 버선발. 날렵하게 들린 버선코.

미인의 모습에서 어디를 주목해야 할까? 아무래도 얼굴 아닐까?

얼굴 가운데서 코는 살짝 솟고 입은 작다. 작은 바위와 그 밑의 샘처럼 위아래에서 서로 잘 어울린다. 볼에는 살구꽃의 연분홍 색깔이 번진 듯하다. 밝다. 오래 보고 있으면 더 밝다. 적당히 살이 올라서 볼은 탱탱하다. 긴장감이 전달돼 온다. 몇 가닥의 살쩍과 살이 오른 귓불이 그런 긴장감을 완화해 주지만 여인의 얼굴은 전체적으로는 맑다. 세상의 땟물에 더러워지지 않은 모습.

미인 앞에서는 계산이 떠오르지 않는다. 그 얼굴을 들여다보고 있으면 알게 된다. 우리 눈앞을 가로막는 온갖 계산들이 힘을 잃어가는 것을. 그리고 세상에는 이런 얼굴이 있어야 한다는 신윤복의 말이 들리는 듯하다. 여럿이면 좋겠지만 하나만이라도 있어야 한다는…….

미인의 얼굴을 보는데도 내 눈길은 자꾸 트레머리로 간다. 새까만 트레머리. 가발이지만 가르마 옆의 진짜 머리카락과 똑같은 색깔이어서 진짜인 듯싶다. 트레머리를 보면 먹구름이 떠오른다. 모양이며 색깔이 먹구름과 닮아서. 한참 눈길을 주고 있으면 거기에서 빗방울이 뚝뚝 떨어지는 소리가 난다. 지금도 내 얼굴이 빗물에 젖는 기분이다.

트레머리는 미인이 기생이라는 걸 말해준다. 조선 후기 기생의 헤어스타일이 트레머리였으니까.

미인은 기생일 뿐인가? 얼굴을 들여다보면 트레머리를 하면서 묶은 끈의 끝자락이 왼쪽 이마에 드러난다. 처녀의 댕기 끝자락처럼 살짝. 얼굴 반대편에는 살쩍 몇 올이 나풀거린다. 처녀의 웃음처럼 보일 듯 말 듯. 미인이 기생이라는 게 트레머리에서 드러나지만, 마음은 아직도 처녀라는 게 머리끈과 살쩍에서 엿보인다. 이런 미인을 뭐라고 해야 할까? 길가에 피어 있으나 향기는 은은한 들꽃?

기생 신분의 이 미인은 도대체 누구일까? 실존했던 여인일까? 내 짐작대로 성춘향일까? 신윤복이 미인도에 관해 글을 남겨 놓지 않았으므로 누구인지는 알 수 없다.

신윤복이 미인을 그릴 때의 마음은 어떤 것이었을까? 미인도 화제가 그 한 조각을 보여준다.

반박흉중만화춘 필단능여물(盤礴胸中萬化春 筆端能与物傳神). 화제는 '가슴속에 서리고 서린 봄, 붓 끝으로 그 모습을 그려냈네.'라고 해석된다. 가슴속에 봄을 간직한 미인을 신윤복이 붓으로 그려냈다는 것이다.

화제 첫 구절의 '가슴'을 미인 아닌 신윤복의 것으로 볼 수 있다. 화제의 뜻은 상당히 달라진다. 신윤복이 자기 가슴속 봄을 붓끝을 통해 미인의 모습으로 화폭에다 살려낸 것이 된다.

어떻게 해석하더라도 신윤복이 미인을 좋아했음은 분명하다. 정이 없다면 붓을 들지 않았을 터.

그 정을 신윤복은 오래도록 드러내지 않았다. 가슴속에 서리고 서린 봄이란 구절에서 그게 느껴진다. 신윤복은 오래도록 먼빛으로만 여인을 보았으리라.

어쩌면 그는 광대들이 소리하는 춘향가를 듣고 또 들었으리라. 춘향이 모습을 드러낼 때까지. 그가 붓끝으로 그 모습을 그려낼 수 있을 때까지.

미인의 옷에서 윗도리보다 더 눈길을 잡아끄는 것은 치마이다. 치마는 부풀 대로 부풀어 있다. 그의 풍속화첩에 나오는 치마는 대개 부풀어 있다. '주유청강' 같은 양반과 기생을 다룬 그림에서뿐만 아니라 「단오풍정」처럼 여인네들이 다수 등장하는 그림에서도 마찬가지다.

신윤복의 그림에는 대부분 여자가 나오고 그런 만큼 치마도 빠지지 않는다. 그림마다 등장하는 치마이지만 그것이 그림 한가운데를 차지하고 떡 버티고 있는 것은 미인도 단 하나이다. 치마는 풍성함을 넘어 당당하다.

미인의 치마를 보면 조선 후기의 달항아리를 떠올리게 한다. 판소리 춘향가가 나왔을 때 달항아리가 만들어졌다. 이것은, 먼저 반달 모양으로 만들어진 두 개가 위아래로 붙어서 둥그런 모습을 이룬다. 성춘향과 이몽룡이 만나서 사랑을 이루듯이. 그리고 달항아리는 보름달만큼 커서 세상 사람들의 바람을 다 품은 듯하다.

미인의 치마 역시 달항아리처럼 속에다 뭘 품은 모습이다. 그게 무엇일까?

초희는 노트를 읽고 나서 벽에 걸린 미인도를 보았다. 하루에도 몇 번씩 보았지만 처음 만난 듯이 미인도를 찬찬히 들여다보았다. 치마가 부풀어 있다. 치마를 저렇게 만든 것은 무엇인가?

그녀는 자신 있게 대답했다. 봄바람이다. 마음에 서린 봄이 만들어 낸 바람, 봄바람.

미인도를 계속 보고 있자 발이 눈에 들어왔다. 발 하나가 치마 밑에서 밖으로 살짝 나와 있다. 긴 치마는 발을 숨기기 위한 것인데도 미인의 발은 드러나 있다.

왜 신윤복은 미인이 치마 밖으로 발을 내밀게 했을까? 미인이 춘향이라는 암시는 아닐까?

7

"신초희, 요즘 어때? 힘들지?"

"뭐야, 이 멘트는? 웬 보호자 코스프레?"

"내가 너의 보호자가 돼 주려고."

윤도가 씩 웃었다. 어색하지 않게 웃었다고 여겼지만 초희가 그렇게 받아들였는지는 알 수 없었다.

초희는 윤도의 조금 전 말을 프러포즈 비슷한 걸로 여겼다. 물론 그럴 일이야 없지만. 그와는 대학 때는 물론이고 그 후로도 그저 그런 친구 사이였다. 프러포즈는 아니고 연기인가? 윤도가 맨 처음 되려고 했던 건 영화배우였다는데 그래서 이제는 연출에서 연기로 돌아섰나? 연기자들은 가끔 일상에서 연기를 한다. 그녀도 그랬다. 상대방은 진짜로 여겼다가 연기라는 걸 알고 나면 웃었다. 가끔은 화를 냈고.

"연기해?"

"나는 연출이야."

"그거 그만두고 연기자로 나선 것 같은데?"

윤도는 해야 할 이야기를 두고 겉돌고 싶지 않았다.

"너 말이야, 진짜 연기 한번 해 볼래?"

"이제까지 내 연기는 진짜가 아니었어?"

"내가 제대로 표현하지 못했다. 이렇게 말해야 했어. 리얼 드라마에서 연기해 볼래?"

초희는 그에게 뭔가 있다는 걸 눈치챘다. 대학로 카페 아닌 강남의 술집에서 둘이 만나자고 한 것부터가 평소와 다르다.

"리얼 드라마라면……?"

"말 그대로 매일의 일상이지. 거기서 나와 함께 연기해."

"뭘?"

"결혼을 앞둔 연인을."

"뭔가를 얻기 위해?"

"당연히."

초희는 온더록스를 한 모금 마시고 나서 윤도를 정면으로 보았다.

"뭔가를 얻으려고 결혼을 위장하는 사람들이 나오는 영화가 몇 편 있었지. 네가 요즘 그런 영화를 본 모양이다. 그런데 윤도야, 영화는 영화야. 거기에서 본 걸 일상에서 얻으려고 하지 말고 연극에 매진해."

나는 연극에 매진하려고 이래, 하고 윤도는 소리치고 싶었다. 하지만 연출가는 참아야 한다. 대학 때 교수는 연출가의 자세를 말하면서 고슴도치를 잡아먹는 사자를 예로 들었다.

사자는 발톱으로 고슴도치를 움켜쥐고 주둥이로 털을 하나, 하나 뽑아내. 명색 백수의 왕이라는 사자가 작은 고슴도치 한 마리를 먹기 위해 크나큰 주둥이로 가시를 물어서 뽑

는 게 쪽팔릴 수도 있겠지. 사자는 그걸 참아내며 자기에게
내밀어졌던 그 많은 가시를 기어이 제거해. 그렇게 해서 가
시만 가지고 있으면 사자가 접근하지 못하리라고 여기는 모
든 짐승에게 이걸 선언하는 거야. 나는 참아낸다. 그렇게 해
서 너희를 내 밥으로 만든다. 연출가도, 함부로 나서는 배우
에게 선언해야 해. 나는 참아낸다. 그렇게 해서 무대를 내 것
으로 만든다.

윤도는 이리저리 말을 돌리지 않기로 했다.

"네가 연기에 나서면 출연료를 줄게."

"결혼을 위장하는 거라면 이건 음모지. 이때는 영화에서
자주 나오듯이 이익을 나눠야 해. 3 대 7? 아니 4 대 6?"

"파이가 커야 한 조각을 받아도 배가 부르지. 내가 빼내려
는 파이는 커. 당연히 네가 받는 것도 커."

"얼만데?"

윤도는 시골 할아버지네에 가서 들었다. 네가 결혼하려고
하면 네 엄마가 아파트를 이전해 줄 것이다. 윤도가 지금 살
고 있는 아파트는 30억을 넘는다.

"3억."

"농담?"

"진담."

초희는 이십 대 초반에는 아침에 수첩에다 그날 할 일을
적었다. 저녁에는 계획대로 했는지 어쨌는지 잘 살펴보지도

않았다. 잠을 잤고 이튿날 아침에는 또 수첩에다 할 일을 적었다. 어느 순간부터 수첩에다 오늘 했던 일을 밤에 적고 있었다. 이십 대 후반이 됐다는 걸 알았다. 이제는 할 일을 수첩에다 적지 않는다. 돈을 어디에다 썼고 어디에다 쓸 것인지 적어둔다. 아침에 적고 저녁에 확인한다. 저녁에 적어두면 아침에 확인하고.

내가 연기하는 대가로 윤도가 3억을 제시했다. 그는 연출가이니까 내가 연기할 수 없는 걸 요구하지는 않으리라. 나는 할 수 있는 일을 하고 나서 벌 수 없는 돈을 번다.

"신초희, 3억이야."

"어디서 그 돈이 나오느냐고 물어도 돼?"

"거기까지 알 필요는 없어. 분명히 말하지만 결혼식까지 가지는 않아. 너는 나와 결혼할 여자로 우리 부모 앞에서 연기만 하면 돼. 그게 몇 번일지는 지금으로서는 알 수 없지만."

"이런 음모가 어디로 튈지 나 역시 알 수 없다."

"우리 둘이 주위에다 말하지 않으면 돼. 그러면 알려지지 않아."

초희가 온더록스 글라스를 잡았다. 얼음 조각이 약간 녹아 있었다.

얼음이 온더록스 글라스에 넣어질 때는 네모반듯하고 투명해. 부딪히면 서로 튕겨 내. 때로는 깨져 버리기도 하고.

이건 내 이십 대 초반의 모습이지. 시간이 흐르고 글라스의 얼음은 녹아. 아직도 네모진 모습은 남아 있고 투명하기는 하지만 자꾸만 녹아내리면서 모습은 둥그스름하게 변해. 이제 그것들은 맞닿으면 소리가 크지는 않아. 이게 지금의 내 모습이 아닐까?

초희가 글라스를 입으로 가져왔다. 천천히 한 모금을 마시면서 얼음 조각을 보았다. 반도 녹지 않아서 네모진 모습이었다. 그래, 나는 아직도 네모진 얼음이야. 다 녹아내리지 않았어.

윤도가 잔을 비우고 나서 물었다.

"연기해 볼래?"

초희는 말없이 글라스 안의 네모진 얼음을 보고만 있었다.

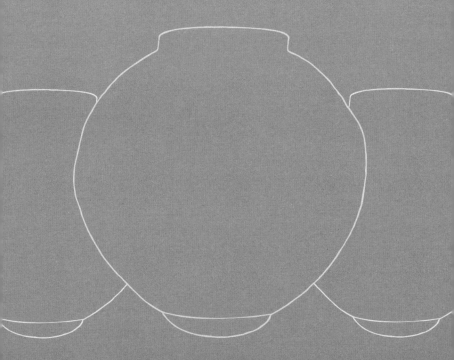

제4장
겨울비와 봄눈

1

　겨울 지리산에서는 나뭇가지가 잘 보인다. 봄부터 가을까지는 나뭇잎이 바다처럼 펼쳐져서 나뭇가지는 거기에 잠긴다. 겨울이 되면, 썰물에 갯벌이 세세하게 드러나듯 나뭇가지가 드러난다. 푸르딩딩한 하늘을 배경으로 하고 있어서 눈에 잘 띈다.

　민규는 화엄사에서 노고단으로 오르는 산길을 걷고 있었다. 글이 막히면 몸을 움직였고 그러면 글이 움직였다. 하지만 오늘은 글을 움직이려고 나선 게 아니다. 새로 쓴 희곡이 마무리 단계에 이르렀기에 생각을 정리하려고 나섰다. 남원에서 아침 일찍 버스로 구례로 왔고 화엄사를 거쳐 지금은 산 중턱에 이르렀다.

　그는 판소리 춘향가를 세 곡의 노래로 나눴다. 단오에 만나 서로 사랑하게 된 성춘향과 이몽룡이 부르는 첫 번째 노래, 사랑가. 이몽룡이 떠난 후에 성춘향이 외로움과 변학도의 괴롭힘을 견디며 부르는 두 번째 노래, 투쟁가. 장원급제에서 어사출또를 거쳐 마무리에 이르는 세 번째 노래, 승리가. 사랑가는 성춘향과 이몽룡이, 투쟁가는 성춘향이, 승리가는 다시 성춘향과 이몽룡이 부른다.

사랑가에는 만남의 즐거움이 있다. 승리가에는 해피엔딩의 카타르시스가 있고. 투쟁가는 고통이다. 춘향이 이별 후에 외로움을 견디는 것도, 변학도의 수청 요구를 거절하며 감옥에서 버티는 것도 고통이다. 고통을 무대에 올리면 관객은 반응한다. 윤도의 말처럼 우리는 관객의 연극을 만들어야 한다. 우리의 연극만 만들다가 계속 외면당할 수는 없다.

민규는 투쟁가를 희곡의 중심에 놓았다. 사랑가는 남겼지만 승리가는 제외했다. 마지막에 승리가를 넣으면 이전 희곡들에서 거듭했던, 고대 소설 춘향전과 같은 구조가 된다. 그렇게 만들 수는 없었다. 또한 승리가가 없이 투쟁가에서 끝내면 관객에게 여운을 남길 수 있다.

산길이 가파르게 바뀌자 민규는 위를 올려다보았다. 산봉우리가 서 있다. 여름 지리산은 가까운 사람들이 나란히 앉아 있는 듯한데, 겨울 지리산은 그 사람들이 서 있다. 강추위를 이기려면 이렇게 나란히 서 있어야 한다는 듯이.

민규도 남원에서 지내며 다른 사람들과 자주 나란히 섰다. 지리산을 중심으로 한 환경단체 활동에 참여해 시위에 나선 거였다. 지난 늦가을에는 산기슭의 막개발에 맞서 회원들과 반달 동안 시위를 벌였다. 토목회사에서 나온 사람이 업무방해로 고발할 거라고 했다. 이어서 굴착기가 다가왔다. 민규는 환경단체 회원들과 나란히 서 있었다. 그렇게 서 있다가 알았다. 함께하면 두려움이 줄어든다는 것을. 그리고 또 알았다. 굴착기를 돌아가게 할 수 있다는 것을.

민규가 가파른 산길에 이르렀다. 숨이 차올랐으나 그는 한 발, 한 발 내디뎠다. 글을 쓰다가 어려운 대목에 이르렀을 때도 이랬다. 한 단어, 한 단어 이어갔다.

어제 윤도가 전화해 왔을 때 그는 희곡이 마무리되고 있다고 알려주었다. 윤도는 자기의 마무리는 먼일이라고 했다. 돈 문제로 추진한 일이 이루어질 기미가 없어. 서두르지 마. 희곡도 완성되지 않았는데 지금부터 제작비 문제로 골머리 썩을 일이 없잖아? 네가 돈을 몰라서 그래. 돈은 끌어모을 수 있을 때 끌어모아 두어야 해. 그러지 않으면 날아가 버려. 다시는 돌아오지 않지. 애인은 돌아와도 돈은 돌아오지 않아. 내가 전에 듣기로 사람들 손에서 돌고 돌아서 돈이라고 한다던데? 돈은 물론 돌지. 어디서? 사람들 손에서가 아니라 돈이 있는 데서. 없는 데서는 돌지 않아. 가끔 없는 데로 오기도 하지만 곧 사라져. 민규야, 나는 돈이 없는 사람이야. 돈이 오지 않아. 와도 곧 떠나고. 그래서 바꾸기로 했어. 돈이 있는 사람으로. 돈이 내 주위에서 돌고 돌게끔. 방법을 찾아냈어. 그렇게 하면 돈이 내 주위에서 돌 거라고 예상했지. 예상대로 되질 않아. 윤도야, 네가 어떤 방법을 썼는지는 몰라도 그게 쉽지 않겠지. 쉬우면 이 세상에 가난뱅이가 있겠냐?

산길은 더 가팔라지고 공기는 더 차가워졌다. 민규가 배낭에서 보온병을 꺼내 따뜻한 황차를 마셨다. 남원으로 와서 춘향과 더불어 지내며 아메리카노를 황차로 바꾸었다. 배우가 메소드 연기를 위해 일상을 바꾸듯 그도 글을 위해 일상을 바꾼 거였다.

그는 주위를 둘러보다가 사진을 몇 장 찍었다. 하늘과 지리산 능선이 어울린 사진을 초희와 윤도에게 보냈다. 초희가 전화해 왔다.

"웬 지리산?"

"남원은 지리산권이야. 그리고 판소리 춘향가는 춘향이 지리산의 정기를 받아 태어났다는 사실로 시작해."

"춘향의 산이어서 만나러 갔구나?"

"지리산은 춘향의 산이자 우리의 산이지. 나는 지리산에 오면 어머니를 생각해. 품이 넓거든. 다른 사람들도 그런다고 하더라고."

"어머니 같은 산이다?"

"그래, 지리산은 우리의 어머니야. 춘향은 이 나라 사랑의 어머니이고."

민규가 전화를 끊고 다시 산길을 올라갔다. 초희에게 말한 '사랑의 어머니'가 머리에서 맴돌았다.

노고단에 다가가자 산길에 잔설이 쌓여 있었다. 민규가 아이젠을 꺼내 찼다. 한 단어, 한 단어를 이어서 문장을 만들 듯이 한 걸음, 한 걸음을 이어서 길을 밟아 나갔다. 마침내 노고단에 올랐다.

2

시내버스가 녹번역을 지나자마자 우회전했다. 살살이는 창 너머로 북한산을 올려다보았다. 스승의 전세방에서 보이는 향로봉 한쪽이 눈에 들어왔다. 스승이 건강을 회복했는지 궁금했다. 제자가 병문안을 가지 않고 전화로 물어보기만 하는 건 실례여서 오늘 시간을 냈다.

지난해 가을 살살이는 진동재를 뵈었다. 집으로 찾아간 건 아니었다. 창극단에 소속된 대학 동기에게서 진동재가 올 거라는 말을 들었다. 살살이는 스승도 뵙고 동기도 만나려고 창극단을 찾았다. 창극단장에게 인사를 드리는데 스승이 창극단 사무실로 들어왔다. 친구인 창극단장과 차를 마시며 담소했는데 오래지 않아 말다툼을 시작했다. 옆에서 살살이가 말렸으나 말싸움은 이어졌다.

진동재와 창극단장은 젊은 날 같은 스승에게서 배웠다. 서편제에 맥이 닿는 스승은, 둘을 떠나보낼 때 '너희가 백 년 전에 태어났더라면 한 명은 흥선대원군 앞에서 소리를 했고 다른 한 명은 불러도 가지 않았을 것'이라고 말했다고 한다. 진동재는, 스승이 말한 '가지 않았을 다른 한 명'이 바로 자기라고 살살이에게 알려주었다. 스승이 에둘러 자기를 칭찬한 것에 대해 마음속으로 감사했다는 것도.

진동재와 창극단장의 말다툼이 거칠어지자 단원들이 연습실에서 사무실로 왔다. 진동재가 제자뻘 되는 단원들에게 물었다.

"다들 알지? 놀이판에서 씹는 맛이 고깃집에서 씹는 맛보다 더 낫다는 거? 그 맛을 알아야 광대 하는 것이고. 그런데 씹지 말자고? 주둥이에다 우스갯소리나 덕지덕지 달아놓고 헤벌쭉 다니자고?"

개그가 섞인 퓨전 창극을 연습하는 단원들은 아무런 말도 하지 않았다. 그들 가운데 몇은 퓨전 창극에 불만을 토로했으나 이곳 사무실에는 창극단장이 있었다. 창극단장은 단원들에게 개그가 섞인 퓨전 창극이 앞으로 소리꾼들이 가야 할 또 하나의 길이라고 강조해 왔다.

진동재가 단원들을 노려보다가 자리에 앉았다.

"어허, 맘이 아프네. 내 장례식에 올 사람이 한 명도 없구먼."

창극단장이 쓴웃음을 지었다.

"창극을 보는 눈이 다르다고 해서 설마 자네 장례식을 외면하기야 하겠는가? 걱정하지 말게. 창극단 단원들이 모두 갈 터이니."

"광대는 험한 길 가는 나그네야. 밥길은 험하고 소릿길은 더 험하거든. 남을 따라가는 평탄한 길만 걸으면 그는 광대가 아니지. 오늘 보니까 여기에 광대가 없어. 입도 뻥긋 못 하는 시체만 있어. 내가 죽기 전에 모두 죽어서 시체가 돼버렸어. 이러니 내가 죽었을 때 어떻게 조문을 오겠나? 시체는 조문을 못 다니잖아?"

"사람이 나이 먹어도 입 놀리는 것하고는."

"판소리를 누가 망친 줄 알아? 힘 있는 자들, 돈 있는 자들 앞에서 주둥이로 그럴듯한 사설이나 해댄 것들이야. 그렇게 해서 한자리 차지하고 자칭으로 명창 된 것들. 명창이 따로 있나? 힘이나 돈이 있다고 설치는 놈들한테 욕하고 싶어 하는 사람들의 입이 되면 그게 바로 명창이지. 내 주둥이를 남의 입으로 만든 게 바로 명창이라고. 하긴 그대도 한때 명창이란 말을 들었던 사람이라서 자기 주둥이를 남의 입으로 만들어 놓기는 했구먼. 그대 주둥이가, 정부 보조금 타 먹을 길이 없을까 하고 두리번거리는 극단주의 입으로 변했으니까."

창극단장이 씩씩거리다가 단원들을 밀치고 밖으로 나가 버렸다.

살살이가 스승의 전세방이 있는 이층집에 이르렀다. 대문에는 사자 주둥이에 고리가 물린, 철제 노커가 달려 있었다. 노커의 검은 칠이 벗겨지고 녹물이 배어나 사자 갈기는 갈색으로 변했다. 진짜 갈기 같았다.

그녀는 초인종을 누르고 나서 고개를 들었다. 북한산 줄기가 눈에 들어왔다. 향로봉에서 눈길을 멈추었다. 저녁놀이 향로봉을 덮으면 바위가 겹쳐 있는 봉우리는 잉걸불처럼 보인다. 참숯 향내가 나는 듯하고. 그러면 북한산 서쪽 봉우리를 향로봉이라고 이름 지은 뜻을 짐작할 만하다.

스승이 문을 열었다.

"무슨 일이냐?"

"노환으로 누워 계신다기에……."

"감기였는데 지금은 괜찮다."

"다행입니다."

스승이 그녀에게 들어오라고 말하지 않고 돌아섰다. 그녀는 대문 안으로 들어갔다.

스승은 2층에서 거실과 방 하나를 전세 내서 살았다. 거실 앞뒤는 유리창이었다. 양쪽은 벽이었는데 거기에는 족자가 걸려 있었다. 세상처처인연다(世上處處因緣多) 인연처처세상다(因緣處處世上多)라는 대구가 쓰여 있었다. '세상 어디인들 인연 아닌 곳이 없고 인연 어디인들 세상 아닌 곳이 없다.'라고 살살이는 해석했다. 족자 이외에는 아무런 장식이 없었다. 소리꾼 집에서 흔히 보는 수묵화도 없었다. 거실 바닥에 화문석이 깔려 있었다. 한쪽에 소리꾼이 서고 반대쪽에 고수가 앉기에 빠듯한, 그러나 예전에 진동재가 이 한 장에다 세상을 불러들였던 화문석이었다.

스승이 방으로 들어가더니 까만 두루마기를 걸치고 나왔다. 소리할 때 입는 옷이었다. 그녀는 까만 두루마기를 보자 울고 싶어졌다.

제자가 되고 싶어서 처음 찾아갔던 날도 스승은 까만 두루마기 차림이었다. 전설 속 강림도령에게나 어울릴 옷. 그녀가 예술대학 국악과에 다닌다고 자기소개를 해도 두루마기는 움직임이 없었다. 왜 배우러 왔느냐, 이전에는 누구에게 배웠느냐, 하는 질문도 던지지 않았다. 그녀가 제자로 받아주십시오, 하고 또 부탁했는데 스승은 눈을 감고만 있었다. 걱정 없이 잠든 것처럼 얼굴은 평온했다. 한참 후에야 물었다. 사랑가를 아느냐? 그녀가 바로 대답했다. 유명한 춘향가에서도 사랑가는 더 유명한 대목이지요. 사랑가에서 '첩첩산중 늙은 범이'는 진양조장단으로 풀어갑니다. 간장을 녹이는 정을 진양조장단 사이사이에서 우려내지요. 그 후에는 '업고 놀자'며 중중모리장단으로 풀고요. 업고 노는 데 신명이 없겠습니까? 중중모리장단이 신명을 뿌려내지요. 그녀가 한참 동안 말하고 나자 스승이 한마디 했다. 사랑가를 여러 장단으로 소리해야 한다. 오늘은 이만 가거라. 살살이는 집으로 가서 춘향가의 사랑가를 소리했다. 진양조장단으로도

하고 휘모리장단으로도 했다. 이튿날 스승에게 가서 어제 춘향가의 사랑가를 여러 장단으로 소리했노라고 알렸다. 스승이 웃음을 터뜨렸다. 미련한 년 같으니라고. 스승이 웃음을 그치고 정색했다. 미련한 년을 나 아니면 누가 거두겠느냐? 그녀가 얼른 큰절을 올렸다. 스승이 접부채로 방바닥을 내리쳤다. 이 미련한 년아, 물어보자. 춘향가가 무엇이냐? 그녀가 사랑가라고 대답했다. 그것은 성춘향과 이몽룡의 사랑이기에. 그렇다면 심청가는 무엇이냐? 그것 역시나 심학규와 심청이 이루어내는 부녀지간의 사랑이었다. 사랑가이지요. 좋다. 흥부가는 어떤고? 흥부와 놀부 형제가 끝에는 우애를 되찾는 것이어서 사랑가라고 아니할 수 없었다. 사랑가입니다. 그렇다. 수궁가, 적벽가, 가루지기타령도 사랑가니라. 세상의 노래는 다 사랑가니라. 이 모든 사랑가를 소리꾼은 여러 장단으로 소리해야 한다.

왜 스승이 처음 만났을 때처럼 까만 두루마기를 입었을까? 하고 살살이는 궁금해하며 서 있었다. 스승이 화문석 한쪽으로 갔다. 부채를 반쯤 펼치더니 장단을 약간 넣어서 물었다.

"누가 소리꾼이냐?"

살살이가 화문석 가에 서 있다가 엉겁결에 되물었다.

"네?"

"너냐?"

이번에도 장단이 들어 있었다. 그녀는 예전에도 이런 질
문을 받았다. 그때는 대답하지 못했다. 같은 질문이 또 주어
지면 어떻게 할까를 고민하다가 대답을 준비해 두었다. 그녀
가 숨을 고른 후에 소리를 내어놓았다.

나, 나나나나.
나, 아아아아.
아아아아, 나.
아, 아아아아.

여러 장단을 뒤섞어가며 네 번을 소리했다. 처음에는 '나'
를 지칭하고 나서 그것을 반복했다. 누가 소리꾼이냐, 너냐,
라는 질문에 대답한 것이다. 소리꾼은 바로 나이고 그것은
변함이 없다는 걸 네 번의 반복으로 알렸다. 그다음에는 '나'
를 소리하고 '아아아아'로 희로애락을 펼쳤다. 소리꾼인 나는
희로애락으로 살기에. 득음을 이뤄서 희로애락을 자유자재
로 소리로 끌어들이게 된 소리꾼은 스스로 감탄해서 추임새
를 하리라. 세 번째에서는 추임새를 아아아아, 하고 앞에다
놓았다. 뒤에다 '나'를 넣어서 그 주체는 소리꾼인 나라는 걸
빠뜨리지 않았다. 마지막에는 아, 하고 추임새를 넣고 그걸
반복했다. 소리꾼은 사람들과 노는 것이고 그것은 추임새로
표상되기에.

"네 소리가 잘 나오는구나."

"과찬입니다."

"명필의 글자를 집자해서 편액을 만들기도 하지. 명창이라고 불리는 소리꾼들의 소리에서 나, 아, 하는 대목을 모아놓으면 조금 전의 네 소리가 될 거다."

스승이 부채를 내밀었다. 살살이가 춘향가를 다 배웠을 때도 스승은 부채를 주려고 했었다. 스승의 부채는, 선사가 수제자에게 내리는 의발 같은 것이라고 해석했었다. 부채를 받을 만큼 판소리의 이면을 다 그려내지는 못했다고 여겨서 받지 않았었다.

"부채를 받지 못하겠습니다."

"선생이 주는 걸 두 번이나 거절하려느냐?"

"그 대신 가르침을 주십시오. 제가 여기저기서 소리를 하지만 아직은 여러모로 부족합니다."

"정녕 가르침을 바라느냐?"

"그렇습니다."

스승이 부채를 확 내밀었다.

"네가 맨 처음 소리를 배운 사람이 누구냐?"

그녀는 아버지에게서 소리를 배웠다는 걸 여러 번 말씀드렸다. 그걸 스승은 분명 기억하고 있으리라.

"제 첫 스승은……아버지입니다."

진동재에게 소리를 배우라고 권한 사람도 아버지였다. 그것 또한 스승에게 여러 번 말씀드렸다.

아버지는 스승을 두고 판소리를 공부한 사람이 아니었다. 판소리의 고장인 고창에서 살다 보니까 여기저기서 판소리를 들었고 그걸 흉내 냈다. 동네 소리꾼이 됐다. 그 아버지를, 살살이는 흉내 내다 소리꾼으로 들어섰고.

아버지는 전축으로 여러 소리꾼의 소리를 들었다. 농사를 지으면서 틈을 내 소리를 했다. 동네에서는 아버지를 소리꾼으로 여겼지만 읍내에만 나가도 아무도 알아주지 않았다. 그러거나 말거나 아버지는 소리를 했다.

마을은 물론이고 인근에서도 잔치가 벌어지면 아버지를 불렀다. 환갑잔치, 칠순 잔치, 돌잔치에 간 아버지는 소리만한 게 아니었다. 사람들이 유행가를 원하면 그걸 불러주었다. 흥이 나면 '대지의 항구'와 '봄날은 간다'를 자청해서 불렀다. 왜 그렇게 마구잡이로 노느냐고 살살이가 따지자 아버지가 그랬다. 내가 정에는 헤픈 놈이라서 그라제. 받는 정에도, 주는 정에도 헤퍼.

그녀는 국악과에 다닐 때 대학부 판소리 경연에서 입상했다. 여름방학을 맞아 집으로 갔다. 큰비가 내린 직후였는데 아버지가 마을 뒷산으로 폭포를 보러 가자고 했다. 뒷산 폭포는 평소에는 없지만 큰비가 내리면 바위에 생기는 폭포였다. 그녀는 아버지와 함께 산길을 걸어 바위 밑에 이르렀다. 폭포 소리는 제법 컸다. 그녀가 소리로 폭포를 넘어서겠다고 했다. 오른손으로 위를 찔러 대며 춘향가의 어사출또 대목을 내질렀다. 아버지가 손사래를 쳤다. 딸아, 땡감 많이 처먹은 놈의 똥구멍에서 똥 덩이가 어쩌다 하나씩 나오는 것 같아서 는 소리가 아니여. 그렇다고 콩 볶아 처먹고 찬물 마신 년이 물찌똥 내쏘듯이 그저 마구잡이로 쏟아붓기만 해도 소리가 아니고. 소리를 세우고 굴리고 맺고 푼다고 하는 말, 나한테 들었제? 그게 단순히 소리에만 들어맞는 말이겠냐? 소리꾼 은 세상에서 자기 자신을 세우고 굴리고 맺고 풀어내야 한다 는 뜻도 담겨 있어. 그녀가 내쏘았다. 무슨 말인지 잘 모르겠 어요. 아버지가 바로 받아쳤다. 애비 말도 제대로 모르는 년 이 무슨 소리를 알겠냐? 네가 목구멍으로 토해내는 것은 소 리가 아니여. 소리는 어른이 돼야 낼 수 있어. 구멍이란 구멍 을 모두 다 다스리고 난 후에 내는 것이다, 이 말이여. 터진 입이라고 그걸로 바람 빠지는 소리나 내지르는, 그마저도 힘 들어하는 네가 소리는 무슨 소리여? 네가 지금 하는 짓은 소 리꾼 흉내에 불과해. 당장 서울로 돌아가서 이년 저년하고 말싸움도 하고 이놈 저놈하고 연애도 해 봐라. 네 여러 구멍 에서 이런저런 냄새가 나리라. 여러 구멍을 다스려 그 냄새 가 향기롭게 되면 그때 이곳으로 와. 그때 너는 폭포를 넘어 설 거여.

　살살이가 아버지를 생각하고 나서 머리를 들었다. 스승이 문을 가리켰다.

"네 아버지한테로 가거라. 잘 가르쳐주었듯이 앞으로도 그럴 것이다."

아버지한테 배울 만한 것은 다 배웠습니다, 하고 말하려다가 입을 다물었다. 그것도 스승은 알고 있으련만 아버지에게 가라고 한다.

"아버지는 서울에서 먼 곳에 계시기에 제가 가르침을 받을 수 없습니다. 제발 선생님께서 절 가르쳐 주십시오."

"네 아버지보다 나는 더 멀리 있어. 지금의 너한테는."

"무슨 말씀인지⋯⋯?"

"가거라."

스승이 또 문을 가리켰다. 살살이는 스승의 뜻을 알지 못해서 움직이지 않았다.

"가라니까."

"가르침을 받고 싶습니다. 소리가 잘 나오게끔."

"네 소리는 잘 나와. 그 정도면 어느 놀이판에다 내놓아도 돼."

"제가 득음을⋯⋯ 이룬 것입니까?"

진동재는 대답하지 않고 부엌으로 갔다. 한참 후에 누런 찻물이 든 찻사발 둘을 쟁반에다 가져왔다.

"왜 재담을 하느냐?"

"스승님께 춘향전을 배울 때 저는 춘향을 우러러보았어요. 그런데 사설에서는 방자가 춘향한테 말을 놓아요. 방자는 이몽룡한테 말할 때 춘향이 기생이 아니라고 하면서도 춘향한테는 말을 놓지요. 그는, 월매가 기생이기에 춘향을 천민 집안의 사람으로 보고 그런 것 같았습니다. 향단이는 달랐지요. 춘향에게 존대하지요. 춘향전에서 춘향에게 존대하는 단 한 사람입니다. 향단이의 존대는 춘향이 천민이 아니라는 걸, 신분으로는 천민에 가까워도 마음은 고귀하다는 걸 암시합니다. 이런 향단을, 사람들은 춘향이의 몸종으로만 두지 않았죠. 방자와 장난을 치고 그와 은근히 정을 나누는 인물로 키워냈습니다. 이제는 춘향전에서 향단이가 없으면 재미가 없게 됐어요. 저는 향단이야말로 사람들이 좋아하는 인물이라고 여겼습니다. 이런 인물을 무대에 세우고 싶었죠. 그래서 판소리 사이사이에 향단이가 할 만한 재담을 무대에서 하는 겁니다. 판소리와 재담이 한데 어울리는, 향단이의 무대이지요."

"얼씨구!"

스승이 추임새를 넣고 나서 활짝 웃었다.

3

겨울비가 그치고 기온이 내려갔다. 바람이 거칠어서 광한루원의 큰키나무들이 잔가지를 떨었다. 봉래섬의 대나무에서 댓잎이 싸락눈 내리는 소리를 냈다.

광한루 누각에는 남원 시민이든 여행객이든 올라갈 수 없었다. 건물을 보호한다는 이유였다.

민규는 광한루라는 이름을 정인지가 지었다고 들었다. 정인지는, 세종대왕이 훈민정음을 발표할 당시 대제학이었고 훈민정음 창제에 큰 공헌을 했다. 이런 정인지가 만든 광한루에서 춘향전이─이 나라 최고의 한글 소설인 춘향전이 펼쳐진다. 이게 우연일까?

훈민정음은 조선 시대 여자들이 익혀서 지켜왔다. 광한루는 달에 있는, 항아가 사는 궁전이다. 훈민정음과 광한루는 여자라는 교집합을 지니는데 여기서 태어난 인물이 바로 춘향이다. 이건 우연이 아니라 필연이다.

민규가 밤에 달을 쳐다보듯 광한루를 올려다보았다.

"광한루가 아직 막이 열리지 않은 무대 같아."

민규의 말을 윤도가 고쳤다.

"막이 내려진 무대."

이걸 초희가 또 고쳤다.

"처음부터 열려 있는, 막이 오르내리지 않는 무대야. 다만 지금은 관객만 있고 배우는 없지."

살살이가 두 팔을 들어서 흔들었다.

"여기 배우가 있어. 배우가 서 있는 데가 무대 아냐? 그러니까 지금 무대는 광한루가 아니라 바로 이곳 연못 옆이야. 우리는 광한루라는 무대에 오르지 못한 게 아니라 광한루라는 누각을 배경에 두고 있어."

병모가 오케이, 컷! 하고 외쳤다. 살살이가 병모에게 엄지 척을 했다.

"여기 왔으니까 사진 한 장 박아두자. 오작교에서."

살살이 제안에 윤도가 손을 내저었다.

"초등학생 소풍도 아니고……."

"그냥 떠나자니 허전하잖아?"

"광한루 뒤편으로 나가면 한정식집이 있어. 거기에다 내가 예약해 두었어. 거기서 점심 먹자."

윤도는 다른 사람들의 대답을 기다리지 않고 광한루 뒤편의 후문으로 향했다. 민규가 윤도를 따라나서자 다른 사람들도 움직였다.

일주일 전에 민규는 친구들에게 전화해서 남원으로 초대했다. 희곡 초고를 리딩하려고. 친구들은 리딩 후에 이런저런 말을 할 터였다. 그걸 모아서 교정에 참고할 참이었다. 어제 친구들이 그가 지내는 아파트로 왔다. 저녁을 먹고 술을 마셨다. 오늘은 남원에 왔으니까 광한루를 보지 않을 수 없다며 여기에 왔다. 민규는 친구들을 초대할 때 리딩 얘기는 하지 않았다. 어제도 마찬가지였다. 그냥 놀러 오라고 했고 어제는 함께 놀았다. 오랫동안 다섯이 함께 만난 적이 없으니까 먼저 데면데면한 분위기를 없애야 했다. 그런 다음에 리딩을 해야 자기 의견을 주저 없이 내놓으리라.

친구들이 한정식집 예약석에 앉자 윤도가 제안했다.

"세상이 난리인데 우리에게는 피난처가 있다. 피난을 가면서 춘향전의 인물 가운데서 단 한 사람을 데려간다면 누굴 그럴 것인지 얘기해 보면 어때?"

초희는 재밌는 제안이라고 생각했으나 찬성한다고 말하지 않았다. 그가 3억 원을 줄 테니까 결혼하는 척 연기해 달라고 한 제안도 마찬가지였다. 재밌는 거라고 생각했으나 아직도 찬성한다고 말하지 않았다. 솔직히 그와 만나는 게 부담스러웠다. 그가 은근히 대답을 강요할 것 같아서. 남원으로 놀러 오라는 민규의 초대를 받았을 때도 거절하려고 했다. 윤도가 온다는 걸 알았으니까. 하루를 고민하다가 가기로 했다. 윤도가 불편한 건 사실이지만 민규를 만나려고. 민규는, 내가 춘향 역할을 맡게 될 희곡을 쓰고 있다.

어제도, 오늘도 윤도는 위장 결혼 얘기는 꺼내지 않았다. 그가 제안을 철회한 것은 아니니까 그는 여전히 내게 대답을 기다리고 있다. 나는 마음속으로 거절과 수락을 반복했다. 예로부터 인륜지대사로 여겨져 온 결혼인데 그걸로 장난을 쳐서 돈을 번다는 걸 생각하면 거절이었다. 3억 원이라는 거액의 돈을 생각하면 수락이었다.

윤도의 제안에 병모와 살살이가 찬성했다. 윤도는 춘향전의 인물을 두 번 데려갈 수는 없다고 했다. 먼저 말한 사람이 월매를 데려간다. 그러면 다음 사람이 월매를 데려갈 수 없다는 거였다.

"누가 먼저 시작해?"

병모가 묻자 윤도가 말했다.

"우리 박병모 영화감독."

"왜 나야?"

"촬영장에서 큐 사인을 보내는 영화감독이 아니랄까 봐 여기서도 시작을 말했으니까."

"좋아. 그러면 나 다음에는 누가 해?"

"네가 춘향전의 어떤 인물을 데려갈 것인지 말한 후에 지목해."

병모가 방자를 데려가겠다고 했다. 방자가 웃는 사람이어서라고 했다.

"사실 방자는 춘향전의 주요 인물 가운데서 이름이 없는 사람이지. 다들 이름이 있는데 방자는 없어. 지방 관아에서 심부름하는 관노를 지칭하는 말이 방자인데 그걸 이름으로 삼았어. 일반명사가 고유명사로 됐지. 원래 제 이름도 갖지 못한 방자이지만 우리에게 웃음을 줘. 자주 웃고. 춘향전에서 가장 많이 웃는 인물은 방자야."

병모가 씩 웃고 나서 말을 이었다.

"웃는다는 게 중요해. 이건 포용이야. 삶의 넓이지. 웃지 못하는 이들은 좁아. 이건 살살이가 자주 강조하는 것이기도 한데, 남과 공감하지 못하면 좁아지고 그러면 웃지 못해. 그래, 웃음은 공감에서 비롯하지. 내가 웃는다는 건 내 주위 사람들과 공감한다는 거야. 나는 이렇게 말하고 싶어. 세상에서 오직 하나 남겨야 할 게 있다면 웃음이다. 그게 천국의 문을 여는 열쇠이다."

살살이가 크게 손뼉을 쳤다. 병모가 살살이를 가리켰다.

"다음에 말할 사람으로 자기를 지목해 달라고 소리꾼 겸 재담가가 강하게 발림을 하네요."

병모가 앉자 살살이가 일어섰다. 문이 열리면서 한정식 요리가 나오기 시작했다. 살살이는 혼란스러운 행사장에서 소음을 이겨내며 소리를 하듯이 요리 접시가 놓이는 소음에 아랑곳하지 않고 얘길 했다.

"나는 향단이를 데려간다. 향단이는 천민이야. 그런 향단이도 사랑을 해. 춘향이는 이몽룡과 드러나게 하지만 향단이는 방자와 드러나지 않게 하지. 이런 사랑이야말로 진정한 그리움을 지니고 있어. 중국의 연극 '서상기(西廂記)'에 나오는 그런 그리움 말이야. '그대는 아름다움을 잠시 보여주었는데 나는 만 갈래의 그리움을 줍네.' 나는 바탕이 소리꾼이야. 내가 소리하고 싶은 판소리 가운데 하나는 바로 만 갈래의 그리움을 줍는 이야기야."

살살이는 말을 마쳤고 상은 다 차려졌다. 상 위에 고기전, 떡갈비, 굴비, 갈치구이, 홍어회, 불고기, 고구마튀김, 숙주나물, 꼬막무침, 김부각, 게장, 매실장아찌 등이 놓였다. 김

치만 해도 배추김치, 백김치, 갓김치, 고들빼기김치가 있었
다. 국은 콩나물국이었고 밥은 오곡밥이었다.

"나는 다음 사람으로 윤도를 지목한다."

"음식 놓아두고 얘길 해야 해?"

"얘기하면서 먹으면 더 좋지. 안 그래? 그리고 이걸 하자
고 제안한 사람이 김윤도 아니었나?"

"알았어, 알았다고."

살살이가 앉고 윤도가 일어났다.

"나는 변학도와 함께 간다. 지금 전제된 상황은 세상이 난
리여서 비상 상황이잖아? 이럴 때는 일단 살아남아야 해. 살
아남으려면 가끔 편법도 쓰고 불법도 써야지. 그럴 수 있는
사람이 춘향전에서는 누구야? 두말할 것도 없이 변학도지."

초희는 윤도의 말 가운데서 '살아남으려면 가끔 편법도
쓰고 불법도 써야지.' 하는 대목은 다른 사람 아닌 자기 자신
에게 하는 말 같았다. 그가 쓰는 편법과 불법이 통해야 한다.
그래야 내가 3억 원을 받는다. 만약 그게 통하지 않으면? 나
는 우스운 여자가 돼버린다. 초희가 제 생각에 빠져 있을 때
윤도가 다음 말을 할 사람으로 그녀를 지목했다.

초희가 자리에서 일어났다. 민규는 그녀가 춘향이를 데려
갈 거라고 예상했다. 춘향이를 의식하고 살아온 그녀로서는
당연한 일이었다. 그의 예상과 달리 그녀가 이몽룡을 선택했
다.

"나는 이성애자여서 이몽룡을 데려간다. 그가 남자라는 점 이외에 또 맘에 드는 게 있어. 글을 잘 쓰잖아. 다들 알다시피 어사출또를 하기 전에 시를 써. 좋은 술잔의 향기로운 술은 천 백성의 피요, 옥쟁반의 기름진 안주는 만백성의 기름이다. 촛농이 떨어질 때 백성의 눈물이 떨어지고, 노랫소리 높은 곳에 원망 소리도 높다(金樽美酒千人血 玉盤佳肴萬姓膏 燭淚落時民淚落 歌聲高處怨聲高). 이 시는 지금도 여전히 유효하지. 세월이 지나도 여전히 의미를 잃지 않은 시야말로 좋은 시지. 그걸 쓴 사람은 좋은 시인이고."

초희가 다음 사람을 굳이 지목하지 않고 자리에 앉았다. 민규가 일어나서 자기는 춘향이와 함께 갈 거라고 했다. 왜 그러는지는 초고가 이루어진 희곡에 나와 있다고 했다.

민규는 '춘향의 무대'를 두 개의 장으로 썼다. 1장의 무대는 남원 오리정이고 2장의 무대는 감옥이다.

1장에서 춘향은 이몽룡이 혼자 한양으로 떠나는 걸 받아들인다. 이것은 굴복이나 타협이 아니라 상대방의 처지를 이해한 포용이다. 이렇게 해서 사랑이 깊어진다. 포용은 요즘 젊은이들에게도 필요하다. 요즘은 상황에 굴복하거나 타협하는 젊은이들이 많다. 굴복한 이는 사랑을 외면하고 타협한 이는 사랑을 유희로 여긴다. 쉽지 않은 일이지만 상대방의 처지를 이해하고 포용할 때 사랑은 깊어진다.

오리정에서 춘향은 이몽룡과 노래한다. 이전까지의 사랑

은 몸으로 풀어냈지만 이제부터의 사랑은 마음으로 지켜낼 거라면서. 여기에 맞춰 향단이와 방자도 눈빛을 교환한다. 춘향과 몽룡의 사랑이 주위 사람들도 사랑에 빠지게 한다.

2장의 무대는 감옥이다. 춘향은 변학도의 수청 요구를 거절해서 감옥에 갇혀 있다. 그녀는 신분 타파를 주장한다. 춘향전이 만들어질 당시 조선은 신분 체계가 흔들리는 때였다. 여기에 맞춰 춘향은 신분 타파의 전위가 된다. 이게 지금에도 필요하다. 지금의 이 나라는 신분 체계가―계급 아닌 돈에 의해 만들어진 신분 체계가 굳어지고 있으니까.

주위의 이런저런 회유에도 춘향은 흔들리지 않는다. 그녀는 몽룡을 그리워하면서 귀환을 믿는다. 그리움과 믿음을 무기로 싸워서 결국 이겨낸다. 몽룡과 결혼해서 신분 타파를 이룬다.

민규는 친구들에게 오후에 희곡 초고를 함께 읽자고 했다. 병모가 굴비를 먹다가 물었다.

"리딩하려고 우릴 부른 거야?"

"맞아."

"밥맛이 확 살아나네."

"떨어진 게 아니고?"

"밥값을 하게 됐으니 밥이 맛있지."

병모가 다시 굴비를 먹었다.

4

전주 한옥마을에서 윤도는 뭔가 다르다고 느꼈다. 친구들과 함께 와서 그런가? 하고 생각했지만 그런 것 같지는 않았다. 한옥마을 길을 걷다가 알았다. 이런 느낌을 파리에서도 가끔 받았다는 걸. 그건 시선에 아파트가 잡히지 않는다는 거였다. 파리에서 시선에 아파트가 잡히지 않는 길을 걸었고 이곳 전주 한옥마을에서도 걷고 있다.

윤도는 한복을 입었는데 생각보다 불편하지 않았다. 한복 집에서는 남녀의 커플 룩으로 한복을 권했다. 윤도와 초희는 주저했지만 병모와 살살이는 받아들였다. 병모와 살살이가 한복을 커플 룩으로 빌리자, 윤도가 초희에게 맞장구를 쳐주자며 커플 룩을 빌렸다. 너희 기분 맞춰주려고 이러는 거야, 하고 윤도는 병모와 살살이에게 말했지만 내심으로는 달랐다. 초희와 커플 룩으로 옷을 입으면 색다른 분위기에 젖지 않을까, 하는 바람이 있었다. 위장 결혼 얘기가 쉽게 나오는 그런 분위기.

병모와 살살이는 둘이 차를 마실 거라면서 전통 찻집을 찾아갔다. 윤도와 초희는 경기전과 전동성당에 들렀다가 한옥마을 골목으로 왔다. 윤도는 골목을 천천히 걸어 나갔다. 작년에 민규와 함께 왔던 곳이었다. 담이 있고 그 너머로 기와지붕이 보이고 그 위로 하늘이 넓게 펼쳐진 풍경이 이어졌다.

　오늘 아침, 윤도는 자가용에다 친구 셋을 태우고 남원을 떠났다. 서울로 곧바로 갈 생각이었다. 고속도로 휴게소에 들러서 자가용에다 휘발유를 채웠다. 병모가 전라북도에 왔으니까 전주에 가 보자고 했다. 살살이가 당장 찬성했다. 윤도가 그러자고 했다. 거기 가면 초희와 둘이서만 얘기할 기회가 올 듯해서. 그리고 바라는 대로 됐다.

　윤도가 지나가는 젊은이들을 턱짓하며 초희에게 말했다.

　"한옥마을에서 한복 입고 다니는 사람들을 보면 나이 든 이들보다 젊은이들이 더 많아. 여기는 젊은이들의 거리야."

　초희가 앞쪽에서 오는 젊은 남녀를 보았다. 한복으로 보면 성춘향과 이몽룡이다.

　"민규가 그랬지, 우리의 핏속에는 성춘향과 이몽룡이 깃들어 있다고. 그걸 젊은이들이 여기 와서 드러내는 것 같아."

　"이런 곳이 더 늘어나면 우리나라 사람들의 핏속에 깃든 성춘향과 이몽룡도 늘어나겠네?"

　"아마도."

　윤도가 걸음을 멈추었다.

　"아마도, 내 제안은 아직 결론이 나지 않은 거겠지?"

　"너만큼 나도 돈을 원해. 하지만 위장 결혼이 성공할까 싶어."

　"실패하면 없던 일로 하면 돼."

"아니, 실패는 없던 일이 아니야. 그건 실패야. 더구나 결혼이라는 말이 들어간 일에서 실패하면 결혼에 실패한 느낌이 들 거야."

"설마?"

"대학 때 너희는 나를 춘향으로 뽑았어. 그건 잠깐의 놀이였지만 그 뒤로 나는 춘향에서 벗어나지 못했어. 지금까지도. 위장 결혼에 실패하면 나는 그걸 오래도록 마음에서 지우지 못할 거야. 어쩌면 죽을 때까지도."

"내가 성공이 보장된 방법을 찾아내면?"

"삼십 대에 이르러 알게 된 게 하나 있지. 성공이 보장된 방법은 없다는 것."

"뭐 어쨌든 난 돈이 필요해. 연극 제작비를 마련하기 위해서도."

그가 연극 제작비를 말하자 초희는 침묵했다. 그건 아마도 그의 진심일 것이다.

둘은 카페와 식당이 줄지어 있는 거리를 지나갔다. 초희가 살살이에게서 온 전화를 받았다.

"병모가 전주비빔밥 식당 앞에서 멈추었어. 여기서 점심을 먹자며."

"그러자."

"위치를 톡으로 보낼게."

윤도는 작년에 민규와 왔을 때도 한옥마을에서 전주비빔

밥을 먹었다. 전주 팔미(八味)로 세상의 모든 색을 상징하는 오색을 만든다. 전주비빔밥은 세상이다. 그 세상은 부챗살 모양으로 펼쳐져 있다. 접부채는 접으면 손안에 들고 펼치면 세상을 담는다. 전주비빔밥은 펼치면 세상이고 비비면 입안에 든다. 오색은 팔미로 풀어지면서 내 몸으로 들어온다. 민규가 그랬다. 전주비빔밥은 판소리와 닮았어. 판소리는 오색으로 물든 세상의 이야기야. 그걸 소리꾼은 여덟 가지 맛으로 펼쳐내지. 우리는 그걸 마음에다 받아들이고.

어제 오후에 윤도는 「춘향의 무대」를 친구들과 리딩했다. 연극 대사라기보다는 판소리 사설 같은 대목이 자주 나왔다. 그는 춘향을 맡아서 리딩했는데 춘향의 대사만 해도 이런 대목이 세 군데나 됐다. 가장 긴 대목은 오리정 이별 후에 춘향이 하는 독백이었다.

> 할까 보다.
> 지리산에다 내 속말 다 할까 보다.
> 내 마음 모아 모아 건네준 당신
> 내 세월 잘라 잘라 가져간 당신
> 이제는 내 말을 들을 수 없으니
> 지리산에다 내 속말 다 할까 보다.
> 할까 보다.
> 향기로운 말은 반야봉에다 걸쳐놓고

냄새나는 말은 뱀사골 계류에다 씻어 두고

맘 뜨거운 사연은 바위에다 새기고

낯 뜨거운 사연은 낙엽 밑에다 깔고

그래도 남은 속말은 숲에다 퍼뜨리리.

말이 씨앗 되어 흩어지리라.

솜털 씨앗으로 마을로 날아가고

동그란 씨앗으로 산 밑으로 굴러가고

가벼운 씨앗으로 냇물 따라가고

무거운 씨앗으로 숲에서 머무르리.

할까 보다.

광한루 앞을 흐르는 요천에다 내 속말 다 할까 보다.

하루라도 들어주고 이레라도 들어주고

석 달 열흘, 십 년이라도 들어주고 들어줄

요천에다 할까 보다.

속말은 냇물 따라 흘러가고

속말은 굽이에서 굽이치리라.

그래도 남은 소리

누구에게 들려줄까?

저 멀리 몸은 떠났어도

마음은 여기 머무르는 당신에게 들려주리.

하루라도 들려주고 이틀이라도 들려주리.

하다가 멈춘 소리 잇대어 들려주고

귀에 거슬린 소리 거슬린 대로 들려주고

울음이 터지면 울음으로 들려주고

웃음이 터지면 웃음으로 들려주리.

그대의 속말은 내가 들어주리.

이레라도 들어주고 석 달 열흘이라도 들어주리.

겉치레 몇 마디라도 들어주고

흰소리 헛소리라도 들어주리.

남의 말을 전해주면 남의 말로 들어주고

자기 말을 펼쳐내면 내 귀 열어 들어주리.

울음이 터지면 울음으로 들어주고

웃음이 터지면 웃음으로 들어주리.

들려주고 들어주어 우리 소리 생겨나네.

그대와 나의 소리가 어울린 우리 소리.

사람들아, 갈 길이 바쁘다는 사람들아

오늘도 그렇게 가기만 하려는가?

천릿길 만릿길 가고 또 가려는가?

쉬면서 웃고 웃으면서 쉬며

우리 소리 듣고 가게.

삐죽삐죽 싹튼 소리

포옹포옹 솟는 소리

무럭무럭 크는 소리

넝쿨덩굴 엉긴 소리

졸졸졸졸 흐른 소리

찰랑찰랑 넘친 소리

살랑살랑 오는 소리

활짝활짝 피는 소리

조랑조랑 맺힌 소리

토실토실 알찬 소리

아낌없이 주는 소리

넉넉하게 받은 소리

주고받은 우리 소리.

윤도는 리딩 후 평을 할 때 군데군데 판소리 사설 같은 대목이 있어서 창극 느낌이 난다고 지적했다. 민규가 춘향의 이야기는 원래 판소리에서 시작했기에 그런 느낌이 나도록 가끔 판소리 사설을 넣었다고 했다. 우리 연극은 춘향전에 들지만, 춘향전이라고 해도 춘향가를 잊어서는 안 되지.

"어제 리딩할 때 어떤 대목이 맘에 들었어?"

윤도의 질문에 초희는 잠시 생각했다. 그녀는 어제 이몽룡의 대사를 리딩했다. 원래는 성춘향의 대사를 원했는데 그걸 윤도가 하겠다고 나서는 바람에 그러지 못했다. 이몽룡의 대사는 대부분 맘에 들어서 하나를 골라내기 쉽지 않았다.

"굳이 하나를 고른다면, 이몽룡이 춘향의 댕기를 들고서 독백하는 대목."

초희는 어제 리딩했던 걸 되살리며 길을 걸어 나갔다.

내게 댕기가 있다네.

이게 무슨 댕기냐.

춘향이가 그네 탈 때 묶었던,

내게 선물로 준 댕기라.

만지고 또 만져 손때를 탔다마는

쪽빛은 여전하구나.

아하, 쪽빛이다.

광한루 위의 드넓은 하늘빛.

오작교 아래의 연못에도 박혀 있는 하늘빛.

멀리서는 나를 만난 춘향이 눈빛처럼 은근해도

가까이서는 춘향이 옷 벗긴 내 눈빛처럼 출렁인다.

오작교 아래의 잉어처럼 요동친다.

보고 있노라면 그 눈빛에 빠져든다.

어허, 쪽빛이다.

또 다른 쪽빛, 내 마음의 쪽빛은 뭘 하는지?

노래를 하느냐, 시를 짓느냐?

수를 놓느냐, 가야금을 타느냐?

댕기야, 너는 아느냐,

또 다른 쪽빛이 뭘 하는지.

아하, 쪽빛이다.

멀리서는 나를 만난 춘향이 눈빛처럼 은근해도
가까이서는 춘향이 옷 벗긴 내 눈빛처럼 출렁인다.

5

노르스름한 결이 물속에서 퍼져나간다. 결은, 오래된 깃발에서 풀려나온 실이 부드러운 바람을 타고 춤추는 듯하다. 실은 깃발을 떠나지 않는다. 노르스름한 결도 차 덩이와 이어져 있다.

결은 물속에서 계속 퍼진다. 물은 결을 품어서 조금씩 빛깔을 바꾸어 간다. 보이는 빛깔과 보이지 않는 향기로 속을 채워서 찻물이 된다.

민규는 전통 찻집에 앉아 유리 다관에서 황차가 우러나는 걸 보고 있었다. 다관 바닥의 차 덩이가 뜨거운 물에다 계속 결을 내어놓는다. 그걸 보면서 그는 숨을 골랐다.

세상은 소음이 넘쳐났다. 소음을 밀어내려고 그는 배우들의 대사를 썼다. 그의 대사가 글에서 말로 바뀌는 무대가 있든 없든. 지금처럼 황차를 우려낼 때는 대사를 내보내지 않고 품는다. 다관도 대사를 품고 있다. 황차 찻물을 찻잔에 부을 때 대사가 나온다. 경쾌하다. 지금 전통 찻집의 뜰을 두들기는 장대비의 빗소리도 경쾌하다. 수많은 소리북이 내는 북소리 같다.

올해는 겨울비가 많았다. 이렇게 겨울비가 많으면 눈을 보기 힘들다. 겨울비가 이어지다가 봄에 눈이 내리지 않을까? 그러면 겨울비와 봄눈이 된다. 그것은 뒤집혀 있다. 춘향의 삶을 닮았다. 춘향도 당시 보통 사람들의 눈에는 뒤집힌 삶을 살았다. 기생의 딸이 남원 부사에게 맞서는 건 뒤집힌 삶이다.

일출을 기다리는 사람이 하늘에서 눈을 떼지 않듯이, 황차를 기다리는 민규는 다관을 응시했다. 차 덩이는 풀어져 다관 바닥에 깔렸고 황차는 다 우려졌다.

다관을 들어서 찻잔을 채웠다. 유리 찻잔에서 찻물은 노르스름한 빛깔을 보여준다. 그는 천천히 황차를 마셨다. 입 안을, 따뜻함이 채우고 이어서 여러 맛이 채웠다. 이게 황차 맛이지, 하고 말할 수는 있지만 따로따로 떼어내서 말하기는 쉽지 않은 맛이다.

찻잔을 내려놓았어도 차향이 여전히 떠돌았다. 차향은 마실 때 은은하게 왔다가 마신 후에 친근하게 머문다. '춘향의 무대'도 이래야 한다. 남원으로 불러들인 친구들이 리딩하고 나서 했던 평에 의하면 1장은 잘 풀려 있고 부드러운데 2장은 어딘지 막혀 있고 딱딱하다. 그는 친구들의 평을 참고해서 희곡을 다시 살펴보았다.

1장에서 춘향이는 이몽룡을 포용하고 마음의 사랑을 시작한다. 거기에 맞게 대사는 사랑을 담고 있다. 정감이 어린 부드러운 대사가 많다. 2장에서 춘향이는 변학도와 맞서기에 분위기가 딱딱해지고 대사 역시 그렇다. 그리고 춘향을 신분 타파의 전위로 내세운 것도 약간은 억지스럽다. 결혼으로 신분 타파를 이뤘다기보다는 해피엔딩을 이뤘다고 해야한다.

민규는 '춘향의 무대'가 관객들에게 친근하게 다가가려면 2장을 잘 풀어내야 한다고 생각했다. 2장의 수정에 들어갔지만 진척되는 건 없었다. 그는 다시 처음으로 돌아가서 판소리 춘향가를 듣고 고대 소설 춘향전을 읽었다.

춘향이 감옥에 갇혀 있을 때의 모습과 심정을 다룬 춘향가 대목으로는 '쑥대머리'가 유명하다. 사람들은 이 대목을 듣고 감옥에서 춘향이 이랬을 거라고 상상한다. 이 대목은 '쑥대머리 귀신 형용 적막 옥방의 찬 자리에 생각나노니 임뿐이라.'라고 시작한다. 춘향은 쑥대머리를 하고 귀신 같은 모습으로 쓸쓸하고 적막한 감옥에 갇혀 있으면서 임을 그리워한다는 것이다. '쑥대머리'에 나온 대로 춘향은 감옥에 갇혀 있는 동안 임을 그리워한다. 그러면서 임의 귀환을 믿는다.

감옥에 갇힌 이들이 나오는 영화 '쇼생크 탈출'에서 주인공이 든 무기는 탈출 의지이다. 도형수로 19년을 보낸 장 발장 역시 네 번에 걸쳐 탈출한다. 그가 오래도록 갇히게 된 것은 탈출하다가 잡혔기 때문이다. 그런데 춘향은 감옥에서 탈출하려고 하지 않는다. 주위 사람들도 탈출하라고 권하지 않고.

그렇다면 춘향에게는 탈출 의지가 없는가? 춘향은 변학도에게 맞서서 투쟁한다. 투쟁에는 일정 부분 탈출 의지가 깃들어 있기 마련이다. 춘향에게는 분명 탈출 의지가 있다.

민규는 희곡의 2장에서 신분 타파 아닌 탈출을 위한 투쟁을 말하기로 했다. 춘향의 투쟁을 어떻게 표현해야 할까? 그 실마리를 찾으려고 신재효의 춘향가에서부터 최근 나온, 춘향이 등장하는 영화까지 살펴보았다. 물론 소리꾼들의 춘향가도 들었다. 김소희와 안숙선의 소리가 다르고, 박동진과 조상현의 사설이 달랐으나 탈출을 위한 투쟁을 말하지 않는 데서는 같았다.

창 너머로 보이는 하늘은 물이 담긴 까만 비닐봉지 같은 먹구름에 덮여 있었다. 길거리에는 비 오는 날의 침침함이 깔려 있었다.

민규가 다시 찻잔에다 황차를 따랐다. 찻잔은 노란 수선화 같다. 사람들은 꽃을 결혼식장에도 가져가고 장례식장에도 가져간다. 하지만 어떤 꽃은 조화로 쓰일 때조차도 죽음을 떠올리기보다는 삶을 떠올리게 한다. 수선화가 그렇다. 삶을 향해 불어대는 노란 나팔이다.

이제 수선화 싹이 나올 때가 아닌가? 그는 예전에 광한루원에서 수선화를 보았다. 지금 가면 싹을 볼 수 있으리라. 당장 우산을 들고 밖으로 나갔다. 길거리는 빗물이 질척거렸고 겨울비는 계속 내렸다. 지금쯤 매화가 피어 있을 텐데 이 빗줄기에 지는 것 아닐까? 나는 수선화 싹을 보러 갔다가 낙화를 보는 거 아냐?

춘향이는 낙화 꿈을 꾼다. 앵두꽃이 떨어지는 꿈이다. 꿈에서는 낙화에 이어 거울이 깨지고 허수아비가 문 위에 달려 있다. 춘향은 흉몽으로 여기는데 소경의 해몽은 다르다. 길몽이다. 소경이 춘향의 꿈을 길몽으로 바꿀 때 시간이 들어간다.

춘향의 꿈은 한 컷 사진이다. 이걸 시간의 흐름이 들어간 동영상으로 만들면 달라진다. 꽃이 지니 열매가 열고, 거울이 깨지니 그 조각을 맞추려고 임이 오고, 허수아비가 높이 걸렸으니 사람들이 우러러본다. 한 컷 사진인 흉몽은 시간을 넣으면 동영상의 길몽이 되는 것이다.

병모가 두 번은 봐야 한다고 해서 민규는 '쇼생크 탈출'을 두 번이나 봤다. 처음 봤을 때는 흘려 넘겼는데 두 번째 볼 때는 앤디 듀프레인의 말이 마음에 남았다. '지질학은 시간과 압력에 관한 것이다.'

흙은 오랜 시간 압력을 받으면 돌이 된다. 이건 삶에 관한 비유다. 삶도, 시간인 세월과 압력인 스트레스로 돌처럼 딱딱한 감옥이 된다. 그런데 감옥에서 탈출하는 것도 시간과 압력에 의해서이다. 앤디 듀프레인은 돌 깨는 망치인 '락 해머'를 들고 벽에다 압력을 가해 탈출구를 만든다. 과거에 군어진 압력인 벽을 지금 움직이는 압력인 락 해머로 잘게 부수어 내는 것이다. 오늘의 시간을 써서 내일의 시간을 위해.

쇼생크에서 탈출하려는 앤디 듀프레인에게 시간은 투쟁이다. 춘향의 꿈이 흉몽에서 길몽으로 바뀔 때 들어간 시간도 투쟁이다. 낙화가 열매로 그냥 바뀌겠는가? 비바람과 맞서야 한다. 거울은 맞춰지기 전에 먼저 깨지는 아픔을 견디어야 한다. 사람들이 우러러보게 하려면 허수아비는 허공에 매달리는 걸 감수해야 한다.

춘향의 꿈에는 투쟁이 있다. 지금 여기에서 벗어나려는 투쟁이.

민규는 춘향의 꿈으로―사진 아닌 동영상의 꿈으로 탈출을 위한 투쟁을 말하기로 했다. 그 투쟁의 시작은 꿈을 해몽해 준, 흉몽을 길몽으로 바꾼 소경이다. 소경은 눈이 먼 자이다. 보는 게 아니라 상상한다. 그러므로 투쟁은 상상에서 시작한다.

민규는 희곡의 2장을 감옥에서의 꿈으로 채우기 위해 돌아섰다. 겨울비는 여전히 내리고 길거리는 질척거렸다. 집으로 이어지는 골목 어귀에서 담 밑에 핀 봄까치꽃을 보았다. 겨울비 속에서도 청보랏빛을 잃지 않고 있다. 그는 봄까치꽃에다 손을 내밀었다.

6

초희는 휴대전화 앱이 알려준 길을 따라서 카페에 이르렀다. 지프를 주차하고 안으로 들어갔다. 자기가 첫 고객이란 걸 알았다. 실내에 오늘 볶은 원두 냄새가 떠돌지 않았던 것이다. 바다가 보이는 창가에 앉았다. 사십 대 초반으로 보이는 주인 남자에게 주문했다.

"이 카페에서 카페라테를 잘 만든다고 인터넷에 나와 있던데, 나는 에스프레소가 당기네요. 에스프레소로 줘요."

"그럽시다. 그런데 여행 오셨나요?"

"네."

"서해안으로 여행 오셨군요. 서해안은 곧 갯벌이지요. 갯벌의 멋은 여러 가지인데 하나는 갯골에 있지요. 바다로 가는 걸 잊어버린 듯한 굽이침, 그 머무름이 바로 멋이지요."

남자가 작업을 걸어온 거라고 초희는 판단했다. 외지인이라고 하니까 다른 데 가지 말고 여기서 놀자고 에둘러 말한 거지. 그녀가 남자와 눈을 마주쳤다.

"당신 눈을 보니까 당신은 밤에 타락한 횟수보다 낮에 정결함을 지킨 횟수가 더 많았을 거란 생각이 들어요."

"잘 보셨어요."

"그러면 지금은 정결함을 지켜줘요."

남자가 잠시 그녀를 보다가 빙그레 웃었다.

"내가 갯골의 머무름을 말했더니 작업을 건다고 여겼군요. 그런 뜻으로 한 말은 아닙니다. 젊어서 글을 썼는데 그때의 구절이 살아남아서 이따금 튀어나와요. 이번에도 그랬고요."

젊어서 시를 썼다. 이건 초희가 전에 사귀었던 카피라이터가 했던 말이다. 그 말과 더불어 상당히 고색창연한 단어를 썼다. 문청. 이어서 문청 시절을 회고했다. 멋진 구절이 찾아오면 커피를 마시다 말고 그걸 메모해 놓았지. 카톡을 하다가도 메모지를 찾았고. 그런 사람이 왜 시인으로 살지 않고 카피라이터로 사느냐고? 문청 시절에는 인생이 시구절 몇 개에 담겼어. 내 인생도, 남의 인생도 모두 담겼어. 단순했지. 엄청 단순했다. 그 단순함을 내버렸을 때, 그러니까 인생이 시구절 아닌 은행 통장에 복잡하게 담겨 있다는 걸 알았을 때 나는 카피를 쓰기로 했어. 문청 시절 익힌 글솜씨의 도움을 받아서. 내가 문청일 때 부모님이 그러셨지. 시가 밥 먹여주냐? 나는 카피라이터가 돼 그렇게 말했지. 시가 밥 먹는 데 도움을 주네요.

원두를 가는 남자에게 초희가 물었다.

"글을 팔아먹으려다가 여의치 않자 커피를 판다? 커피 파는 게 여의치 않으면 다시 글을 팔아먹으려고 나설 건가요?"

"이십 대 때는 손에 노트북과 담배가 있었지요. 나는 세상을 다 가졌다고 믿었어요. 이십 년이 흘렀어요. 노트북은 버렸고 담배는 커피로 바꾸었답니다. 나는 세상의 반을 버리고 세상의 반을 바꾼 것이지요. 그렇게 해서 내 세상을 잃었어요. 용기가 없어서 나서지 못하지만 용기가 생기면 내 세상을 찾으려고 돌아갈지도 몰라요."

전에 사귀었던 카피라이터는 시로 돌아갈 일은 없다고 했다. 그건 젊은 시절 한때의 치기야. 그걸 반복할 필요가 어딨어?

주인 남자가 커피를 내리기 시작했다. 커피 냄새가 초희에게 다가왔다. 평소보다 느낌이 강했다. 오늘 처음으로 맡는 커피 냄새여서 몸이 반가워하기 때문이리라.

남자가 다가와 탁자에다 잔을 놓았다. 에스프레소 향이 밀려왔다. 이 향은 다른 데 정신을 팔고 있어도 당장 알게 된다. 코에 이르자마자 콧속을 바로 들쑤시니까. 잠든 사람에게 지금 당장 일어나라고 소리치는 알람 시계 같다. 은은함과는 거리가 멀다. 민규는 희곡을 쓰면서 지리산 화개에서 나온 황차를 마신다고 했다. 황차는 요즘 핀 매화처럼 향기를 은은하게 내어놓는데 자기 희곡은 그러지 못한다고 덧붙였다.

초희가 남자에게 앞자리에 앉으라고 손짓했다.

"왜 당신은 애인과 헤어졌나요?"

"글과 헤어졌다고 했지, 애인과 헤어졌다고 하지는 않는데……?"

"애인이 있어요?"

남자가 대답하지 않자 그녀는 내실로 통하는 문에다 눈길을 주었다.

"여기서 유혹한 여자는 저기로 데려가나요?"

"뭐, 그런 적도."

초희는 연기를 시작했다. 남자를 유혹하는 여자 역할이었다.

"나는 어때요?"

"왜 느닷없이……?"

초희는 적당한 말이 떠오르지 않자 외우고 있던 연극 대사를 꺼내놓았다.

"느닷없는 섹스가 느낌이 강하니까."

"당신이 조금 전에 그랬어요. 내가 밤에 타락한 횟수보다 낮에 정결함을 지킨 횟수가 더 많았을 거라고. 지금은 정결함을 지켜달라고."

"말은 언제든 바꾸는 거지요. 그걸 작가들은 교정이라고 한다던가?"

초희가 에스프레소를 입에다 털어 넣고 일어섰다. 남자는 앉아만 있었다. 그녀는 탁자 사이를 가로질러 내실 문 앞에 이르렀다. 멈추어 서서 돌아보지 않았다. 그래야 남자가 말을 걸어올 거라고 여겼다. 남자는 끝내 말을 걸어오지 않았다. 남자가 제 세상을 찾으려고 돌아갈 거라는 생각이 들었다. 그녀가 하는 언행이 연기라는 걸 알아보는 눈이 있기에.

카페에서 나오자 눈이 내리기 시작했다. 그녀는 봄이 오는 바다를 만나려고 지프를 렌트했다. 기차나 고속버스를 타지 않고 지프를 렌트한 건 병모에게서 받은 출연료가 있어서였다. 그는 진즉부터 출연료를 주겠다고 했지만 그녀는 나중에 달라고 했다. 출연료를 받지 않겠다는 게 아니야. 나는 맨 마지막에 받겠어. 그녀는, 그가 마련한 제작비가 남아돌지 않는다는 걸 알고 있어서 그랬다. 며칠 전에 그가 출연료를 보냈다. 많은 돈은 아니었지만 독립영화 출연료로는 적은 돈도 아니었다. 나는 맨 마지막에 받겠다니까? 초희야, 네가 맨 마지막이야. 그리고 이 말을 꼭 하고 싶다. 고맙다. 출연해 주어서 고맙고 내 상황을 이해해 주어서 고맙다. 영화는 완성했고? 독립영화제에 출품했지. 결과가 좋으면 연락할게.

초희는 출연료를 조금은 의미 있는 일에 쓰자고 맘먹었다. 봄 바다를 보러 가기로 했고 오늘 차를 렌트해 서해안고속도로를 달렸다. 대천해수욕장의 표지판을 보고도 한참 더 남쪽으로 내려와 고속도로를 벗어났다. 지방도를 타고 바닷가에 이르렀는데 표지판을 보고서야 영광군의 백수해안도로라는 걸 알았다. 백수해안도로는 굽이가 많았는데 그만큼 카페도 많았다. 일단 커피를 마시고 봄이 오는 바다를 만나자고 맘먹었다. 앱이 알려준 카페에서 커피를 마시고 나오자 눈이 내리고 있다. 칠산바다는 눈발에 가려져 보이지 않고 조기 비늘 같은 눈만 보인다. 겨울에는 비가 자주 내리더니 초봄에는 눈이 내린다. 세상은 뒤바뀌지 않고 날씨만 뒤바뀌는 건가?

그녀는 지프로 들어가 창에서 녹아내리는 눈송이를 보았다. 살살이가 그랬다. 연애를 해서 밤에는 몸이 녹아내리고 낮에는 마음이 녹아내려야 하는데…… 초희는 밤에 그리움으로 마음이 녹아내린다고 여겼다. 너, 거꾸로 말한 거 아냐? 제대로 말했어. 아닌데? 야, 밤에 마음이 녹아내리고 낮에 몸이 녹아내리는 건, 가정을 지닌 사람의 불륜이지.

초희가 지프에서 내려 바닷가로 갔다. 썰물이어서 갯벌이 드러나 있다. 갯골이 휘돌아 나가는 게 용처럼 보였다. 춘향전의 어떤 이본에서는 춘향이가 꿈에 썰물이 진 갯벌을 본다. 해몽은 이렇다. 바닷물이 빠져나갔으니 이제 용을 본다. 길몽이다.

춘향전의 꿈을 떠올리자 민규가 따라 나왔다. 며칠 전에 민규가 가제였던 '춘향의 무대'를 버리고 '춘향의 친구'로 제목을 확정했다고 알려주었다.

"무대는 전과 같은데 1장에서는 사랑하는 친구가, 2장에서는 함께 투쟁하는 친구들이 나와. 그래서 제목을 '춘향의 친구'로 했어."

초희는 사랑하는 친구가 이몽룡이라는 건 바로 알았다. 춘향의 친구들은 누군지 알 수 없었다.

"그들이 누구야?"

"우선 향단이가 있지. 춘향은 향단이를 몸종 아닌 친구처럼 대해. 그다음으로는 남원 기생들이 있어. 춘향이와 또래야. 춘향은 기생들을 친구로 여겨. 시와 노래를 아는 또래 친구들. 마지막으로 이팔청춘인 농민들이 있어. 판소리 춘향가와 고대 소설 춘향전에 나오는, 암행어사가 된 이몽룡과 만나는 농민들은 나이가 들었어. 하지만 조선 후기에는 이팔청춘의 농사꾼도 많았어. 춘향은 그들을 친근하게 대해."

"그들을 춘향의 친구라고 한 건 알겠어. 그렇지만 어떻게 춘향이가 그들과 함께 투쟁해? 무대가 전과 같으면 2장은 감옥이잖아? 춘향은 갇혀 있잖아?"

"꿈을 꾸어서."

"그렇게 설정하면 가능은 하겠지만, 꿈속에서 상상으로 하는 투쟁도 투쟁이라고 할 수 있을까?"

"네가 생각하는 투쟁은 어떤 건데?"

"음, 프랑스혁명 같은 것."

"프랑스혁명 때 파리 시민은 총과 칼을 들지. 바리케이드 옆에서. 조선 후기에 춘향은 꿈꾸지. 감옥에서. 펜은 칼보다 강하다는 말이 있는데 나는 이렇게 말하고 싶어. 꿈은 칼보다 강하다. 그 강한 무기로 춘향은 친구들과 함께 싸워."

초희는 그의 말에 수긍했다. '춘향의 친구'가 잘 쓰이길 바란다고 했다. 그게 잘돼 가고 있는지 궁금했다. 바닷가를 따라 걸으면서 민규에게 전화했다.

"희곡은 어때? '춘향의 친구'로 제목까지 바꿨으니까 수정을 많이 했겠지?"

"당연히. 2장을 주로 수정했는데 지금은 마무리 단계야."

"전에 말했던 대로 2장은 꿈인가?"

"응, 꿈이야. 친구들과 함께 투쟁하지. 꿈속에서 그러니까 상상으로 하는 거지만 상상이 곧 다른 세상의 시작이지."

"다른 세상은 어떤 세상인데?"

"자유와 평등과 우애의 세상."

"그건 프랑스혁명을 시작한 파리 시민들이 원한 세상이잖아? 그걸 춘향과 친구들이 원했다고?"

"응."

"너무 나간 거 아냐?"

"아니야. 그런 세상은 이백여 년 전에 파리 시민들만 원한 게 아니야. 조선 후기의 춘향과 친구들도 원했어. 그리고 그런 세상은 춘향과 친구들에게도, 지금 우리에게도 여전히 유효해."

"아무튼 2장에서 춘향은 꿈꾼다는 거지? 그 꿈속에서 친구들과 함께 투쟁하고?"

"맞아."

민규는 2장 대부분을 춘향의 꿈으로 채웠다. 꿈은 한 컷의 사진 아닌 동영상이다. 이걸 무대에서 보여줄 때는 춘향전에 등장하는 인물들이 함께한다.

첫 번째 꿈은 낙화이다. 꽃이 지는 건 열매의 시작이다. 이건 변화다. 꽃이 열매로 변하듯이 사람도 그래야 한다. 하지만 세상은 정해진 것을 지키라고 요구한다. 학생은 학생다워야 하고 노동자는 노동자다워야 하고 가난뱅이는 가난뱅이다워야 하고. 이런 정해진 틀을 깨고 나오는 게 자유다.

춘향이 낙화의 꿈으로 열매의 시작을 말할 때 향단이와 방자가 여기에 동조한다. 천민 따위가 무슨 사랑이냐는—요즘 세상으로 말하면 직장이 없는 젊은이는 사랑을 외면해야 한다는 틀에서 벗어난다. 향단이와 방자는 자유를 얻는다.

두 번째 꿈은 거울이 깨지는 것이다. 소경은 조각을 맞추려고 임이 올 거라고 해몽했으나 민규는 조각에 관심을 두지 않고 소리에 주목했다. 거울은 깨지면서 소리를 낸다. 사람도 불평등한 상황을 깨뜨리면서 말해야 한다. 힘 있는 자들은 맘대로 떠들면서 힘없는 자들에게는 침묵하라고 한다. 이건 아니다. 누구나 말해야 한다. 이게 평등이다.

춘향이 거울을 깨뜨린다. 그 소리를 듣고 기생들이 온다. 춘향이 우리는 천민이 아니라 똑같은 사람이라고 한다. 기생들은 양반이 좋아하는 노래 아닌 자기들이 부르고 싶은 노래를 부른다. 노랫말에 우리는 똑같은 사람이라는 구절이 자주 나온다.

세 번째 꿈은 허수아비가 허공에 있는 것이다. 춘향전에서는 허수아비를 옷차림은 허름해도 모두 쳐다보는 높은 위치에 오른 사람이라고 해몽한다. 민규는 춘향전의 해몽을 따르지 않고 허수아비의 존재 이유를 내세웠다. 그건 가을에 오곡을 훔쳐먹는 새를 막으려는 것이다. 훔쳐먹는 자를 막아야 한다. 함께 도둑을 막는 행동—잘못에 맞서는 행동은 우애에서 비롯한다.

춘향이 허공의 허수아비로 도둑을 막아야 한다고 말할 때 젊은 농부들이 등장한다. 변학도의 도둑질을 막아서는 건 젊은 농부들이다. 변학도는 권력으로 위협하지만 젊은 농부들은 물러서지 않는다. 농부들은 하나가 돼 우애를 과시한다.

민규는 '춘향의 친구' 2장을 초희에게 세세하게 알려주었다.

"꿈으로 투쟁을 말하는 게 신선하다. 연극으로 공연되면 반응이 좋겠어."

"네가 춘향 역을 잘해주면 더 반응이 좋겠지."

"내가 주연이라는 말이 맘에 든다. 그리고 이 말을 해주고 싶어."

초희는 잠시 말을 멈추었다. 희곡에서 사이라고 지문이 돼 있는 데서 그러듯이.

"네 희곡이 맘에 든다."

"맘에 든다니 좋다."

"지금 이곳도 맘에 들어."

"어딘데?"

"봄눈이 오는 바닷가."

"맘에 드는 게 봄눈이야, 바닷가야?"

"그게 말이야……."

"이거 봐라. 말을 고르고 있네."

"내가 말을 골라야 할 이유가 있을까?"

"상대방이 잘 보아주길 기대하며 그러는 거지. 일종의 기다림이지."

"기다림?"

"상대방이 나를 더 아름답게 보아주는 때가 오리라는 기대, 이걸 두고 사람들은 기다림이라고 하지 않나?"

"기다림을 잘 아네."

"작가는 기다리거든. 사람들이 내 작품을 아름답게 보아줄 때를."

"배우도 그래."

초희가 바닷가에서 갯벌로 들어섰다. 눈발은 더 굵어지고 갯벌의 냄새는 더 짙어졌다.

제5장

그대여, 다시 한번

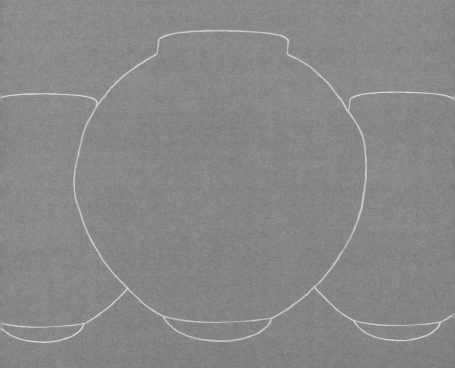

1

"변학도가 옷을 벗으라고 하자 춘향은 죽음을 각오했어. 열여섯 살에. 나는 춘향의 나이 두 배인 서른두 살이야. 네가 영혼의 옷을 벗으라고 하자 나는 삶을 고려했어."

초희는 건널목에 이르렀고 걸음과 함께 말을 멈추었다. 윤도는 바닥만 보고 걷다가 초희 옆에 서서 앞을 보았다. 차는 거센 강물처럼 흘러간다. 그는 문득 '공무도하가(公無渡河歌)'를 떠올렸다. 백수 광인이 물을 건너려다가 빠져 죽었다는 게 노랫말이다. 그는 광인을 미친 사람으로 여기지 않고 미친 듯이 자기 일에 몰두하는 사람으로 해석했다. 덕후이다. 머리가 하얗다는 건 덕후로서 오랜 세월을 보냈다는 뜻이고. 덕후는 이 현실의 강을 건너 저 너머로 가려고 하지만 물살에 휩쓸려 죽는다. 이걸 덕후는 모르는가? 안다. 처음부터 안다. 그래도 강을 건너려고 나선다. 윤도는 자기를 백수 광인으로 여기지만 죽고 싶지는 않았다. 그는 강물에 뛰어들지 않고 부모에게서 거룻배를 받아내 건너려고 했다.

신호가 바뀌자 초희는 걸음을 옮기고 다시 말을 이어갔
다.

"춘향은 한 번 옷을 벗으면 죽음을 각오하지 않아도 됐어.
왜 그러지 않았을까? 몸에 오점을 남기고 싶지 않았을 거야.
그런 오점은 지워지지 않고 평생 간다고 여겼으므로."

"춘향은 변학도와 타협할 수도 있지 않았을까? 술자리에
서 술을 따라주는 선에서. 그 정도면 평생 지워지지 않을
오점은 아닌 것 같은데?"

"열여섯 살은 아직 타협을 모르는 나이지."

"서른두 살의 나이는 타협을 아는 나이지."

"타협을 알지. 그래서 나는 네 제안을 바로 거절하지 못했
어."

초희와 윤도는 건널목을 건너서 계속 길을 따라 걸어 나
갔다. 햇볕은 3월 하순답게 따뜻했지만 그걸 받아낼 나무와
풀은 없었다.

"초희야, 위장 결혼은 에피소드야. 우리 삶에서 에피소드
는 두 가지이지. 줄거리를 바꾸는 것과 곁가지로 잠시 존재
하다가 사라지는 것. 위장 결혼은 네 삶의 곁가지야. 그 곁가
지에 과일이 열려. 너는 그걸 따고 곁가지를 잘라버리면 돼."

앞에 광화문광장이 보였다. 초희는 오늘 단역 배우들이
처우 개선을 요구하는 시위에 참여하려고 왔다. 원룸을 나설

때 윤도에게서 전화가 왔다. 한번 만나자는 거였다. 그녀가 오후에 광화문광장에 갈 거라고 했다. 그가 점심때 만나자면서 광화문광장에서 가까운 식당을 말했다. 한우를 구워 먹는 식당이었다. 식당에서 그녀는 고기를 몇 점 먹지 않았다. 그가 제안한 위장 결혼을 언제 거절해야 할까를 생각하느라고. 일단 그의 말을 듣고 난 뒤에 적당한 때 거절하기로 했다. 그는 식당에서는 말하지 않았다. 길을 걸을 때도 마찬가지였다. 그녀가 거절의 뜻을 먼저 드러내자 그는 받아들이지 않고 곁가지의 과일을 내밀었다.

"내가 과일을 따기 싫다면?"

"조금 전에 말을 잘못했다. 너는 과일을 따지 않아. 그건 내가 따지. 너는 받기만 하면 돼."

초희와 윤도가 광화문광장에 들어섰다. 여기저기에 시위하는 이들이 보였다. 대개는 정치적인 목적으로 시위하는 이들이다. 언론은 이런 사람들―많이 모여서 크게 떠드는 사람들을 다룬다. 단역 배우 수십 명이 모여서 하는 시위는 외면한다. 초희가 언론사에 전화해 왜 우리의 시위는 다루지 않느냐고 물었더니 기자가 되물었다. 몇 명이나 나왔는데요?

초희는 사람들이 든 깃발 너머로 광화문을 보았다. 그 너머에 북악이 있다. 위에는 하늘이 있고. 이렇게 시선이 천천히 올라가서 하늘에 깃드는 게 좋다. 아파트 밀집 지역에서는 시선이 수직으로 상승해 하늘에 꽂힌다. 깃드는 데서는 느낌이 있지만 꽂힌 데서는 그렇지 않다.

대학생으로 보이는 남녀가 떠들면서 앞으로 지나갔다. 초희가 시선으로 그들을 좇았다.

"윤도, 네가 대학 다닐 때 그랬어. 나는 몸이 힘든 걸 피하려다가 영혼이 아프게 할 수는 없다고. 그 말 기억하지?"

"기억하지."

"그 말을 오늘은 내가 너한테 해야겠어."

초희는 윤도를 보며 천천히 말했다.

"나는 몸이 힘든 걸 피하려다가 영혼이 아프게 할 수는 없어."

윤도는 대꾸하지 않았고 초희는 단역 배우들이 모여 있는 곳을 찾으려고 걸음을 옮겼다.

2

봄 바다에는 묽은 안개가 서렸다. 안개는 섬의 밑자락을 휘감고 있었다. 섬 군데군데 핀 진달래는 여기 와서 만난 저녁놀의 빛깔이었다.

병모가 하조도의 중학교 인근의 언덕바지에서 길가에 내버려진 자전거를 보았다. 자전거는 미니벨로인데 핸들은 두 팔을 옆으로 쫙 벌린 모습이다. 프레임은 여기저기 찍히고 긁혔으며 빨간색은 군데군데 벗겨져 나갔다. 누군가 타고 나서 내버리고 간 듯했다.

　부산이 고향인 그는, 중학생 때부터 부산영화제를 보러 갔다. 평일에는 조퇴나 결석도 불사했다. 대학생이 되자 다른 영화제도 보고 싶었다. 배낭을 메고 베네치아 영화제에 구경을 갔다. 이런 영화제에서 나중에 레드카펫을 밟을 거라고 다짐했다. 영화제 구경 후에 이탈리아를 여행했는데 밀라노에서 빨간 미니벨로를 탔다. 울퉁불퉁한 옛길이 많아서 라이딩하기에 좋지는 않았지만 빨간 미니벨로가 맘에 들어서 라이딩에 나섰다. 다른 라이더의 자전거도 맘에 들었다. 밀라노에는 이탈리아의 유명한 자전거 회사가 모여 있었다. 상당수는 전통적인 방식을 따라 수공으로 제작하는 회사였다. 백 년 이상 이탈리아 자전거를 책임져 왔다고 밀라노 사람들은 자랑했다. 어떤 이들은 앤 공주와 브래들리 기자가 밀라노에서 만났다면 오토바이 아닌 자전거를 탔을 거라고 공언했다. 앤 공주가 자전거 뒷자리에 앉아 '밀라노의 휴일'을 보내는 모습을 병모는 떠올려 보았다. 쉽게 떠오르지 않았다. 앤 공주 역할을 오드리 헵번 아닌 다른 여배우가 맡은 것만큼이나 낯설기도 했고.

　병모가 자전거를 길 가운데로 가져왔다. 함께 온 조감독이 후박나무 옆에 서 있었다. 예술대학 동기 가운데서 누군가 영화를 감독하면 다른 동기가 조감독으로 돕는다. 오늘 함께 온 동기가 전에 영화를 감독할 때 병모가 조감독으로

도왔다. 동기는 그걸 갚으려고 조감독을 자청해서 여기에 왔다. 품앗이인데 이건 미풍양속을 이어가는 게 아니라 제작비를 아끼려고 하는 일이다.

조감독이 이제 촬영은 그만할 거냐고 물었다. 병모는 '수로부인 바람났네'를 독립영화제에 보냈으나 상을 받지 못했다. 다시 살펴보니 화면이 단조로웠다. 동해안에서 찍은 화면은 섬이 없어서 바다만 나왔다. 화면의 단조로움을 완화하려고 다도해를 찍어서 군데군데 넣기로 했다. 화면 몇 곳을 바꾸려고 그제 진도의 조도에 왔다.

조도를 알려준 이는 살살이였다. 내가 소리꾼이어서 국악의 고장으로 알려진 데를 찾아다녔지. 진도는 알다시피 진도아리랑의 고장이어서 당연히 찾아갔어. 맘에 든 곳이 여러 곳이었는데 그중에서 가장 맘에 든 곳은 해상국립공원이기도 한 조도였어. 새들이 앉아 있는 듯해서 조도(鳥島)라는데 그 말에 고개를 끄덕이게끔 섬이 많아. 하조도와 상조도를 중심으로 한 그 많은 바위섬들. 살살이의 말을 듣고 병모는 조감독과 함께 조도에 왔고 어제 조도 여기저기를 찾아다니며 촬영했다.

병모가 자전거에 올라타서 페달에다 발을 얹고 조감독에게 말했다.

"촬영은 그만해도 돼."

"나는 부족할 거 같은데?"

병모는 수정한 작품으로 다른 독립영화제에서 상을 타길 바랐다. 하지만 상을 의식해서 이것저것 자꾸 끼워 넣으면 작품은 흐트러진다.

병모는 영화계로 나가려고 처음에는 시나리오를 썼다. 이십 대 중반부터 후반까지 시나리오를 썼으나 공모전에서 낙선하고 영화사에서 외면당했다. 까짓것, 내가 만들어 버린다, 하고 삼십 대에 들어서 독립영화 제작에 나섰다. 먼저 일해서 돈을 모았고 이걸 모두 투자해서 '수로부인 바람났네'를 만들었다. 수로부인이 용을 비롯한 신성한 동물에게 잡혀가는 대목은 실사도, CG도 아니다. 친구가 그려준 민속화 풍의 그림이 한 장, 한 장 이어진다. 이게 이번 작품의 특색이라면 특색이다.

그의 기대와 달리 '수로부인 바람났네'는 바람을 일으키지 못했다. 그는 런닝 타임을 30분에서 25분으로 줄이기로 했다. 그만큼 밀도가 높아질 것이다. 수정한 작품은 다른 독립영화제에다 보낼 참이다. 이게 상을 탄다면 영화판에 진입할 길이 열린다.

병모가 미니벨로 페달을 살짝 밟았다. 미니벨로가 천천히 나갔다. 살살이의 소리를 자주 들으면서 진양조장단을 알게 됐는데 지금 속도를 장단으로 말하면 바로 진양조장단이었다. 자전거가 넘어지려고 했다. 살살이가 그랬다. 진양조장단은 느린 흐름이어서 까딱하면 장단을 놓치기 쉬워. 그는 발에다 힘을 주었다. 자전거는 속도를 조금 더 냈다. 이제는 중모리장단이었다.

섬의 숲에서 꾀꼬리 노래가 들려왔다. 이 노래를 들으면 봄이 무르익었다는 느낌이 확연해진다. 봄의 소리는 새의 노래여서 즐겁다. 병모는 눈을 감고 계속 꾀꼬리 노래를 들었다. 꾀꼬리는 노래하다 멈추고, 멈추었다가 다시 노래했다. 멈출 때는 다른 나뭇가지로 옮겨가는 때이다. 옮겨갈 때 그러니까 날 때는 노래하지 않는다. 멈추어야 노래가 나온다. 그래서 병모는 멈추고 싶었다. 한 여인 곁에서.

그는 길 가운데서 자전거로 빙빙 돌았다. 근처 팽나무에서 참새들이 짹짹거리자 그가 자전거 벨 소리를 마구잡이로 냈다. 참새들이 조용해졌다. 길 가운데서 한 바퀴를 돌고 나서 이번에는 살짝 벨 소리를 냈다. 그걸 서너 번 반복했다. 참새들이 다시 시끄럽게 굴었다.

조감독이 병모와 팽나무의 참새들을 번갈아 보았다.

"야, 박병모, 너는 언제부터 자전거 벨로 참새한테 말을 걸었어?"

"오늘이 처음이야."

"자전거 벨 소리로 다른 말도 만들어 봤어?"

"십오 년쯤 된 이야기인데, 나와 어떤 여학생이 낙동강 하구의 둔치에서 가끔 자전거를 탔어. 여름방학이 되자 우리는 밤에도 자전거를 탔지. 낙동강 하구의 둔치에는 날벌레가 많앉어. 말할 때 입으로 들어와. 입을 다물고 대화하기로 했지. 그러려고 벨 소리로 말을 몇 개 만들었어."

"모스부호 같은?"

병모가 자전거를 세웠다. 안장에서 내리지 않고 발로 바닥을 디디고 있었다.

"벨 소리의 길이, 높낮이, 반복 횟수로 우리는 일곱 개의 말을 만들었어. 더는 필요하지 않았어. 그 숫자로도 우리는 강변을 달리면서 충분히 대화했으니까."

"고작 일곱 개로?"

"나중에는 단 한마디로 충분했어."

"사랑이었나?"

병모는 대답하지 않고 길 가운데를 자전거로 돌았다. 속도를 낼수록 자전거는 더 크게 원을 그렸다.

"너희가 나중에 했던 한마디는 사랑이 아니었구나? 그게 아니라면…… 안녕이겠지."

"……."

"안녕이 맞지?"

"너는 사랑을 바로 안녕으로 바꾸는군."

병모가 자전거에서 내리자 조감독이 물었다.

"수로부인이 그러지 않나? 신성한 동물들과 만나자마자 곧 헤어지잖아?"

"수로부인은 만남을 이어가지, 징검돌을 밟고 징검다리

를 건너는 것처럼."

"거기에도 사랑이 있을까?"

"만남을 이어가는 건 사랑을 이어가는 거야. 이렇게 사랑하는 이들을 우리는 바람둥이라고 하지. 어떻게 말하든 거기에도 사랑은 있어."

"그게 진정한 사랑일까?"

"나는 사랑을 진정이냐, 거짓이냐로 나누지 않아. 둘의 사랑이냐, 만인의 사랑이냐로 나눠."

예술에서는 둘의 사랑도 다루지만 만인의 사랑도 다룬다. 이번에 병모는 수로부인으로 둘의 사랑을 다뤘지만 나중에는 만인의 사랑을 다루고 싶다. 두 가지는 대부분 별개이지만 연결되기도 한다. 둘의 사랑이 만인의 사랑으로 변하는 경우이다. 이런 실례는 어렵지 않게 찾을 수 있다. 단테는 베아트리체에 대한 사랑—둘의 사랑을 만인의 사랑으로 변화시켜 '신곡'을 완성한다. 당나라의 설도(薛濤)는 원진(元稹)과의 사랑을 변화시켜 많은 이들이 애송하는 명시를 남기고.

둘의 사랑이 만인의 사랑으로 변하는 걸 다룬 작품이 이 나라에서는 춘향전이다. 성춘향은 이몽룡과 백년가약을 맺는다. 둘의 사랑이다. 둘은 떨어져 지내야 하고 성춘향은 변학도의 위협에 직면한다. 이때 그녀는 둘의 사랑을 만인의 사랑으로 바꾼다. 정조를 지키기로 한 것이다. 지금이야 정조가 만인의 사랑이 아니지만 당시에는 달랐다. 정조는 만인

의 사랑이었다. 여자는 열녀가, 남자는 충신이 되는 게 삶의
목표였으니까.

그와 달리 민규는 성춘향이 했던 만인의 사랑을 희곡에
서 다루지 않았다. '춘향의 친구'로 희곡 제목을 확정했다면
서 성춘향이 친구들과 함께 자유, 평등, 우애를 위해 싸운다
고 했다. 희곡을 왜 그렇게 썼느냐고 그는 묻지 않았다. 민규
가 옛날에서 머무는 춘향이 아닌 요즘 사람들과 호흡하는 춘
향을 무대에 세우려고 한다는 걸 알았으니까.

그는 살살이와 통화할 때 '춘향의 친구'를 얘기했다. 살살
이는 희곡에 나오는 춘향의 친구들 이외에도 춘향의 다른 친
구들이 많아지면 좋겠다고 했다. 그는 살살이가 뭘 말하는지
알았다. 나도 많아지길 원해. 무엇보다도 요즘 세상에서.

병모가 후박나무에다 자전거를 기대어 놓았다. 그는 자전
거를 가리키며 조감독에게 말했다.

"이러니까 다도해를 배경으로 한 풍경 전체가 정겨워 보
이지?"

"후박나무와 자전거만 정겨워 보이는데?"

"너는 아직도 둘의 사랑에서만 머무르고 있어. 만인의 사
랑도 알아야 하는데."

"뭔 소리야?"

"네가 알 때가 있겠지. 아무튼 촬영을 마쳤으니까 조도를
돌아다니며 좀 놀자. 다도해 풍광을 즐기면서."

"나는 내일 서울에서 일이 있어."

"그러면 가. 나는 놀 테니까."

조감독은 창유항 쪽으로 걸어갔다. 병모는 상조도 쪽으로
향해 가다가 중학교 앞에 이르렀다. 교문에서 들여다보니 중
학생들이 운동장에서 놀고 있었다. 깔깔거리는 웃음소리가
교문 밖까지 들려왔다.

선생님이 운동장 가로 나오더니 중학생들을 모았다. 중학
생들과 선생님이 뭔가를 얘기했다. 중학생들이 깔깔 웃었다.
병모는 중학생들을 보고 자기의 중학생 때를 떠올렸다. 짜증
나는 일도 많았지만 웃는 일도 많았다. 그때는 많이 웃었다
고 돌이켰다. 앞으로 더 웃자, 하고 맘먹었다.

한참 중학생들을 보던 병모는 중학교 정문에서 발걸음을
옮겼다. 들판 건너 산마루에 있는 손가락바위가 보였다. 어
제 손가락바위에 가 보았는데 바로 옆에서 보니 큰 손가락이
었다. 이곳에서 보니 주먹 모양이다. 하나의 바위가 멀리서
보면 주먹이고 가까이서 보면 손가락이다. 주먹은 다음을 위
해 힘을 모으는 것이고, 손가락은 지향하는 데를 가리키며
지금 펼치는 것이다. 십 대도 그렇다. 힘을 모으는 나이이자
지향하는 걸 펼치는 나이다. 이런 십 대를 영화에 담는 건 잘
하는 일이다.

그는 손가락바위에다 손을 흔들어주고 길을 타고 걸어갔
다. 상조도 쪽으로 바위섬들이 보였다. 섬 옆에 섬이 있고 그

옆에 또 섬이 있다.

3

　고창 버스터미널 앞은 한산했다. 살살이의 머릿속은 한산하지 않았다. 그녀는 목포에서 영광을 거쳐 고창으로 시외버스를 타고 오는 동안 병모를 생각했다. 여기서도 마찬가지였다.

　어제 살살이는 병모와 통화했다. 그는 촬영을 이미 마치고 하조도에서 놀고 있다며 곧 목포로 갈 거라고 했다. 왜 목포야? 거기서 KTX를 타고 서울로 돌아가려고. 바로 돌아가지는 않고 잠시 목포에서 놀아야지. 그녀는 요즘 공연이 없어서 스승의 말을 받아들여 고창으로 아버지를 만나러 갈까 하던 참이었다. 여행지를 고창에서 목포로 바꾸었다. 병모를 만나 먹갈치조림으로 저녁을 먹고 목포 종합수산시장 근처에 술집에서 소주를 마셨다.

　병모가 술집의 창 너머로 보이는 삼학도공원을 가리켰다. 사공의 뱃노래가 삼학도 파도 깊이 스며드는 노랫말이 생각난다고 했다.

　"너도 '목포의 눈물'을 부를 줄 알지?"

　"당연하지."

　"왜 전라도 사람들이 '목포의 눈물'을 좋아하는지도 알아?"

"역시나 감독은 노래를 놓고도 이유를 따져. 우리 같은 노래꾼은 좋으면 부르고 싫으면 안 부르는데."

병모는 소주잔을 비우고 나서 말했다.

"내가 아는 극작가가 있거든. 광주 사는데 얼마 전에 목포와 신안을 배경으로 한 희곡을 써서 무대에 올렸어. 거기에 '목포의 눈물'이 나와. 왜 그런 옛 노래를 넣었느냐고 물었더니 그러더라. '목포의 눈물'은 3절로 돼 있는데 각 절의 마지막 단어가 설움, 노래, 사랑이라고. 그걸 모아서 한 문장을 만들면 이렇게 된다고. '설움으로 시작해도 노래를 거쳐 사랑에 이른다.' 어때?"

"야, 좋다."

"극작가가 이렇게 말했어. 전라도 사람들은 서러워도 거기서 머물지 않고 노래를 해서 사랑으로 나아간다. 이게 '목포의 눈물'이고, 내 희곡의 주제고, 나아가 전라도 예술의 주제다."

"그게 판소리이기도 해."

"지화자!"

"얼씨구!"

그녀는 자신의 공연에서 판소리 부분을 늘려야겠다고 말했다. 그래야 사랑에 이를 터이므로.

그는 재담가 겸 소리꾼을 내세운 영화를 만들고 싶다고

했다. 당연히 주연은 살살이 너지. 야, '수로부인 바람났네'의 수정이나 끝내 놓고 그런 소리를 해라. 살살아, 너, 이거 알아? 대통령에 당선된 자는 취임식에서 재선을 생각해. 그래야 재선해. 영화감독도 마찬가지야. 이 작품을 만들면서 저 작품을 구상해. 그래야 이 작품만이 아니라 다음 작품까지 성공해. 그렇구나. 나를 주인공으로 하면 어떤 스토리로 할 건데? 시나리오 작가도 그렇지만 영화감독도 자기가 구상하는 스토리를 말하지 않아. 그렇다면 첫 장면으로 뭘 찍을지만 말해줘. 그건 네가 독공하는 것이지. 폭포 아래의 못 같은 데서. 그걸 첫 장면으로 찍는다? 신이 괜찮네. 신이 더 괜찮게 만들 수 있어. 네가 도와주면. 내가 어떻게 도와? 벗는 거지. 야? 왜? 너는 날 벗기고 싶은 모양이다? 나도 남자야. 널 벗기고 싶은 맘은 있지. 영화에서는 아니야. 왜 아니야? 내가 벗어야 한다며? 맞아. 내가 벗기는 게 아니라 네가 벗어야 해. 십 대의 소리꾼이 독공하다가 흥에 겨워서 벗어.

병모가 흥을 계속 말할 때 살살이는 '소리의 그늘'을 떠올렸다. 소리꾼이 공부를 거듭해서 경지에 오르면 소리의 이면을 그리게 된다. 소리의 이면은 사설 너머의 울림이다. 소리꾼은 여러 성음으로, 발림으로 울림을 뚜렷하게 만든다. 울림이 뚜렷한 소리를 하면 소리꾼은 '이면을 그린다.'라는 말을 듣고 득음의 문턱에 선다. 그 감격으로 지난날의 험한 길을 위로받는 것도 잠시, 소리꾼은 계속 나아가야 한다. 마침

내, 이면 저 아래에 잠겨 있는 소리의 그늘을 만난다. 웅숭깊은 우물을 찾아내 목마름을 달래고 나서야 비로소 우물 바닥에 잠긴 하늘을 발견하는 것과 비슷하다. 소리 자체가 아니라 그것이 만들어 낸 것이기에 그늘이란 말을 쓴다. 소리의 그늘을 어떤 이는 한(恨)이라고 하고 어떤 이는 흥(興)이라고 한다. 또 어떤 이는 그 둘이 어우러진 것이라고 한다. 아프면서 흥겹고 흥겨우면서 아픈 게 소리의 그늘이라는 것이다. 소리의 그늘은 판소리의 마지막 경지이다. 이것은 소리꾼에게만 드리워지는 게 아니다. 소리꾼이 이면을 그려냈을 때 청중의 마음에도 드리워진다. 바로 이때 청중은 무심결에 추임새를 하거나 소리를 따라 한다.

살살이와 병모는 영화 얘길 하면서 계속 소주를 마셨다. 술집이 문을 닫자 밖으로 나갔다. 소주를 사 들고 인근의 모텔로 갔다. 소주를 마시며 이런저런 얘길 나누다 보니 둘 다 이탈리아 밀라노에서 만들어진 추억이 있었다. 병모는 미니벨로를 타고 스칼라좌 주위를 돌았다고 했다. 언젠가는 영화계의 별이 될 거라고 여기고. 살살이는 스칼라좌와 가까운 데서 판소리 공연을 했다고 했다. 판소리로 오페라의 고장을 흔들어 놓으려고.

살살이는 대학 졸업반 때 오페라 고장인 이탈리아에서 소리판을 열고 싶었다. 로마와 밀라노에서 판소리 버스킹을 하기로 하고 여름방학 때 이탈리아로 떠났다. 함께 간 고수는 진동재를 스승으로 모시고 같이 공부했던, 소릿길의 도반이었다. 고수는 전주 풍남문 옆에서 살았는데 소리북을 치면 풍남문이 열린다고 했다. 농담이지? 진담이야. 살살이는 전주에 놀러 갔다가 고수를 만났다. 소리북을 치면 풍남문이 열린다고 했지? 자, 소리북을 쳐 봐. 고수가 눈을 감고 소리북을 딱 한 번 쳤다. 눈을 감은 채 풍남문을 가리켰다. 저게 열렸어, 닫혔어? 살살이가 풍남문을 보았다. 닫혀 있었다. 고수의 질문에 깊은 뜻이 숨겨져 있다고 여긴 그녀는 보이는 대로 말하지 않았다. 그렇다고 열렸다고도 말하지 않았다. 한참 풍남문을 보고 서 있다가 고수에게서 소리북을 달라고 했다. 눈을 감고 소리북을 쳤다. 풍남문이 열렸다.

살살이는 밀라노 스칼라좌 근처의 길거리에다 버스킹 자리를 잡았다. 한복으로 갈아입고 나서 길거리의 사람들을 보자 목이 굳어지기 시작했다. 오페라를 아는 사람들이라서 판소리를 알아줄 거라고 여기고 밀라노로 달려왔지만, 그들이 과연 춘향가를 듣고 오페라 관람석에서처럼 환호성을 지를지 의문이었다. 재미없다고 여기는 이들도 있지 않을까? 그렇게 여기는 이들이 떠나면 다른 이들도 따라가고 그러면 소리판은 사람이 없게 된다. 그런 일을 피하려면 잘해야 하는데······.

살살이가 이런저런 생각에 빠져 있을 때 고수가 소리북 앞에 앉았다. 살살이가 단가 '사철가'를 허두가로 삼아서 목

풀기에 나섰다. 장단이 자꾸만 빨라지려고 했다. 고수가 소리북으로 장단을 늦추어도 그녀는 거기에 따르지 않았다. 고수가 벌떡 일어섰다. 야, 나는 고수고 너는 광대야. 천지인(天地人)에서 고수는 땅이고 광대는 사람이며 청중은 하늘이지. 사람은 땅을 밟고 서야 해. 그래야 듬직하게 버티지. 너는 지금 땅을 밟고 있지 않아. 하늘에다 마음을 뺏기고서 거기에다가 헛발질을 해대. 그녀는 고수에게로, 이어서 소리북으로 눈길을 돌렸다. 비로소 장단이 잡혔다. 오래지 않아서 목이 풀렸다.

살살이가 판소리 버스킹 얘길 하고 나자 병모가 밀라노에서 미니벨로를 타고 시내를 돌아다닌 걸 얘기했다. 잠시 후에 베네치아 영화제로 넘어갔다.

"내가 부산 사람이어서 그런지 항구 도시를 좋아하거든. 베네치아는 멋진 바다 도시더라. 항구 도시를 넘어선 바다 도시. 나는 베네치아에서 살고 싶어. 너는 어때?"

"여행을 갈 수는 있지만 거기에서 살고 싶지는 않아. 외국에서 머물러 봐야 내가 국외자 내지는 비주류라는 걸 확인하는 것뿐이니까."

"네가 베네치아에서 판소리 공연으로 관객의 박수를 받는다. 그러면 국외자가 아니지. 베네치아에서 사는 래퍼를 만나 같이 공연한다. 그러면 그곳의 주류에 합류하는 것이고."

"래퍼는 세상에 딴지를 걸어. 그런 래퍼가 주류야?"

"돈을 많이 벌잖아? 자본주의 세상에서는 돈을 많이 벌면 주류 아닌가?"

"주류든 아니든 래퍼와 공연할 맘은 없어."

"왜 이리 좁게 놀아? 판소리는 한국 전통의 랩이야. 그걸 해외에서도 들려줄 생각을 해야지. K-컬처 시대에 맞게 놀아야지."

"너는 베네치아로 가. 나는 여기 머물 테니까. 우리는 각각 잘할 거야. 그러니까 내 말은 이런 것이지. 의상도 옳지만 원효도 옳다."

"아냐, 의상은 기어이 바다를 건너가고 원효는 기어이 이 땅에 머물렀어. 의상에게 원효는 옳지 않았고 원효에게 의상은 옳지 않았어."

"넓게 보면 그들의 지향은 같았어."

"그렇지만 길은 달랐어."

"달랐기에 각각 연꽃을 피웠어."

"같았으면 더 크고 향기로운 연꽃을 피웠겠지."

목소리가 높아지자 병모가 그만하고 술을 마시자고 했다. 그녀는 소주를 마셨고 취했다.

내 소리는 독주.
그대 귀에 들어가자마자 불타기 시작해
끝내는 속까지 태운다네.

일찍이 박지원이 열하일기에서

노래하는 놈 노래하게 하고

우는 놈 울게 하고

춤추는 놈 춤추게 하고

욕하는 놈 욕하게 하여

천진함이 드러나게 하는 술이라고

칭찬한 독주.

독주 한번 마셔보게.

노래할 때 노래하고

울 때 울고

춤출 때 춤추고

욕할 때 욕하게

내 독주를 마셔보게.

오늘 바로 이곳에서

울음이 터질 때까지 마셔보게.

굳이 울어야 할 게 뭐냐고

냉정하게 말하지 말게나.

내 눈물 잃고 나면 남의 눈물 잊나니

그러지 않게

세상의 아픈 눈물 기억하게

때로 울어보게나.

독주를 마시고 눈물을 터뜨려 보게나.

아, 내 소리는 독주.

그대의 속을 불태울 독주.

　그녀는 소리를 하고 나서 다시 술을 마셨다. 어느 순간 그 자리에서 쓰러졌다. 아침에 일어나니까 벌거벗은 채 침대에 누워 있었다. 병모는 옆에서 잠들어 있었고. 어젯밤에 그가 자기를 부축해 침대로 데려간 게 흐릿하게 떠올랐다. 그때 그녀는 그를 끌어안고 키스했다. 기억이 점점 살아나면서 먼저 옷을 벗어 내던졌던 게 생각났다.

　그녀가 침대에서 빠져나가 바닥에 내팽개쳐진 옷을 집어 들었다. 샤워하고 나오자 병모가 일어나 있었다. 그녀는 냉장고에서 페트병을 꺼내 갈증을 달랬다. 물이 남은 페트병을 그에게 건넸다. 그는 물을 마시고 나서 서울로 갈 거라고 했다. 그녀는 아버지를 만나러 고창으로 갈 생각이었다.

　"우리는 모텔에서 함께 자고 나서 다른 길로 가는 건가? 원효와 의상이 동굴에서 함께 자고 나서 다른 길로 갔듯이."

　"원효와 의상의 지향은 같았어. 두 사람에게 보이는 길은 나누어졌지만 보이지 않는 길은 나누어지지 않았지."

　그녀는 고개를 끄덕여 주고 나서 모텔을 나섰다. '보이지 않는 길은 나누어지지 않았지.'라는 말을 되새겼다.

　살살이가 고창 버스터미널 벽에 붙은, 고향 마을로 가는 군내버스 시간표를 보았다. 두 시간 후였다. 그녀는 점심을 먹고 돌아오기로 하고 고창 버스터미널에서 나갔다. 고창천을 건너 고창전통시장 옆에 이르렀다. 오늘이 장날이어서 사람들이 붐볐다. 그녀는 여기서 점심을 해결하자고 맘먹고 시장의 한 식당으로 들어가서 백반을 시켰다. 주인이 생삼겹살이 있다고 권했으나 그녀는 시키지 않았다.

옆에서 남자 둘이 삼겹살을 구워 먹었다. 삼겹살을 자주 먹는, 선배인 남자 소리꾼은 삼겹살 굽는 소리가 들어줄 만하다고 했다. 달아오른 불판에 삼겹살을 막 놓으면 여자가 급히 옷 벗는 소리가 나. 미니스커트나 타이트 치마 아닌 다홍치마를 벗을 때 나는 소리. 바로 앞에다 몸이 달아오른 남자를 두고서 그 남자보다 몸이 더 달아오른 여자가 다홍치마를 벗어. 이때 치맛자락이 여자 허벅지를 스치면서 소리를 내. 삼겹살이 더 구워지면 기름이 흘러나오면서 소리가 커져. 남녀의 격정적인 키스 소리를 떠올리게 해. 이제 삼겹살이 뒤집혀. 그것은 기름으로 덮인 불판에 착 달라붙으면서 거친 소리를 내. 남녀가 몸을 맞대고서 신음을 내는 것처럼. 다 익고 나면 가라앉은 소리가 나. 일을 마친 남녀가 내는 숨소리처럼 가라앉은 소리가.

살살이가 백반을 먹을 때 아주머니 둘이 들어와서 옆자리에 앉았다.

"지난 장에 고사 지내려고 샀던 돼지머리가 말이여, 안 웃었어."

"웃는 돼지머리라고 사지 않았어?"

"그게 장에서는 웃었는디 우리 집에서는 웃지 않았어."

"잘 삶았어?"

"반나절 장작불에 고았제. 고사상에다 올려놓았어. 안 웃어."

"예전에 우리 할아버지께서 마을 앞 둥구나무 아래에서 동제 지낼 때 돼지머리가 정면을 보게도 놓고 하늘을 보게도 놓았대. 정면을 보게 놓았을 때는 웃지 않더래. 눈으로 노려보더래. 하늘을 보게 놓았대. 입으로 웃더래."

아주머니 한 명이 창밖의 하늘을 가리켰다. 살살이가 백반을 먹다 말고 하늘을 보았다. 하늘에는 흰 구름이 떠 있었다. 그녀는 모처럼 흰 구름에다 눈길을 주고 나서 웃었다.

식당에서 나온 그녀는 장 구경에 나섰다. 어물전에는 갈치, 고등어, 굴비 같은 생선이 비린내를 내뿜었다. 비린내는 썩어가는 냄새지만 이게 아니라면 생선은 자기를 드러낼 길이 없다. 그래서 비린내는 생선마다 다르다. 그 차이는 말로 하기 힘들다. 비린내가 풍겨 나오는 방식도 각각 다르다. 갈치는 확 달려들고 고등어는 주춤거리고 굴비는 은근하다. 그리고 갈치는 주둥이를 벌리고 갈갈갈갈, 하는 듯하다. 소리를 해대니 몸이 홀쭉하다. 고등어는 입을 꼭 다물고 있다. 숨결 한 가닥까지 다 품어서 몸이 뚱뚱하다.

그녀는 채소전으로 옮겨가 냉이와 쑥 같은 봄나물을 구경

했다. 장작단처럼 쌓인 쪽파 단을 만져 보고 장 밖으로 나왔다. 막걸릿집 앞을 지날 때 귀에 익은 소리가 들렸다. 초등학교와 중학교를 같이 다닌, 지난해 초등학교 동창회에서도 만났던 동창이었다.

살살이가 막걸릿집으로 들어섰다. 탁자를 두고 동창 부부가 앉아 있었다.

"이게 누구야? 고창의 명물, 위대한 소리꾼 살살이 아니야? 야, 반갑다. 막걸리 한잔해."

동창이 손으로 자리를 권했다. 살살이가 그의 부인에게 고개를 끄덕여서 인사를 하고 자리에 앉았다. 그녀가 막걸릿잔을 비우고 동창의 부인에게 잔을 건넸다.

"함께 한잔하게요."

그녀가 임신 중이라 술을 마실 수 없다면서 홍어회를 입에다 넣었다. 서너 번 씹고 나서 얼굴을 찌푸렸으나 그걸 냅다 삼켜버렸다.

"맛있네요."

그녀가 베트남 여자라서 말을 잘못했다고 살살이는 여겼다.

"이럴 때는 맛없다고 해야 하는 거예요."

"베트남에서 우리가 처음 만난 날 남편은 통 말이 없었어요. 느억 짬을 먹고 나서는 말을 했지요. 그 당시야 무슨 말인지 알아듣지 못했지만 아무튼 말을 했어요. 저는 이해할 수 없었어요. 저한테는 말 한마디 하지 않은 사람이, 한국 사람의 입맛에 잘 맞지 않는다는 음식을 먹고 나서 뭐라고 하다니. 나중에 보니까 이 양반은 입맛에 맞지 않는 음식을 먹고 나서는 꼭 맛있다고 하더군요. 그 말은 음식을 만든 사람이나 초대한 사람에게 하는 게 아니었어요. 자기 자신에게 하는 거였지요. 그렇게 말해 두어야만 다음번에는 몸이 그 음식을 받아들인대요. 그래서 저도 맛있다고 말한 거예요. 다음번에는 몸이 홍어회를 받아들이게요."

"몸이야 어떻든 마음은 이미 한국 사람이죠?"

"그럼요."

"한국말을 정말 잘하시네요."

"임신한 후로 말이 더 늘었어요."

"임신한 후로 한국어 공부를 열심히 했나 봐요?"

"태아는 엄마 마음속의 말을 받아들이지요. 밖에서 들리는 소리를 태아가 받아들인다면서 임신 중에 음악을 틀어놓는 여자도 있다지만 저는 그런 거 별로 믿지 않아요. 엄마는 마음속에다 좋은 생각과 말과 음악을 넣어두어야요. 그래야 태아한테 그게 전해져요. 그렇다면 임신했을 당시 제 마음속은 어땠나? 마음 한쪽에 베트남어가 여전히 남아 있었어요. 태아는 엄마 마음속의 말을 받아들이니까 베트남어를 친숙하게 여기겠지요. 나중에 태어나서도 그럴 거고. 그러면 아이가 한국어를 잘하지 못할 게 뻔해요. 아이는 이곳에서 살아야 하니까 한국어를 잘해야 하잖아요? 저는 마음속에다 한국어를 채워나갔어요. 그만큼 베트남어를 밀어냈고요. 그렇게 계속했더니 마침내 마음속에 그득하게 한국어가 찼어요."

살살이는 '마음속의 말'이라는 걸 곱씹었다. 그게 태아에게 전해진다면 다른 사람에게도 전해지지 않을까? 아마 그럴 것이다.

동창이 살살이에게 잔을 건넸다.

"이걸 마시고 판소리 한 대목을 풀어내 봐."

"목이 풀려 있지 않아서……."

살살이가 거절하자 동창의 부인이 두 손을 모아 남편에게 내밀었다.

"당신이 노래해."

"명창을 앞에다 두고 나 같은 음치가 나서는 게 아니야."

"앞풀이를 해야 명창이 나서지."

"그건 그러네."

동창이 바로 몸을 일으켰다. 취기가 오른 얼굴을 손으로 쓸었다. 살살이는 트로트가 나올 거라고 여겼는데 판소리였다.

　　세상 사람들아, 이 내 말씀 들어보소.
　　한동네에서 농사꾼으로 사는 돌쇠

내 친구 돌쇠 일이라오.

돌쇠가 귀촌해서 농사를 지었는디

수박을 기르면 요것이 내 맘 같지 않아서

대산(大山) 수박이 되지 않고 소산(小山) 수박으로 또

그르르.

복분자밭을 만들었더니 복분자가 적어서

요강을 엎지 않고 바구니만 엎었다네.

내가 친구를 찾아가서 밑거름을 많이 해야

소산 수박이 대산 수박 되고

복분자가 돈복을 가져온다고 했더니

돌쇠가 밑거름을 많이 하겠다고 했는디

밭농사 아닌 자식 농사 밑거름이었겄다.

밤중에 자식 농사 밑거름을 뿌리는디

쿵짝쿵짝 쿵쿵짝짝 쿵짝쿵짝 쿵쿵짝짝.

숨을 헐떡이면서 신나게 뿌리는디

아으 아으으 아으 아으으으.

변강쇠가 우리 동네 돌쇠를 만났으면

아이고 형님, 제가 졌습니다요, 했으렸다.

쿵짝쿵짝 쿵쿵짝짝 쿵짝쿵짝 쿵쿵짝짝.

아으 아으으 아으 아으으으.

동창의 소리는 사설을 아니리조 이어가는 수준이었다. 그

렇기는 해도 살살이의 예상을 뛰어넘는 거였다. 그녀는 소리 중간에 추임새를 넣었다. 동창의 부인은 추임새를 넣지는 않았으나 소리가 끝나자 한참 동안 손뼉을 쳤다.

살살이가 동창에게 물었다.

"소리는 어디서 배웠어?"

"고창 사니까 귀동냥으로. 근데 내 소리는 깊은 맛이 없지. 깊은 맛이 우러나는 건 살살이 네 아버지의 사설이지."

"그런가?"

"나는 네 아버지를 존경한다. 나도 그렇게 살고 싶어. 농사꾼 겸 소리꾼으로."

4

초희는 단역 배우들의 모임에 다녀왔다. 지금도 여전히 출연료를 낮게 잡거나 열정 페이로 대신하는 극단이 있다. 연극이 어렵다면서 출연료를 인상하면 아예 망할 거라고 한다. 이런 주장에 동조하는 단역 배우들도 상당수가 있다. 초희는 잘 나가는 영화를 예로 든다. OTT 드라마와 영화가 세계적으로 흥행해도 단역 배우들은 별로 달라진 게 없다. 우리가 나서지 않으면 연극이 흥행을 하든 안 하든 우리는 대접받지 못한다.

그녀는 모임에 갈 때마다 출연료 인상 못지않게 단역 배우들의 연기력 상승도 필요하다고 역설한다. 단역에게 주어진 짧은 시간과 주연이 누리는 긴 시간은 같은 것이다. 말하자면 길고양이 한 마리의 생명과 사람 한 명의 목숨이 무게가 같듯이. 그러니까 단역 배우는 자기에게 주어진 짧은 시간을 주연의 긴 시간과 같은 무게로 만들어야 한다. 어떻게? 연기력으로.

단역 배우들 모임에서 주장한 대로 초희는 연기력 상승을 위해 노력하고 있었다. 오늘은 기생춤을 추기로 했다. 유튜브를 틀어서 기생춤을 따라 했다. 흉내를 내기는 했다는 말도 하기 민망했다. 면바지에 셔츠를 입고 기생춤을 추니까 느낌이 나지 않는다는 생각이 들었다. 집 근처의 한복 대여점을 검색했다.

그녀가 한복 대여점 주인에게 조선 시대의 기생이 입었을 만한 옷을 원한다고 했다. 주인이 회장저고리를 가져왔다. 그녀가 신윤복의 미인도에 봤던, 미인이 입었던 회장저고리와 비슷했다. 미인이 입고 있는 걸 봤을 때는 어울린다고 생각했는데 여기서 손에 들자 회장저고리라는 게 이렇게 작은가 싶었다.

"옷이 작은 것 아닌가요?"

"아닙니다. 기생이 입은 회장저고리는, 여기저기가 부족해야 해요. 깃은 짧은 듯하고, 소매 끝은 가파르게 마무리된 듯하고. 그 부족함이 눈길을 끌어온답니다. 특히나 남자들의 눈길을. 다시 말씀드리자면, 치마는 몸을 가리기 위한 것이지만 윗도리는 몸을 드러내기 위한 것이랍니다. 감춤과 드러냄이 한 몸에서 공존하는데 저고리는 드러냄이지요. 저고리의 옷깃이 잘 여미어지지 않아 살품으로 젖가슴이 엿보이고 소매 길이가 짧아서 회목이 드러나야 해요. 부족한 부분들이 만들어 내는 은근한 드러냄, 그게 있어야 기생의 윗도리랍니다."

초희는 주인에게 솔직하게 털어놓았다. 알고 싶은 것은 기생 옷이 아니라 기생춤이라고. 기생춤을 출 때 입을 옷을 대여해주면 좋겠다고 덧붙였다. 한복집 주인이 모란이 수놓아진 치마를 가져왔다.

"치마를 입을 때는 말기를 젖가슴에다 놓아야 해요. 치마는 입는 게 아니라 젖가슴에다 걸어야 하거든요. 젖가슴에 말기가 걸리지 않을 때는 매무새가 나질 않아요. 치마끈을 묶을 때는 숨을 고르고 나서 천천히 묶으세요. 비로소 치마는 발이 머물 공간을 만들어요. 발은 치마 속에서 기꺼이 머무르지요. 어미 품속의 자식처럼. 그렇다고 자식을 품속에만 두어서는 안 되거든요. 밖으로 내보내서 세상 물정을 알게 해야지요. 발을 치마 밖으로 내밀 때, 바로 이때를 보여주는 게 기생춤에서 중요한 춤사위랍니다."

"다 기억해 두기는 어렵네요. 짧게 말해주면 좋을 거 같은데……."

"짧게 말했어요."

기생 옷을 제대로 입는 게 이렇게 어려운데 춤은 오죽하겠냐 싶었다. 춤을 추려면 유튜브를 검색할 게 아니라 무용학원에 다녀야 하는 것 아닌가 하는 생각이 들었다. 초희는 한복을 빌려야 하나 말아야 하나 망설였다.

기생춤을 추려고 했던 건 민규와 그제 했던 통화에서 그게 말해졌기 때문이었다. 그는 희곡을 교정하고 있는데 가끔 막힌다고 했다. 지금은 춘향이 기생춤을 추는 대목을 교정하는데 잘 알지 못해서 쉽지 않다고 덧붙였다. 그녀가 바로 물었다. 춘향은 기생이 아니잖아? 아니지. 그런데 왜 기생춤을 춰? 친구인 다른 기생들과 춰. 그 말을 들었을 때 초희는 기생춤을 춰 보기로 했다. 오늘은 기생춤에 도전해서 한복을 빌리러 여기에 왔는데 주인의 말을 듣자 망설여졌다.

한 사흘 한복을 입고 살면 기생춤을 추지는 못해도 기생과 닮은 여자의 모습은 나올 듯했다. 그녀는 회장저고리와 치마를 사흘 동안 빌렸다. 집으로 오자마자 옷을 갈아입었다. 미인도의 미인이 취한 포즈를 잡았다.

민규에게서 전화가 왔다. 초희는 그에게 화상 통화를 하면 춘향을 볼 수 있을 거라고 했다.

"갑자기 무슨 소리야?"

"내가 한복을 입고 미인이, 그러니까 춘향이, 아니다. 됐다, 돼."

"너도 갑작스럽지만 윤도는 더 갑작스러웠어."

초희는 민규의 말에서 걱정해 왔던 게 현실이 되는 게 아닌가 하고 짐작했다. 그녀는 짐작이 틀리길 바라면서 그의 다음 말을 기다렸다.

"갑자기, 윤도가 연극 연출을 하지 않겠대. 그 말은 곧."

그는 더 말하지 않았다. 윤도가 연출에 나서지 않으면 제작비가 없다는 걸 그녀도 알 테니까.

"예상했어."

윤도가 위장 결혼을 제안할 때 그랬다. 이건 연극 제작비를 위해서 하는 일이기도 하다고. 그녀는 그의 제안을 거절하고 나서 연극 제작비에 문제가 생길 것 같다고 예상했다. 그러지 않을 경우를 찾아보기도 했다. 그가 다른 여자에게 위장 결혼을 제안해서 그게 이뤄지는 경우. 민규의 전화 내용으로 보면 윤도는 다른 여자한테 제안한 것 같지는 않다. 내가 거절을 분명히 밝힌 후로 일주일도 지나지 않았으니까. 그 일주일 동안 그는 연극의 제작비를 대지 않기로 결정했다. 돈이 나올 데가 없으니까 불가피한 것인가? 아니면 제안을 거절한 내게 나름의 복수를 한 것인가? 내가 춘향으로 무대에 서지 못하게 만드는 복수.

"예상했다고?"

초희는 윤도의 제안을 얘기했다. 자기는 그걸 거절했다는 것도.

"윤도, 그 자식, 사람도 아니네."

"나는 그렇게까지 여기지는 않아. 이 세상에서 살아남으려고 나름대로 방법을 찾는 젊은이로 봐."

"그게 방법이야? 사기지."

"아무튼 우리는 어떻게 해야 해?"

"제작비를 마련해야지."

"어떻게?"

"사기 치지 않는 방법으로."

그게 뭐냐고 초희는 묻지 않았다. 민규가 아직은 방법을 찾아내지 못했을 테니까. 앞으로 찾아낼까?

5

구룡폭포는 와폭(臥瀑)이어서 꿈틀거리는 용과 닮았다. 민규는 이곳에 올 때마다 용을 떠올린다. 그러고 보면 남원은 용이란 말이 지명에 많이 등장한다. 구룡폭포가 있는 구룡계곡만이 아니라 교룡산성이며 계룡산 등이 있다.

그는 데크에서 구룡폭포를 보고 서 있었다. 봄인데도 어제 큰비가 와서 폭포수는 여름 장마철에 어금버금하다. 그 이외에는 사람이 없었는데 뒤쪽에서 인기척이 있었다. 젊은 남녀가 폭포로 왔다. 옷차림은 등산복이었으나 륙색 없이 손에 부채를 쥐었다. 민규는 그들이 소리꾼이라고 여겼다.

소리꾼들은 폭포 소리보다 작은 목소리로 말을 주고받았다. 동편제라는 말이 나오고 송흥록, 박초월, 강도근, 안숙선 같은 남원의 명창 이름이 이어졌다. 목소리가 높아지더니 오래지 않아 말다툼을 시작했다. 옆에서 민규가 듣거나 말거나 상관하지 않았다. 말다툼이 이어지다가 남자 소리꾼이 부채를 쫙 펼쳤다.

"소리꾼은 말이야, 펼쳐진 부채여야 해. 넓어야 한다고. 갈 데, 안 갈 데 가려서는 안 돼."

"너는 부채 펼치고 살아. 나는 접고 살 테니까."

"그러면 좁아져. AI 세상에서 옛날부터 내려온 것만 답습하면 사라지게 돼. 우린 뭐든 받아들여서 사람들을 즐겁게 하는 사설을 풀어내야 해."

"나는 무대에서 소리할 거야. 너는 계속 인터넷 방송에 나가 사람들 즐겁게 하는 수다를 떨어라."

"뭐 수다?"

"수다가 아니면 뭐야? 색드립?"

"이게 점점."

"넌 뭐라고 생각하는데?"

"뭐 아무튼, 내가 여자들하고 논 얘길 함부로 한다고 해서 소리까지 함부로 하는 건 아니야."

"수다만 떠는 줄 알았더니 헛소리도 하는구나."

"진짜 이럴래?"

"나는 진짜 소리를 할래."

"그래, 너 혼자 소리하고 너 혼자 들어라."

남자 소리꾼이 구룡폭포에서 떠나갔다. 여자 소리꾼이 폭포를 보고 섰다.

옛날에는 돈이 없어도 싸가지가 있어야 했지만

요즘에는 싸가지가 없어도 돈이 꼭 있어야 하기에

어떤 또랑광대가 싸가지 조금 팔아서 돈을 많이 만들려다가

잃은 것은 싸가지 전부요 얻은 것은 푼돈이라.

그 푼돈으로 또랑광대가 나한테 술을 사주네.

이제는 요즘 사람으로 살라고.

배꼽 위로는 돈을 찾고 배꼽 아래로는 섹스를 찾는 사람으로

소리꾼 아닌 요즘 사람으로 그냥저냥 살면서

인터넷 방송에서 수다나 떨라고.

이미 요즘 사람이 된 또랑광대는

오늘도 인터넷 방송에서 수다를 떠네.

이 수다에 이놈 저놈이 조회 수 늘려주고

저 수다에 이년 저년이 하트를 보내네.

또랑광대는 섹스에 굶주린 년을 모텔로 데려다 놓고

이번에는 몸으로 수다를 떠네.

퍽퍽한 삶이라서 퍽퍽(fuck fuck)하게 되지만

퍽퍽 해 봐도 퍽퍽한 삶이라고 하면서.

싸구려 수다를 떨며 지랄 염병하다가

세월이 흘러서 염병까지는 하지 않고 지랄만 하게

될 정도가 되면

요즘 사람인 또랑광대는 알게 될까?

잃은 것은 참소리요 얻은 것은 헛소리라는 사실을.

여자 소리꾼은 아니리조로 소리를 마친 후에도 폭포를 보고 서 있었다. 중학생 때 민규가 여기서 혹시 복사꽃 꽃잎이 내려오지 않나, 하고 살펴봤던 것처럼. 위쪽에 무릉도원이 있다고 믿어서가 아니었다. 복사꽃 꽃잎을 만나면 떠나간 여학생이 돌아올 것만 같았다. 오래도록 지켜봤지만 꽃잎은 흘러내리지 않았고, 여학생은 돌아오지 않았다.

여자 소리꾼이 구룡폭포에서 떠나갔다. 이제 민규 외에 다른 사람은 없었다. 그는 폭포를 보면서 또 방법을 찾았다. '춘향의 친구'를 공연할 방법을. 이곳에 오면 뭔가 실마리가 잡힐까 해서 왔는데 여전히 아무것도 잡히지 않았다.

폭포 저 위쪽에서 꽃 한 송이가 흘러내렸다. 붉은색인데 무슨 꽃인지 알 수 없었다. 저걸 잡으면 방법이 나타날까? 하고 생각했다. 무슨 바보 같은 생각이냐, 하고 스스로 나무랐다. 하지만 잡으면 방법이 찾아질 거라는 생각이 더 짙어졌다.

그는 데크에서 내려갔다. 꽃송이가 아래로 내려오면 잡을 생각이었다. 거친 계류가 흘러가는 데로 다가갔다. 발이 미끄러지면서 몸이 균형을 잃었다. 어, 어, 하는 사이에 몸이 물속으로 처박혔다. 거센 계류가 몸을 끌어갔고 잠시 후에 머리가 어딘가에 부딪혔다. 눈앞이 캄캄했다.

6

"여러분 안녕하세요. 살살이예요. 만나서 반가워요."

살살이는 소극장의 공연장에 온 사람들을 빠르게 셌다. 열두 명이다. 어제보다 두 명이 줄었다. 내일은 열 명이 채 안 되는 관객을 놓고 무대에 서야 할지도 모른다.

오늘은 흥부가에서 놀부가 심술을 부리는 대목을 소리했다. 요즘 세상에서 심술을 부리는 자본가와 정치꾼을 군데군데 끼워 넣었다. 추임새는 없었지만 요즘 이야기에 웃는 이들은 여럿이었다.

그녀는 소리를 마치고 나서 재담으로 넘어갔다.

"오늘은요, 선녀와 나무꾼 얘길 하려고요. 왜냐? 제가 바로 선녀거든요. 얼굴은 아니지만 마음이 그러느냐고요? 아니에요, 아니에요. 마음보다는 얼굴이 그래요."

선녀 아닌 여자 나무꾼 같은데, 하는 말이 관객석에서 나왔다.

"우리 마을 전설에 나오는 선녀는요."

살살이가 두 손으로 제 얼굴을 토닥였다.

"바로 이렇게 생겼어요."

관객 몇이 웃었다. 살살이는 그걸 보며 오늘 무대는 그런대로 풀려나가고 있다고 여겼다.

지난번 고향으로 아버지를 만나러 갔을 때 그녀는 어려움을 토로했다. 재담의 소재가 없어요, 소재가. 아버지는 고향 얘기에 재미있는 게 많다며 그것부터 사람들에게 들려주라고 했다. 그녀는 서울로 돌아와 고향 마을의 전설로 재담을 구성했다. 몇 번을 가다듬어서 그제부터 소극장 무대에서 관객들에게 들려주었다.

그녀는 선녀와 나무꾼 얘길 시작했다. 옛날 마을에 나무꾼이 살았다. 어느 날 뒷산으로 나무하러 갔다가 사냥꾼에게 쫓기는 사슴을 구해주었다. 사슴은 나무꾼에게 선녀들이 뒷산 폭포로 목욕하러 오는 날짜를 알려주었다. 나무꾼은 그 날짜에 폭포로 가서 날개옷 하나를 훔쳤다. 목욕이 끝나길 기다리며 발가벗은 선녀들을 구경했다. 선녀들 대부분은 얼굴이 예쁘고 몸매가 좋았다.

선녀들이 날개옷을 입고 하늘나라로 떠났는데 한 명은 남았다. 선녀가 사라진 날개옷을 찾아다니다가 나무꾼 앞으로 왔다. 눈앞의 선녀는, 얼굴이 예쁘고 몸매가 좋은 선녀가 아니었다. 이럴 수가? 어떻게 그 많은 어여쁜 선녀들은 다 떠나고 이런 흔해 빠진 얼굴의 선녀만 남았단 말인가? 혹시 사슴을 구해줄 때 내가 무슨 말을 잘못했나? 그러니까 언어폭력 같은 것? 아니면 동물을 업신여기는 갑질 같은 것? 그런 짓을 한 적은 없었다. 잘못이 없는 내게 왜 이런 선녀가……? 나무꾼은 고민했다. 날개옷을 돌려줘 버려? 그랬다가 다른 여자를 못 만나면 평생 혼자 살아야 한다. 이건 아니지. 그리고 선녀와 마음이 잘 맞을 수 있어. 그게 잘 맞아야 좋은 부부지. 어쩌면 이 선녀는 몸보다 마음이 예쁜 선녀일 거야. 그래, 사슴이 내게 제대로 은혜를 갚은 거야.

나무꾼은 선녀를 집으로 데려갔다. 마음은 잘 맞았다. 둘이 아들딸 낳고 살았다. 어느 날 선녀가 물었다. 그날 여러 선녀가 폭포에서 목욕했는데 누가 가장 예뻤어? 옛날 아닌 요즘도 이런 질문이 나온다. 도대체 마누라들은 왜 이런 질문을 남편한테 하는 건가? 대답이 뻔히 정해져 있는데. 뻔하긴 해도 그런 대답을 들으면 기분이 좋아서인가? 아무튼 나무꾼도 요즘의 남편들처럼 정해진 대답을 했다. 그것도 활짝 웃으면서. 당연히 당신이지.

선녀는 뒷산 폭포로 목욕하러 갔다. 거기에서 다른 선녀들을 만났다. 이곳 마을에서는 자기처럼 생겨야 미인이라는 말을 듣고 사랑받는다고 했다. 그 말이 하늘나라에 널리 퍼졌다. 나무꾼의 아내와 얼굴이 닮은 선녀들이 우르르 폭포로 목욕하러 왔다. 마을 총각들이 우르르 폭포로 몰려갔다. 총각들이 굳이 날개옷을 훔치지 않아도 됐다. 선녀들이 하늘나라로 돌아가지 않았으니까. 총각들과 선녀들이 짝을 지었다. 이런 일이 이어지면서 마을에는 선녀를 닮은 여자들이 늘어났다.

살살이가 이야기를 마무리하고 두 손을 가슴에 모았다.

"여러분, 제가 선녀를 닮아서 마음이 고와요. 근데 마음은 보여줄 수 없네요. 얼굴은 보여줄 수 있어요. 자, 보세요. 이게 바로 선녀의 얼굴입니다."

살살이가 자기 얼굴을 토닥였다. 사람들이 손뼉을 쳤다. 살살이가 허리를 굽혀 인사하고 무대에서 내려갔다. 잠시 쉬면서 핸드폰을 꺼냈다. 병모에게서 저녁을 함께하자는 메시지가 와 있다. 그녀가 '짝짝짝' 하고 답을 보냈다.

핸드폰에 공연장에서 알게 된, 대학 후배인 개그우먼의 이름이 떴다. 일 년 넘게 연락이 없었던 개그우먼이 전화한 걸 보니 애경사인 성싶었다.

"언니, 잘 지내지?"

"그저 그렇다."

"몸매 관리는 잘하고?"

후배가 인사치레를 이어가는 걸로 보아 애경사는 아니었다. 돈 문젠가? 그것도 아니라고 생각했다. 평소 가깝게 지내지도 않는데 이렇게 다짜고짜 전화해서 돈 빌려달라고 그러겠는가? 다른 일로 만나자고 해서 밥을 사고 술을 마신 다음에 적당한 대목에서 돈 얘기는 꺼내는 거지. 남녀 관계에서야 적당히 즐기고 적당히 헤어지지만 돈거래에서는 적당히가 없으니까. 거기에서는 예절을 지켜야 하니까. 속이야 어떻든 겉으로는 분명하게.

개그우먼이 긴소리 짧은소리를 이어갔다.

"나, 일이 있다. 빨리 끝내라."

"언니, 나하고 알바할래? 강남에서 밤에 잠시만 하는 건데."

이건 바로 대답할 사항이 아닌 듯해서 살살이는 다음 말을 기다렸다.

"룸에서 손님을 웃게 만드는 일이야."

"룸에서?"

"평소와는 조금 다른 무대라고 생각해."

"소리꾼의 무대는 말이야."

"언니는 재담가이기도 하잖아? 룸에서 나하고 손님을 웃겨 보자고. 어때?"

"재담가는 관객에게 웃음을 건네는 광대지, 술 마시는 남자들 앞에서 웃음 파는 년이 아니야. 넌 그것도 몰라? 대가리에 뭐가 들었냐?"

"도와주려고 전화했더니, 고맙다고 해도 시원치 않을 판인데, 꼰대처럼 말하면서 까칠하게 구네. 아, 졸라 짜증 나네.”

“너, 주둥이를 함부로 놀리는구나. 주둥이 조심해라.”

그녀는 전화를 끊었는데 곧바로 핸드폰이 울렸다. 조금 전의 그 후배였다. 살살이는 전화를 받지 않고 병모에게 전화했다.

“뭐 해?”

병모는 ‘수로부인 바람났네’를 수정해서 다시 독립영화제에 출품했다. 그걸 기다리면서 재담가 겸 소리꾼을 주인공으로 한 시나리오를 쓰고 있었다.

“다음 작품의 시나리오.”

“잘돼?”

“쉽지 않아.”

“윤도가 ‘춘향의 친구’ 제작비를 대지 않겠다고 했다며? 이제 그게 공중에 붕 떠 있어. 그걸 잡아다가 시나리오로 바꿔 봐.”

“남의 작품을 내 것으로? 이건 말을 꺼내는 것만으로도 실례야.”

“민규와 함께 시나리오로 만들어. 그러면 공동 각본이니까 네 작품도 되지.”

“그거라면 말을 한번 꺼내 볼 수도 있겠지만 지금은 그럴 때가 아니야.”

“지금은 왜?”

"너, 민규가 병원에 있는지 몰라?"

"뭐야? 왜?"

"무슨 폭포에 갔다가 물에 빠져서 머리를 다치고⋯⋯. 마침 폭포를 찾아온 사람들이 구해냈대. 지금은 남원 시내 병원에 있어."

병모는 몇 시간 전에 민규에게서 전화를 받았다. 병실에 누워 있기가 심심해서 전화한다고 했다. 그의 얘길 들어 보니 심심풀이로 할 얘기가 아니었다. 조금만 늦게 발견됐어도 그는 계류에서 익사할 뻔했던 것이다.

전화가 끝나고 나서 병모는 자문했다. 심심하면 가까이 지내는 윤도한테 전화해야지 그렇게 가깝지 않은 나한테 왜? 아, 윤도가 제작비를 대지 않겠다고 해서 둘 사이가 멀어졌구나. 그 일이 민규한테 큰 충격이었겠지. 그것 때문에 그가 극단적인 선택을 하려고 했던 건 아니겠지? 그걸 알아보려고 그는 초희에게 전화했다. 그녀는 그런 건 아닐 거라고 했다. 그러면 왜 계류로 들어가? 빨간 꽃을 보고 그걸 잡으러 갔대. 이게 뭐야? 예전에 중국의 어떤 시인은 달을 잡으러 강으로 들어갔다더니 요즘 이 나라 극작가는 꽃을 잡으러 계류로 들어가는 거야?

살살이가 병문안하러 가야 하는 것 아니냐고 물었다.

"그런 정도는 아니야."

"우리는 예정대로 저녁을?"

"그래야지."

살살이는 통화를 마치고 나서 그 빨간 꽃을 떠올렸다. 그게 무슨 꽃인데 기어이 잡으려 했느냐고 민규에게 묻고 싶었다. 뭔가 재미있는 대답이 나올 듯했다. 어쩌면 재담의 소재로 쓰일 만한. 그가 병상에 있다는 걸 생각하고 전화하지 않았다.

7

"나만이 가야 하는 그 사랑의 길이라니까요."

"나 많이 가야 하는 그 사랑의 길이여."

여고생과 할머니가 '미워도 다시 한번'의 가사를 놓고 입씨름을 벌였다. 민규는 그 노래를 아는데 −어머니가 가끔 불러서 듣고 아는데− 여고생의 말이 옳았다.

이 병실은 6인실이어서 늘 시끄러웠다. 민규는 어제 폭포수에 휩쓸렸지만 뒤통수와 팔다리에 가벼운 찰과상을 입은 데 불과해서 입원까지 할 맘은 없었다. 운봉에서 지내는 부모에게도 괜히 걱정만 끼치는 것 같아서 연락하지 않았다. 의사는 CT상으로는 아무런 이상이 없지만 그래도 머리를 부딪혔으니까 충격받은 데가 있을지도 모른다면서 이틀가량 지켜보자고 했다. 그는 6인실에 입원했는데 이곳은 시끄러운 만큼 이야기가 많았다. 이거 '춘향의 친구'에다 써먹으면 좋겠다, 하는 생각이 드는 이야기도 있었다.

그는 어떻게 해야 제작비를 확보할 수 있을지 다시 고민했다. 실내가 조용하길 바랐는데 여고생과 할머니가 입씨름을 멈추지 않았다.

"할머니, 제가요, 전국노래자랑에 나가려고 연습하고 있어요. 바로 '미워도 다시 한번'으로요."

"나는 말이여, 네가 태어나기 전부터 그 노래를 불렀어. 남진이가 부른 숫자하고 내가 부른 숫자하고 얼추 비슷할 거여."

"틀리게 부른 거죠."

"내가 옳아. 사랑은 많이 가야 하는 길이여."

"길은 많이 가고 말고 하는 게 아니죠. 길은 멀거나 가까운 것이죠."

"그냥 길은 그라제. 사랑의 길은 아니여. 많이 가야 해. 앞뒤로 오가고 옆으로 빠졌다가 다시 돌아오고 하면서 많이 가야 해."

민규는 여고생이 옳다는 생각을 바꾸었다. 여고생은 가사를 눈으로 읽었다. 할머니는 가사를 씹어 삼켰다. 판소리에서 그러하듯이 유행가에서도 노랫말을 읽지 않고 씹어 삼켜야 하리라. 그래야 노래가 배에서 나온다. 눈으로 읽은 노래는 입에서 나오고.

여고생이 휴대전화를 켜서 할머니한테 보여주었다.

"보세요. 여기 가사가 나와 있어요."

"나는 한글을 몰라."

"노인대학이라도 다니시지."

"다녔제. 거기서 소리도 배우고."

"소리를 배우셨는데 왜 한글은 배우지 않으셨을까?"

"소리라는 게 글보다 앞에 있어. 글을 몰라도 소리는 해."

민규는 두 사람을 지켜보고 있던 터라 고개를 돌린 여고생과 눈길이 마주쳤다. 여고생이 병상에서 내려왔다. 녹차 캔을 들고 그에게 왔다.

"극작가시죠? 이거 드세요. 녹차가 몸에 좋아요."

"내가 극작가인지 어떻게……?"

"극작가가 이 병원에 입원했다고 벌써 소문이 났어요."

여고생이 녹차 캔을 내밀자 그는 받았다. 여고생이 엄지척을 해주고 돌아갔다. 할머니가 그에게 다가왔다. 칡차라고박힌 비닐 팩을 내밀었다.

"이거 마셔. 몸에는 칡이 좋아."

"감사합니다."

그가 할머니의 비닐 팩을 받았다.

"구룡폭포 아래서 물로 뛰어들었다며? 빨간 꽃을 잡으려고 그랬다고 소문이 났더라고. 빨간 꽃은 사랑이것제?"

"그게요……."

"사랑을 잡지 못했것제. 그건 잡는 게 아니어. 내가 잡히는 것도 아니고."

할머니가 자기 병상으로 돌아가면서 중얼거렸다.

"많이 가야제. 사랑도, 인생도 많이 가야제."

그는 휴대전화를 꺼내서 할머니의 중얼거림을 그대로 입력했다. '춘향의 친구'에다 대사로 넣고 싶었다.

여고생과 할머니가 또 말다툼을 시작했다. 요즘 세상에서 가장 인기 있는 트로트 가수를 두고 그랬다. 민규가 병상에 놓인 녹차 캔과 칡차 팩을 양손에 들었다. 여고생에게 다가가 칡차 팩을 내밀었다.

"이거 마셔."

"싫어요."

"전국노래자랑에 나가려고 연습하고 있다며? 목에는 칡이 좋아."

여고생이 팩을 받자 민규가 할머니에게 갔다. 병상에다 녹차 캔을 놓았다.

"이거 마시세요."

"전에 마셔본께 심심하던디."

"그래도 이게 갈증을 없애줘요."

여고생이 칡차를, 할머니가 녹차를 마셨다. 말싸움이 멈춘 걸 보고 민규가 웃었다. 할머니가 노래를 시작했다. 마지막에 이르러 '미워도 다시 한번'을 '그대여, 다시 한번'으로 바꿔 불렀다. 민규는 '그대여, 다시 한번'이 더 좋다고 여겼다.

여고생도 그러는지 할머니한테 엄지척을 했다.

할머니의 노래가 끝나자 여학생이 친구와 통화를 했다. 옆에 다른 환자들이 있다는 걸 의식하지 않고 그랬다.

"야, 이년아, 내가 전국노래자랑에서 최우수상을 받으면 그날 바로 펀드 모집한다. 내 음반을 발매할 펀드."

여고생이 깔깔 웃었다. 펀드가 백 퍼센트 모금된 것처럼.

8

초희는 인천공항의 카페에서 아메리카노를 마시고 있었다. 옆 탁자에서 또래로 보이는 여자가 전화를 받았다. 처음에는 가만가만 이야기하다가 나중에는 헛기침을 몇 번 하더니 목소리를 높였다. 엄마가 그랬지, 살다 보니 어느 틈에 환갑을 넘어 예순두 살이라고. 해왔던 일에는 싫증이 나고 해야 할 일에는 겁먹는 나이, 아는 사람에게 적당히 웃는 나이라고. 그런데 엄마, 나는 예순두 살이 아니거든. 서른두 살이거든. 해왔던 일에 싫증이 나지 않고 해야 할 일에 겁먹지 않아. 그리고 적당히 웃고 싶지도 않아.

여자의 말을, 초희는 새겨두었다. 자기 자신에게 다시 들려주기 위해서.

옆 탁자의 여자는 계속 어머니와 통화 중이었다. 초희가 민규에게 전화했다. 베이징에 가려는 걸 알리려고. 그는 전화를 받지 않았다. 그녀는 핸드폰을 든 김에 살살이에게 전화했다.

"단역 배우들 시위에 나가자고? 못 가. 오늘은 공연이 있어."

"여행을 떠난다고 알리려고 전화했어."

"연극이 무산돼 분위기 전환 차원에서?"

"응. 베이징에 잠깐 다녀올래."

"남자와 함께 가?"

"아니."

"그러면 안 되지. 너의 그 들어갈 데 들어가고 나올 데 나온 몸을 써먹어야지."

"내 뇌도 들어갈 데 들어가고 나올 데 나왔어. 누구 못지않게 주름이 많아. 그걸 좀 알아주었으면 해."

"네 뇌에 주름이 많다면 이 충고를 기억할 수 있겠지. 근처에 남자가 있으면 만나라."

무대 공연에 관한 거라면 몰라도 다른 일에 관한 거라면 살살이의 말을 초희는 받아들이고 싶지 않았다. 초희가 대꾸하지 않자 살살이가 남자를 만나라는 말을 반복했다.

"남자를 만나서 뭐 하게?"

"만나야 네 임이 되지."

"만나서 원수가 되는 경우가 더 많았어."

"아홉 명의 원수가 만들어진다고 해도 한 명의 임을 포기

하지는 말아야지."

"아무튼 나는 만나는 남자가 없어."

"그러면 찾아가야지. 그럴 거지?"

초희가 대꾸하지 않자 살살이가 말했다.

"나는 요즘 남자와 뜨겁게 만나고 있어."

"얼마나 뜨겁게?"

"하루 내내 식지 않을 정도로."

"연애에 미쳤구나."

"미친 거 맞아."

초희가 카페에서 나와 캐리어를 끌며 천천히 걸어갔다. 출국 수속 창구는, 사람들이 뒤섞여서 시끄러웠다. 그녀는 서두를 것 없다고 판단해 빈자리에 앉았다. 옆자리에는 서너 살 어려 보이는 남자가 있었다. 얼굴로 봐서는 서울의 여느 대학생인데 청바지와 셔츠가 뉴욕의 유명 디자이너 것이어서 뉴요커 같다. 젊은이에게 담배 냄새가 풍겨 나왔다. 바비큐 냄새 같기도 했다.

돼지 통구이를 먹고 싶다. 연극 종파티에서는 먹지 못했지만 이모를 따라간 패션쇼 파티에서는 몇 번 먹었던 음식이다. 파티가 시작되기 전부터 돼지는 바비큐 기계에서 돈다. 모델이 턴하듯이. 돼지가 수백 번을 돌아야 통구이가 이뤄진다. 모델이 런웨이에서 수천 번을 턴해야 톱 모델 반열에 오른다. 아직 칼을 넣지 않은 통구이는 엔틱 스타일로 색깔이

튀지 않는다. 그처럼 파티는 점잖게 시작한다. 세상의 경쟁에서 살아남은 자들이 승리를 천천히 음미하는 자리 같다. 통구이에서는 불 냄새가 난다. 잉걸불의 불기운이 돼지로 흘러들어서 냄새로 변한 것이다. 통구이가 시작될 때 불기운은 지방분을 밀어내고 살코기에 스며든다. 통구이가 다 됐을 때 불기운과 살코기가 섞여 냄새를 만든다. 그걸 냇내로만 여겨서 싫어하는 사람도 있다. 초희는 불 냄새로 여긴다. 통돼지 전체에 골고루 스며 있는 불 냄새. 식욕을 자극하는 그것. 그녀는 돼지 통구이를 먹을 때마다 냄새로 변한 그 불을 즐긴다. 살코기를 잘라서 입에다 넣으면 그 불은 따뜻하다. 입안에다 온기를 전해준다. 그 온기에서 얼굴을 태워버릴 듯하던 잉걸불의 뜨거움을 되살린다. 여기에 맞추려고 위스키를 스트레이트로 마신다. 술기운이 오르고 통구이는 여기저기 잘려 나간다. 색깔이 다양하고 뼈가 드러나서 모던 스타일이다. 이때쯤 파티는 세상의 경쟁에서 또다시 살아남기 위해 동지와 적을 구분하는 자리가 된다. 동지와 적을 구분해 가면서 초희는 살코기와 위스키로 배를 채운다. 취기가 짙어지고 몸이 뜨거워진다. 돼지 통구이가 돼버린 기분이다.

당분간 연극 무대에 설 일은 없다. 이모를 찾아가 패션모델 일을 알아봐야 하나? 아니면 다른 알바를? 뭐가 됐든 베이징에 다녀와서 결정하자.

젊은이가 담배 냄새를 풍기며 바짝 다가앉았다.

"어디로 가세요?"

그녀는 대답하지 않았다.

"나는 뉴욕에 가요. 어학연수 하러."

"어학연수라면 뉴욕 아닌 다른 곳도 많은데?"

"주식이 전공이어서요. 거기 월가에서 주식 투자도 해 보고."

"투잡이라니 바쁘겠다. 이 누나하고 놀 틈이 없겠어."

"놀 틈을 만들어야죠."

젊은이가 눈웃음을 치며 휴대전화를 내밀었다. 초희가 젊은이의 휴대전화를 받아 메모 작성을 눌러서 한 문장을 입력했다. '다른 애와 많이 놀아라.'

젊은이가 떠나간 후에도 담배 냄새는 이어졌다. 돼지 통구이의 탄내가 떠도는 것 같았다.

초희가 민규에게 전화를 걸었다. 이번에는 전화를 받았다.

"야, 왜 전화를 안 받아?"

"연극을 공연할 방법을 찾고 있었거든."

"찾았어?"

"찾았지."

"진짜?"

"펀드야, 펀드."

"그게……."

"희곡을 제시하면서 펀드를 모집해. 이 나라에는 춘향이를 사랑하는 이들이 많아. 펀드는 목표치를 달성한다."

민규는 연극이 성공하면 이자를 더해서 펀드 투자가들에게 투자액을 상환할 거랬다.

초희는 베이징에 가면 '서상기'를 봐야겠다고 맘먹고 있었다. 그걸 보고 느낀 걸 민규에게 말해주면 극작에 도움이 될 터였다. 그런데 지금 민규는 희곡 아닌 공연을 말하고 있었다. 펀드로 제작비 충당이 가능하다는 거였다. 그의 말대로 된다고 해도 문제는 남는다. 연출은 누구한테 맡겨야 하는가? 배우는 또 어떻게 모으고?

"제작비만 해결된다고 해서 연극이 되는 건 아니잖아? 연출가와 배우가 있어야 하잖아?"

"연출가는 우리가 모셔 와야지."

"배우는?"

"방법이 있어. 병실에서 여고생하고 얘기하다가 찾아낸 건데."

민규가 배우를 오디션으로 선발하는 방법을 말했다. 그냥 오디션이 아니라 인터넷으로 중계하는, 누리꾼의 평가를 반영하는 방법이다. 초희는 그런 방식이라면 연극이 공연되기 전에 배우 오디션만으로도 큰 관심을 받을 듯해서 좋다고 했다.

통화를 마치고도 초희는 그 자리에 서 있었다. 베이징행

여객기에 탑승해야 한다고 생각했으나 발이 떨어지지 않았다. '서상기' 무대에서 앵앵이를 보는 것보다 '춘향의 친구'에서 춘향으로 나선 자기 자신을 보고 싶었으므로.

초희는 민규를 찾아가기로 했다. 공항 밖으로 나가려고 첫발을 내디뎠다. 그 순간 떠오른 게 있었다. 치마 밖으로 나온, 미인의 발이었다.

그녀는 비로소 알았다. 신윤복이 미인도를 그린 이유를. 그것은 바로 발을 그리기 위해서였다. 임을 찾아가는 그 발을.

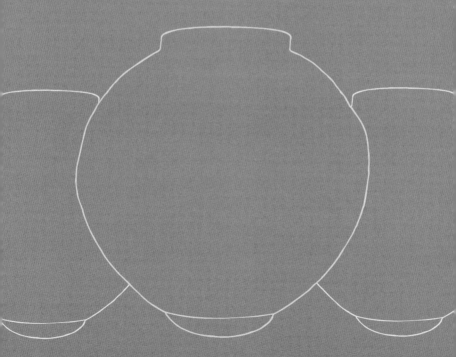

제6장
결혼식

1

숯불에 놓인 주전자에서 물 끓는 소리가 났다. 놋쇠 주전
자인데 익은 호박처럼 밑이 펑퍼짐하다.

윤도가 주전자의 끓는 물을 유리 숙우에다 부었다. 주전
자 주둥이와 숙우 전두리 사이는 엄지손가락 정도였다. 더
떨어지면 물방울이 숙우 밖으로 튀어나온다. 또한 물소리는,
사내가 오래 참은 오줌을 내갈길 때처럼 소란스럽다. 그렇다
고 주전자를 숙우에다 바짝 붙여놓으면 주둥이가 숙우를 들
여다보는 꼴이다. 숙우 속이 발라당 드러나는 느낌이 든다.

주전자에서 숙우로 떨어지는 물소리가 하루 내내 같지 않
다. 아침에는 활기차다. 오월 차밭에 나온 젊은 남녀처럼. 비
갠 후 바위에서 떨어지는 물줄기처럼. 오전에는 물소리에 바
람 소리가 섞여 있다. 솔바람 소리나 차밭을 스쳐 가는 바람
소리가. 귀보다 마음이 먼저 받아들이는 소리. 귀에서 떠나
갔어도 마음에 여전히 남아 있는 소리. 한바탕 일을 하고 난

오후, 이때는 물소리가 느긋하다. 장단으로 말하면 중모리장단이다. 옛사람의 글을 읽는 한밤중, 물소리는 속삭인다. 나이 든 이들이 정담을 나눌 때처럼.

윤도가 숙우에다 물을 따르고 나서 주전자를 젖혔다. 주둥이에서 물방울이 떨어져 내렸다. 주둥이에서 물이 바로 멈추지 않고 한두 방울 떨어지는 게 운치 있었다. 놋쇠 주전자를 좋은 주전자로 여겼다. 다인들은 달랐다. 주전자를 젖히자마자 주둥이에서 물이 그쳐야만 좋은 거라고 했다.

윤도가 다관에다 황차를 넣었다. 세 번에 걸쳐서 넉넉하게. 지금 이 황차는 지난봄에 그가 득량 할아버지네에 와서 만든 거였다.

지난봄에는 백 년이 지난 차나무에서만 싹을 따서 황차를 만들고 싶었다. 야생차밭에서 백 년이 넘어 보이는—높이가 어른 키를 넘고 밑동이 아이 손목 굵기인 차나무를 찾아다니며 싹을 땄다. 그것을 바로 덖어서 덖음차로 만들었다. 예상과 달리 차는 맛이 강하지 않았고 차향도 있는 둥 마는 둥 했다. 할아버지가 맛과 향이 강한 차는 다원에서 나온 차라고 했다. 다원의 차나무는 맛과 향이 강하게 개량됐제. 야생차밭에서 나온 차는 은은해. 많은 이들이 이런 은은함을 외면하고 강한 맛과 향을 찾아. 하지만 차의 맛과 향은 강한 게 좋은 건 아니여.

어떤 차가 좋은 거냐고 그가 물었다. 할아버지가 좋은 차가 따로 있는 건 아니라고 했다. 그때 그곳의 차가 있을 뿐이여. 무슨 말씀인지? 찻물, 찻그릇, 함께 마시는 사람 등등에 따라서 차는 달라지제. 그래서 그때 그곳에는 그때 그곳의 차가 있어. 다인 역시 그때 그곳의 다인이여.

할아버지는 주로 황차를 만들었다. 덖음차보다 황차가 더 좋은가요? 그런 건 아니고 덖음차는 차 싹을 따자마자 만들지만 황차는 시들리기를 하고 발효를 하면서 느긋하게 만들어도 돼. 나이가 들었더니 황차 만드는 게 더 편해.

윤도는 지난봄에 황차를 만들려고 야생차밭을 찾아갔다. 느긋한 마음으로 차 싹을 보았다. 초록색 바탕에 연두색이 떠 있다. 봄날의 여러 색깔 가운데서 연두색은 은은하다. 이 색깔은 눈길을 갑자기 당기지도 밀어내지도 않는다. 일단 끌어당긴 후에는 쉬 놓아주지 않는다. 한눈에 반하는 격정이 아니라 여러 번의 만남이 만들어 낸 온정에 가깝다.

일찍이 육우는 '다경'의 첫머리에다 그렇게 썼다. '차나무는 남쪽 나라의 아름다운 나무이다(茶者南方之嘉木也).' 차를 마시기만 하면 그 말을 실감하지 못한다. 연두색 찻잎을 펼친, 봄날의 차나무를 만나야 실감한다.

초의선사는 '동다송'의 첫머리에서 차나무는 귤나무와 같은 덕을 지닌다고 했다. 차나무의 아름다움부터 말하지 않았다. 평생 차나무와 더불어 산 초의선사가 왜 그 아름다움을 앞에다 두지 않았을까? 초의선사의 동다송은 유학자에게 차를 설명하는 책이다. 유학자가 중요하게 여기는 덕을 앞머리에 놓았다. 그러다 보니 차나무의 아름다움은 뒤로 밀렸다. 스님이 유학자에게 글을 쓰면서 상대방을 세심하게 배려했다는 느낌이 든다.

유학자가 스님에게 글을 쓸 때는 어떤가? 최치원은, 차를 많이 마셨다고 알려진 진감국사의 업적을 기리는 글을 썼다. 글은 하동 쌍계사 '진감국사대공탑비'에 새겨져 있다. 첫 구절은 '무릇 도는 사람에게서 멀지 않다(夫道不遠人).'이다. 중용에 나온 공자의 말로 시작했다. 유학자가 스님에게 글을 쓰면서 상대방을 세심하게 배려한 것은 아니라는 느낌이 든다.

윤도가 숙우에서 식힌 물을 다관에다 부었다. 물의 뜨거움과 부드러움을, 햇차는 빨아들인다. 이제 향과 맛과 색깔을 내어놓는다. 두 개를 받아들여서 세 개를 내어놓는 걸 두고 차가 우러난다고 한다. 이런 차를 마시는 사람은 네 개를 내어놓아야 하는가? 네 개가 아니라면 한두 개라도?

윤도는 여름휴가를 할아버지네에서 보내고 있었다. 여름휴가 때는 주로 해외로 나갔는데 올해는 그러지 않았다. 해외로 나갈 때는 혼자 갈 때도 있고 친구와 함께할 때도 있었다. 민규와도 베이징에서 여름휴가를 보낸 적이 있었다.

오늘 여기서 사용하는 주전자는 민규와 베이징에 갔을 때 샀다. 할아버지가 놋쇠 주전자를 원하는 걸 알고 유리창거리에서 골랐다. 유리창거리의 골동품은 대부분 가짜라는 걸 요즘 여행기에서는 물론 박지원의 '열하일기'에서도 읽었다. 그런데도 놋쇠 주전자를 부르는 값대로 샀다. 민규가 골동품처럼 보여도 가짜가 분명한데 왜 그렇게 대접해 주느냐고 물었다. 윤도가 진짜로 대접해 주고 싶어서라고 했다. 이걸 할아버지께 선물할 참이어서 진짜로 대접한 거야. 가짜를 진짜로 대접한다고 그게 진짜가 돼? 민규야, 너는 작가야. 작가는 가짜를 진짜로 대접해서 진짜로 만드는 것 아닌가?

윤도는 서울로 돌아와서 가스레인지에다 놋쇠 주전자를 올렸다. 그는 육우의 다경을 읽어서 주전자 물이 펄펄 끓을 때 북소리가 난다는 걸 알고 있었다. 그런 소리를 기대했는데 주전자에서는 여러 사람이 울부짖는 소리가 났다. 공동묘지에서 파낸 게 아닌가 싶었다. 곧 사라지겠지 하고 계속 물을 끓였다. 그 소리는 여전했다. 귀신이 붙어 다니는 물건이 있다더니 이게 바로 그것인가 싶었다. 아무래도 할아버지께 선물하는 건 그만두는 게 좋겠다고 여겼다.

새로 번역된 열하일기가 있어서 그걸 인터넷으로 주문해 읽기 시작했다. 열하일기는 세 번째 읽는 거라서 내용을 알고 있었다. 책을 펼치고 나자 처음인 듯 박지원의 이야기에 빠져들었다. 도입부인 도강록에서 예전에 그냥 흘려 넘겼던, 이번에는 마음에 드는 대목을 발견했다.

예로부터 영웅과 미인은 눈물이 많다고 한다. 그러
나 눈물 몇 방울이 소리 없이 눈에서 떨어져 소매를 적
실 뿐이다. 쇠와 돌에서 나와 천지를 채우는 그런 울음
소리를 나는 듣지 못했다. 사람들은 칠정 가운데서 슬
픔만이 울음소리를 만들어 낸다고 알고 있다. 칠정 모두
울음소리를 만들어 낸다는 것은 모른다.

千古英雄善泣美人多淚 然不過數行無聲眼水轉落襟前
未聞聲滿天地若出金石 人但知七情之中惟哀發哭 不知七情
都可以哭.

맘에 드는 대목을 새겨 넣으려고 주전자를 금속 공예점으
로 가져갔다. 공예가는 글이 너무 길다고 했다. 윤도가 보기
에도 그랬다. 마지막의 '不知七情都可以哭'만 새겨 넣기로 했
다.

주전자에서 물 끓는 소리는 여전히 여러 사람이 울부짖는
소리처럼 들렸다. 주전자 몸통의 글에 울 곡(哭) 자가 들어
있으니 당연하다고 여겼다.

이번 여름에 휴가를 할아버지네에서 보내기로 하고 먼저
전화를 드렸다. 할아버지는 네가 오면 마을 정자에서 황차를
함께 마셔야겠다며 좋아하셨다. 정자에는 전기가 들어오지
않으니까 숯불을 피워 주전자에다 물을 끓여야 하는데 맘에
든 주전자가 없다고 했다. 할아버지는 전에 말했던 놋쇠 주

전자를 이번에도 원했다. 윤도는 할아버지를 위해 놋쇠 주전자를 사 두었다고 했다.

서울에서 득량의 할아버지네로 올 때 놋쇠 주전자를 가져왔다. 할아버지는 맘에 들어 했다. 아예 정자에다 두고 계속 물을 끓였다.

윤도는 황차를 마시고 나서 정자에 누웠다. 초희가 위장결혼에 나서지 않으면서 그녀와 데면데면해졌다. 제작비를 댈 수 없다는 걸 알리자 민규와도 그렇게 됐고. 하지만 민규는 예전처럼 가끔 전화를 했다. '춘향의 친구' 제작비 마련을 위해 펀드를 모집한다고 알려주었다. 그는 아무런 말도 하지 않았다. 민규는 한참 있다가 전화를 끊었다.

이번에 친구들과 아예 연락을 끊어? 초희와는 계속 연락하지 않으면 된다. 민규는 연락이 와도 외면하면 되고. 친구들과 연락을 끊은 김에 연극과는 결별해? 드라마로 나가 볼까? OTT용 드라마를 시리즈로 제작하는 선배에게 부탁하면 연출부에서 자리 하나 마련해주지 않을까?

정자로 마을의 노부부가 왔다. 윤도가 일어나서 인사를 했다. 할머니가 물었다.

"이름이 김윤도제?"

"예, 할머니."

"네가 초등학생 때 내가 다반사라는 말을 가르쳐주었제. 차 마시고 밥 먹는 것처럼 흔한 일이다, 라는 뜻이라고. 네가 그러더라고. 요즘은 커피 마셔요. 라면 먹고. 다반사는 옛날 말이니까 요즘 말로 고쳐 쓰세요. 커피라면사."

윤도는 기억에 없었다.

"그랬어요?"

"그때 알았제, 네가 똑똑하다는 걸. 서울서 연극 만든다 며? 똑똑한께 그걸 만들겠제. 근디 창극도 좋아. 여기 보성 소리로 창극을 만들면 그게 보성 녹차 맛하고 어금버금할 것 인디."

"아, 예."

할머니는 정자 난간에 걸터앉고 할아버지는 정자 마루에 앉았다. 할아버지가 접부채를 펼쳤다.

"뭔 놈의 날씨가 이렇게 더운지, 원. 이것도 지구 온난화 때문에 그러겠제? 이게 문제니 저게 문제니 해도, 역시 큰 문제는 지구 온난화여."

"아는 척하기는."

"오늘도 더워 죽겠어."

"그러면 산으로 가서 누워. 산은 시원한께."

할머니의 말에 할아버지가 대꾸하지 않았다.

"산으로 가란께."

"여기서 지낼란다."

"왜 산을 싫어해?"

"산에서는 모두 눈 감고 있지만 여기서 나는 눈 뜨고 있어."

"눈 뜨고 있어도 제 마누라를 못 봐. 그런 눈을 어디에다 써? 산으로 가. 옆집 영감이 뒷산에서 명당 찾아내기 전에 당신이 먼저 찾아내서 거기 누워."

할아버지가 부채질을 빠르게 했다.

"언제 우리가 뒷산에 눕게 될지 모르겠다마는 그때는 떨어져 지내자. 최소한 산등성이 하나는 사이에다 두고."

"아들이 성묘하러 와서 무척이나 좋아하겠네."

"그놈은 살아 있는 부모한테 전화하는 것도 싫어해. 산에 누워 있는 귀신한테 인사하러 올 성싶어?"

"참개구리만 우는지 아는 모양인디 청개구리도 울어."

"비 오기 전에만."

"울긴 울어."

"그 청개구리 소리 한 번이라도 더 들을 수 있게, 당신이 죽으면 마을 가까이에다 묻어줄게."

"뭐, 묻어줘? 아이고, 나보다 더 오래 살고는 싫어서."

할아버지가 벌떡 일어나더니 부채질을 거칠게 했다. 할머니가 당장 소리쳤다.

"그렇게 시끄러운 소리를 내려면 접부채 접어."

"못 접어. 왜냐? 접부채는 풍류인께."

"풍류 좋아하네. 접부채는 정이여, 정. 접으면 손안에 머물고 펼치면 아름다운 세상을 보여주거든. 정처럼 그러거든.

그것도 모르는 주제에 시부렁거리기는."

할아버지가 할머니를 외면하고 접부채를 더 거칠게 부쳐 댔다. 할머니가 부채 소리가 시끄럽다고 구시렁거리다가 물었다.

"며칠 후의 시아버지 제사 말이여, 우리 둘이 단배(單拜)만 올리면 안 될까?"

할아버지가 접부채를 접었다.

"제사는 절이여. 밥에다 국 한 그릇이든 제사상 다리가 휘어지든, 우리 집안 제사에서는 절이 열두 번이여."

"그러다가 지난봄에 다친 허리가 다 망가지겠네."

"다 나았어."

"낫기는? 아무튼 제사는 적당히 지내더라고."

"말했제, 아버지 제사에 절을 열두 번 해야 한다고."

"정 그러면 나하고 절을 나눠서 하더라고."

"제사는 남자 일이여."

"제수에다 고춧가루 양념은 안 해. 조개를 넣어서 탕은 끓여도. 이런디 왜 그걸 차려 놓은 상 앞에는 고추만 있어야 하는지 모르겠어."

할아버지가 버럭 소리를 질렀다.

"무슨 헛소리를 하고 있어? 야, 조개는 조개대로, 고추는 고추대로 쓰임새가 다르다는 것도 몰라?"

"조개니 고추니 하고 나누지 마. 우리는 한 솥에 든 조개요 고추여. 잘 끓여서 칼칼한 조개탕으로 만들어야제."

"그게 왜 조개탕이여? 매운탕이제."

"고추가 싱싱해야 매운탕인디 지금은 아니제. 조개가 더 싱싱한께 조개탕이제."

"아무튼 제사는 절이여. 남자의 절."

"그놈의 제사, 그놈의 남자, 어휴……."

"입조심 해라."

"누가 할 소리."

마을의 노부부가 제사 이야기를 했다. 언제 목소리를 높였냐는 듯이 차분한 목소리로.

윤도는 여기에 오면 자주 헷갈렸다. 노인들이 목소리를 높이는 게 말싸움을 하는 것인지 아닌지. 할아버지와 할머니를 봐도 목소리를 가끔 높였다. 윤도가 이 양반들이 손자 앞에서 싸우는구나, 하고 있으면 어느 순간 목소리가 낮아졌다. 언제 싸웠냐는 듯이 일상사를 얘기했다.

제사 이야기가 끝나자 할아버지가 차를 마시고 싶다고 했다. 다관에 차가 남아 있지 않아서 윤도는 다시 우려내야 했다. 그가, 조금 전에 끓인 물이 남아 있는 주전자를 숯불에다 놓았다. 주전자 속에서 조금 식은 물은, 주전자를 숯불에다 올려놓자 금방 끓었다. 차 우려내는 데 쓰려고 식은 물을 데우는 건 다도에서 금한 일이었다. 다인들은 그런 일을 하지 않았다. 윤도는 오래도록 그 말에 따랐으나 요즘은 상관하지 않았다. 차를 재탕, 삼탕으로 우려내는데 물인들 재탕, 삼탕으로 끓이지 못하랴 싶었다.

물이 끓자 윤도가 화로에서 주전자를 들어냈다. 주전자 몸통에 새겨진 열하일기의 글이 보였다. 재가 묻어서 글자 넷이 보이지 않았다. '不知七情都可以哭'이던 구절이 '□知□情都可□□'으로 돼버렸다. '칠정 모두가 울음소리를 만들어 낸다는 것은 모르고 있다.'가 주전자에다 물을 끓이고 났더니 '정은 모두 옳다는 걸 안다.'라고 바뀌었다.

2

"제가 고등학교 때 얘긴데요, 친구가 남자와 사귀다가 헤어졌어요. 괴로워하더라고요. 제가 소개팅을 권했죠. 싫대요. 제가 그랬지요. 야, 널 떠난 놈한테 정조 지키느라고 그래? 그놈은 진즉 섹시한 년 사귀었을 거야. 오래전에 널 잊었다고. 그런데도 너는 춘향이 동생으로 살고 있어. 그러지마. 제 친구가 묻데요. 춘향이한테 동생이 있어?"

살살이가 관객들에게 손을 내밀었다.

"여러분은 어때요? 춘향이한테 동생이 있어요, 없어요?"

없어요, 없어, 하는 말이 나왔다.

"네, 월매는 춘향이만 낳았죠. 춘향이 아버지는 어땠나요? 월매하고만 살았나요? 아니죠. 다른 여자와 살았죠. 춘향이한테 배다른 동생이 얼마든지 있을 수 있어요."

관객들이 조용해졌다.

"제가 친구에게도 춘향의 아버지 얘길 했죠. 춘향의 동생이 있었다고 하자 친구가 고개를 끄덕이더라고요. 그래서 우리는 국어책에 나온 춘향전을 얘기하게 됐지요. 내가 아는 걸 늘어놓았죠. 친구가 저한테 그래요. 너는 예나 지금이나 국어를 잘해. 나는 영어도 잘한다고 했어요. 친구가 그래요. 너는 영어 공부에서는 뒤처졌지."

살살이가 자기와 친구의 말을 다른 톤으로 해나갔다. 1인 2역을 한다는 걸 알리려고 톤이 바뀔 때마다 좌우로 오갔다.

"내 영어가 뭐 어땠는데?"

"너는 초등학교 저학년 때부터 영어에서는 별로였어."

"이게 헛소리하고 있어."

"헛소리 아니야."

"초등학교 때 내가 영어에서 별로였다는 근거가 뭐야?"

"브리트니 스피어스의 'Baby, one more time'을 네가 이렇게 해석했잖아? '미워도 다시 한번.' 느닷없이 미워도가 뭐냐, 미워도가."

"이제야 털어놓는다마는 당시에 나는 해석을 엄마한테 부탁했어. 엄마는 그렇게 해석해 주고 나서 덧붙였지. 남진이가 부른 노래를 미국 가수가 다시 부르는구나."

살살이가 1인 2역을 말로 해내자 관객들이 손뼉을 쳤다.

"제가 왜 이런 얘길 하느냐? 우리 엄마를 끌어와서 웃기려는 게 아니고요, '미워도 다시 한번'이라는 노래를 말하려고요. 제 친구에 극작가가 있는데요, 그는 어떤 할머니가 '미워도 다시 한번'을 '그대여, 다시 한번'이라고 고쳐 부르는 걸 들었대요. 그 후로는 제 친구도 고쳐 부른대요. 저는 친구 말을 듣고 난 뒤로 그 노래를 할 때면 '그대여, 다시 한번'이라고 하죠. 여기에 혹시 힘들게 지내시는 분이 있다면 이렇게 말씀드리면서 제 무대를 마칠까 합니다."

살살이가 관객을 둘러보고 나서 양손을 내밀었다.

"그대여, 다시 한번!"

관객석에서 반응이 있었다. 관객들이 깔깔거리고 웃거나 소리를 지르지는 않았다. 몇 명이 미소를 지었다.

살살이가 무대에서 내려왔다. 인근의 식당으로 걸어갔다. 오늘 식당에서 저녁을 사겠다고 민규와 초희를 불렀다. 민규는 남원에서 서울로 이사 왔다. 남원에서는 극작과 환경단체 활동을 병행했는데 서울에서는 연극에만 매진할 거라고 했다. 초희는 단역 배우들의 권익을 위한 모임에 나가지 않을 때는 '춘향의 친구'를 무대에 올리는 데 힘을 쏟았다. 둘이 '춘향의 친구'를 내세워 모집한 펀드는 목표액 1억 원의 80%에 이르렀다.

살살이가 문을 열고 들어갔다. 김치찌개를 전문으로 하는 식당답게 묵은지 냄새가 풍겼다. 돼지고기와 고등어 냄새도

섞여 있었다. 민규와 초희는 이미 와서 자리를 잡고 앉아 있었다. 살살이가 김치찌개 4인분을 시켰다.

"우린 셋인데?"

민규가 묻자 살살이는 병모가 올 거라고 했다.

"약속 시간에 늦지 말라고 부탁했는데 오늘도 늦네. 친구의 영화에 조감독으로 나섰다는데 아마도 촬영이 이어지다 보니까 그러겠지."

"촬영은 찍고 나서 맘에 안 들면 다시 찍어. 연극은 일단 공연이 시작되면 좋든 그러지 않든 그대로 흘러가. 이걸 보면 영화보다는 연극이 인생과 닮았어. 인생은 그대로 흘러가니까."

"영화도 스크린에서는 흘러가. 인생과 닮았어."

"너, 언제부터 영화를 편들었어?"

"실은 병모가 했던 말을 그대로 옮긴 거야."

초희가 살살이를 보았다. 병모를 말하면서 밝은 표정이다.

"너, 어떤 남자와 뜨겁다고 했어. 그 남자가 병모지?"

살살이가 핸드폰을 꺼내서 동영상을 틀었다. 소리꾼이 「참새 한 쌍」이라는 단가를 했다.

이른 아침 참새 한 쌍이
앞뜰 감나무에 나란히 앉았네.

동산에서 넘친 아침노을 지붕이 받고

냇물이 낳은 안개 대밭이 안네.

잠에서 깨어난 부부는

안방에서 엎치락뒤치락.

남편의 솟은 기운 이불이 받고

아니 아니 사실은 아내이고

아내의 뜨거운 몸 이불이 안고

아니 아니 사실은 남편이고.

그걸 보고 난 참새 한 쌍

우리라고 가만히 있을쏘냐?

위아래로 꼬리를 맞추면서

재재잭 재잭 재재잭 재잭.

훔쳐보려 하느냐, 아침 햇살아.

감잎 들추려 하느냐, 아침 바람아.

아이들이 학교로, 부부가 논밭으로

집안에 남은 것은 집짐승이라.

황소가 꾸벅꾸벅 되새김질

병아리들 삐악삐악 종종걸음.

참새 한 쌍이 닭 모이통에 슬쩍 날아가

싸라기를 쪼아 먹네.

병아리들이 달려와서

너희는 누구냐?

왜 남의 모이를 훔쳐 먹느냐?
병아리들이 따지고 들자
참새 한 쌍이 내쏘네.
몸집이 같다 해서 나이도 그런가?
우리는 지난해 봄에 태어났으니
한 달 된 병아리들은 우리 앞에서
대가리를 들지 못해야 하거늘
이리 막돼먹은 것들이 있나?
참새 한 쌍 눈을 부라리며
째재잭 째잭 째재잭 째잭.
병아리들이 물러나지 않네.
남을 위해 한 일이 없어서
그저 나이나 끌어내는 자들
그런 하찮은 자들처럼
너희도 나이를 내세우며
훔쳐 먹은 건 은근슬쩍 넘어가는구나.
병아리들이 눈을 부라리며
삐이악 삐악 삐삐악 삐악.
참새 한 쌍이 더는 대꾸하지 못하고
그 자리를 피하는구나.
점심때 대밭에 참새들 모여
오전에 했던 일로 떠들 적

참새 한 쌍은 나란히 앉아

이른 아침 꼬리 맞춘 일은 꿀꺽

병아리들에게 당한 일은 잊어버린 척.

그렇다고 부리를 닫고 있으랴.

우리는 오후에 할 일을 노래하리라.

둘이 꼬리가 아닌 입을 맞추어

다들 듣기 좋은 노래를 하리라.

너는 몇 살이냐 묻지 않고

너와 할 일을 찾아내리라.

재재잭 재잭 재재잭 재잭,

째재잭 째잭 째재잭 째잭.

살살이가 핸드폰을 끄고 말했다.

"이걸 병모가 내게 보내주었어. 뭘 말하는 것 같냐?"

초희가 혹시, 하고 운을 떼자 민규가 소리쳤다.

"프러포즈?"

살살이가 고개를 끄덕였다.

"오늘 너희 둘이 결혼한다는 걸 발표하려고 우릴 초대했어?"

"응."

"야, 그러면 좀 더 비싼 식당에서 해야지."

"결혼이 뭐냐? 둘이 김치찌개 먹는 거잖아? 그러니까 김치찌개 먹으면서 결혼 얘기하는 게 딱이지."

초희가 연극 대사조로 말했다.

"김치찌개여, 영원하라!"

살살이가 손뼉을 쳤다.

3

"펀드는 이번 주말에 마감이야. 현재는 목표액의 83%야. 이만하면 성공이지."

민규는 처음에 이게 바라는 대로 될까? 했는데 사람들이 관심을 보이자 목표액 달성은 무난하리라 보았다. 예상과 달리 초반의 열기가 끝까지 가지는 않았다.

"나도 펀드는 성공으로 여겨. 배우 오디션은 어쩔지 모르겠어."

초희는 한 달 전까지만 해도 펀드야 어렵지만 배우 오디션은 쉽다고 보았다. 민규와 함께 누리꾼이 참여하는 오디션 프로그램을 만들고 수정하는 과정에서 쉽지 않다는 걸 알았다. 오디션 프로그램에 누리꾼이 참여하도록 만들기가 쉽지 않다. 그렇게 만들었다고 해도, 주최 측이 작은 실수라도 하면 누리꾼들은 한순간에 돌아설 수 있다.

초희와 민규는 오디션에서 배우를 뽑을 등장인물을 정했다. 옛날부터 춘향전에 등장하고 이번의 희곡에도 등장하는 여섯 명-성춘향, 이몽룡, 변학도, 월매, 방자, 향단이었다.

배우 여섯을 일시에 뽑지 않는다. 누리꾼 투표로 등장인물의 오디션 순서를 정한다. 그런 후에 한 명씩 일주일 간격으로 오디션을 벌인다. 현장의 심사위원 여섯 명과 인터넷으로 오디션을 지켜보는 누리꾼의 투표로 한 명을 결정한다.

두 번째 오디션부터는 심사위원에 변동이 있다. 첫 번째 오디션에서 뽑힌 배우가 심사위원 한 명을 밀어내고 그 자리를 차지해서 두 번째부터 심사에 나선다. 이렇게 매번 뽑힌 배우가 심사위원을 밀어낸다. 이때 배우는 다른 배우를 밀어낼 수 없다. 이렇게 해나가면 마지막 심사-여섯 번째 심사에서는 다섯 명의 배우가 심사에 나선다.

초희와 민규가 고민하는 건, 누리꾼들이 등장인물의 오디션 순서를 정할 때 첫 번째로 성춘향을 뽑지 않을까 하는 것이다. 이렇게 되면 다음 오디션부터는 관심이 줄어든다. 첫 번째는 월매나 방자 정도가 뽑히는 게 좋다.

"첫 번째 오디션의 등장인물로는 아무래도 성춘향이 뽑힐 것 같아. 사람들 관심은 역시 성춘향이니까. 두 번째는 이몽룡이고. 여기까지 결정되면 사람들 관심은 확 줄어."

초희는 이미 여러 번 했던, 대처 방안을 찾지 못한 고민을 또 말했다. 민규도 초희와 고민이 같았다. 방법을 찾다가 병모에게 조언을 부탁했다. 그는 첫 번째 오디션의 등장인물에 누가 뽑힐지 알 수 없다고 했다. 춘향이나 몽룡이 아니고?

야, 세상이 예상대로라면 뭐가 힘들겠냐? 영화를 봐. 어떤 영화가 대박이 날지, 나지 않을지 아무도 몰라. 영화 속의 어떤 인물이 사람들 관심을 끌지 역시나 아무도 모르고.

"병모 얘기로는 누가 결정될지 알 수 없대."

"나도 그런 예상을 하기는 해."

민규는, 병모와 얘기한 후에 생각해 두었던 걸 말했다.

"등장인물의 오디션 순서를 결정하는 투표에 누가 참석하느냐? 연극에 관심 있는 이들이야. 그들은 처음부터 성춘향이 뽑혀 버리면 재미없다는 걸 알아. 그걸 염두에 두고 첫 번째 오디션에서 배우를 뽑을 등장인물로 월매나 방자를 선택할 거야."

"누리꾼을 믿자?"

"연극에 관심 있는 이들을 믿자는 거지."

"그러자."

"그럼, 결정한 거다."

"그래 결정."

민규는 '춘향의 친구'를 쓸 때 초희를 춘향으로 상정해 놓고 썼다. 오디션으로 춘향을 뽑으면 초희는 춘향이 될 수 없다. 그녀는 심사위원이니까. 그는 오디션을 시작할 때의 심사위들로 친구들—초희, 윤도, 병모, 살살이—에다 자기 자신과 외부인 한 명을 더하는 걸로 여섯 명을 채웠다. 윤도가 오지 않을 것 같으니까 두 명을 외부인으로 채워야 한다.

"첫 번째 오디션의 심사위원은 말이야, 두 명을 데려와야
해."

"나는 빠질래."

"왜 그래?"

"내가 잠시 착각했어. 이번 프로젝트를 너와 함께 추진하
다 보니까 내가 심사위원이 되는 게 당연하다는 걸로. 그런
데 나는 배우야. 관객의 평가를 받는 배우이지 배우를 평가
하는 심사위원이 아니야."

"성춘향을 뽑는 오디션에 참가하려고?"

"당연하지."

"너까지 빠지면 심사위원을 세 사람이나 외부인으로 채워
야 해."

"나는 펀드 투자가 가운데서 데려왔으면 해. 이미 연극에
관심 있는 사람들이니까 심사에도 나서겠지."

"그거 좋다. 누굴 데려오지? 아, 펀드에 투자한 액수가 많
은 순서로 정하면 되겠다."

"아니지."

그럼 어떤 방식으로? 하고 민규가 초희를 보았다.

"투자가 중에서 십 대를 데려와야지. 우리 연극은 이팔청
춘을 말하는 거니까."

민규가 고개를 끄덕이고 나서 물었다.

"이번 투자가 중에 열여섯 살도 있을까?"

"있겠지."

4

결혼식 축가는 춘향전의 「사랑가」였다. 소리꾼은, 신부인 살살이의 친구였다. 사회가 명창이라고 소개했다. 소리꾼은 「사랑가」의 사설을 고쳐서 소리했다.

이리 오너라. 업고 놀자.

사랑 사랑 사랑, 내 사랑이야.

사랑 사랑 사랑, 내 사랑이지.

아하, 내 사랑이로다.

내 사랑아, 네가 무엇을 먹으려느냐?

둥글둥글 수박에다

강릉의 꿀을 따르르 부어

씨는 발라 버리고

붉은 속을 먹으려느냐?

아니, 그것도 나는 싫어.

그러면 무엇을 먹으려느냐?

앵두를 주랴, 포도를 주랴?

과자나 사탕을 주랴?

아니, 그것도 나는 싫어.

그러면 무엇을 먹으려느냐?

나는 먹는 건 바라지 않아.

우리 같은 십 대가 이 땅에서

봄꽃과 신록으로 아름답기를

바라고 또 바라지.

그것은 나도 바라는 바이니

우리의 동행이 즐겁겠네.

즐거워서 행복하겠네.

아무렴 그렇지. 그렇고말고.

아하, 내 사랑아!

저리 가거라. 뒤태를 보자.

이리 오너라. 앞태를 보자.

아장아장 걸어라. 걷는 태를 보자.

방긋 웃어라. 내 사랑아!

소리꾼이 소리를 마치자 병모가 컷! 하고 외쳤다. 신랑이 외치자 하객들이 웃으며 손뼉을 쳤다. 민규와 초희는 나란히 앉아서 소리에는 지화자를 연발했는데 병모의 컷에는 손뼉으로 답했다.

"살살이가 살살 웃네. 결혼이 좋은가 봐."

초희의 말에 민규가 오른손 검지를 세워 흔들었다.

"아니야. 신부가 웃으면 첫딸을 낳는대. 딸 낳으려고 그러는 거야."

"네가 어떻게 알아?"

"결혼 축하곡이 춘향전의 사랑가야. 이제 감이 잡혀?"

"아니."

"살살이는 이 시대의 춘향이를 낳고 싶어 해. 우리는 이 시대의 춘향이를 만들고 싶어 하고."

"야, 이민규."

"왜?"

"네가 '춘향의 친구'에 올인하고 있는 줄은 알지만 어디에나 춘향이를 갖다 붙이는 건 좀 그렇다."

"그런가?"

결혼식이 끝나고 사진 촬영이 이어졌다. 병모와 살살이가 나란히 서 있었다. 사진사가 앞을 보고 살짝 웃으라고 했다.

"영화감독이 결혼하는데 사진이 뭐야? 동영상이면 다 되는 거지."

초희의 말에 민규가 이번에도 아니라고 했다.

"왜 아니라는 거야?"

"결혼이 뭐야? 남녀가 상대를 내 동반자로 못 박는 거잖아? 그러니까 여기서는 사진을 박아야 해."

"역시나 극작가는 말발이 좋아."

"이 좋은 말발로도 심사위원을 다 채우지 못했어. 한 자리가 남아 있어."

사진사가 친구분들 앞으로 나오라고 소리쳤다. 민규가 주위를 살펴보았다. 윤도는 보이지 않았다. 축의금만 내고 바로 식당으로 갔을지도 모른다는 생각이 들었으나, 그럴 거라면 윤도는 애초에 오지도 않았을 터였다.

친구 삼십여 명이 신랑 신부 뒤쪽에 석 줄로 섰다. 사진사가 키 큰 사람은 뒤로, 왼쪽 끝 사람은 좀 더 오른쪽으로, 하고 외쳐댔다. 민규와 초희는 신랑 신부 바로 뒤에 서 있었다.

사진사가 정리를 마치고 사진을 찍으려고 할 때 민규는 문으로 들어서는 윤도를 보았다.

"야, 김윤도, 여기야, 여기!"

민규가 손짓하자 초희도 손짓했다. 윤도가 천천히 걷다가 어느 순간 내달렸다. 친구들이 환호성을 질렀다.

윤도가 신랑 신부에게 축하의 말을 전했다. 그가 옆으로 가려고 하자 민규가 불렀다.

"이리 와, 이리."

윤도가 신랑 옆을 지나서 민규 옆으로 갔다.

"잘 왔다."

민규의 말에 윤도가 미소 지었다. 초희가 윤도에게 손을 흔들었다.

사진사가 이제 촬영하겠다고 외쳤다. 초희가 앞을 보았다. 신랑 신부 사이로 문이 보였다. 문으로 성춘향이 나도 함께 찍어야 한다며 달려들 것 같았다. 성춘향이 오면 이몽룡도 온다. 그러면 향단, 방자, 월매, 변학도도 오겠지.

초희는 이곳이 '춘향의 친구' 무대로 바뀌는 걸 상상했다. 그 순간 플래시가 터졌다. 그리고 자기의 손을 누군가 잡았다. 그가 누군지 알 수 있었다.

친구들이 손뼉을 쳤다. 초희와 민규가 마주 보고 웃었다.

춘향 친구들과의 만남

춘향전은 여러 사람이 오랜 세월을 두고 만든 재미있는 이야기이다. 나는 춘향전을 한국 소설의 진정한 시작으로 여긴다.

춘향전은 소설이자 판소리이다. 소설로 읽으면 재미있는데 판소리로 들으면 더 재미있다.

판소리 춘향전은 춘향가인데 나는 이걸 들을 때는 자꾸 추임새를 넣는다. 입으로 하는 추임새도 많지만 마음으로 하는 추임새는 더 많다. 춘향가에는 마음을 들뜨게 하는 사설과 장단이 있다.

나는 여러 명창의 소리로 춘향가 완창을 들었다. 김소희의 판소리는 장단이 매끄럽고 사설이 뚜렷하다. 장단에 실린 사설의 맛을 알 수 있다. 내 고향이 보성이어서 어릴 적부터 조상현이라는 이름을 알았다. 그의 춘향가 완창은 군데군데 해학이 곁들여져 있어서 가끔 껄껄 웃었다. 신재효가 춘향가를 기록해 놓았을 때 김세종이 이를 소리하고 다른 이들에게도 가르쳤다. 그들의 업적을 기억하며 김세종류의 춘향가 완창을 들었다.

여러 명창의 춘향가 완창을 들으면서 이런저런 상상에 빠져들었다. 춘향가가 막 만들어졌을 당시 사람들은 춘향의 모습이 어떻다고 상상했을까? 그 당시의 화가들은 춘향을 상상하는 데서 머물지 않고 화선지에다 그리지 않았을까? 몇은 분명히 그렸으리라. 신윤복은 미인도를 그릴 때 춘향을 염두에 두고 붓질을 이어갔으리라.

나는 춘향가 완창을 계속 들었고 내 상상과 질문 또한 계속됐다. 그중의 하나는 이것이었다. 왜 춘향에게는 친구가 없는가?

춘향은 자기 길을 굳세게 가고 뜨겁게 사랑했다. 이런 사람에게는 친구가 있어야 하지 않은가?

나는 춘향의 친구를 찾아보았다. 조선 말기에도, 21세기에도 춘향의 친구는 많았다. 당연한 일이다. 옛날이든 지금이든, 세상에는 자기 길을 굳세게 가고 뜨겁게 사랑하는 사람이 많으니까.

나는 춘향의 친구들을 만나서 오래 얘길 나누었다. 그걸 '춘향의 친구'라는 제목으로 상당히 길게 기록했다.

이제 당신이 춘향의 친구를 만날 차례다.

2025년 봄

정범종

춘향의 친구 정범종 장편소설

초판1쇄 찍은 날 | 2025년 4월 17일
초판1쇄 펴낸 날 | 2025년 5월 1일

지은이 | 정범종
펴낸이 | 송광룡
펴낸곳 | 문학들
등록 | 2005년 8월 24일 제 2005 1−2호
주소 | 61489 광주광역시 동구 천변우로 487(학동) 2층
전화 | 062−651−6968
팩스 | 062−651−9690
전자우편 | munhakdle@daum.net
블로그 | blog.naver.com/munhakdlesimmian
값 16,000원

ISBN 979−11−94544−12−8 03810